W0325577

btb

Aus Freude am Lesen

Berlin – eine kalte Stadt mit überhitzter Atmosphäre, eine Stadt wie unter einer schwarzen Sonne. Hierher wird Piet Hieronymus im Auftrag der ebenso attraktiven wie undurchsichtigen Immobilienmaklerin Ivonne Bree gerufen, um nach einem verschwundenen »Informanten« ihrer Firma zu suchen. Doch in der von zwielichtiger Politik, theatralischer Hysterie und schnellen Geschäften geprägten Metropole scheinen sich alle Spuren zu verlieren. Dann bekommt Hieronymus eines Tages den Hinweis, der Informant sei in Holland untergetaucht. Sofort reist er zurück in seine Heimat. Doch er weiß: Mit dem Auffinden des Informanten ist der Fall nicht gelöst, er hat gerade erst begonnen …

HENNING BOËTIUS, geboren 1939, lebt in Berlin. Er ist Autor zahlreicher, von der Kritik hochgelobter Romane um den holländischen Inspektor Piet Hieronymus.

HENNING BOËTIUS BEI BTB: Joiken. Roman (72584) · Blendwerk (72753) · Der Walmann. Roman (72332) · Das Rubinhalsband. Roman (72639) · Rom kann sehr heiß sein. Roman (73222) · Undines Tod. Roman (72225) · Die blaue Galeere. Roman (73488) · Der Phönix aus der Asche. Roman (72967) · Der Strandläufer. Roman (73773) · Der Gnom. Ein Lichtenberg-Roman (72408)

Henning Boëtius

Berliner Lust

Kriminalroman

btb

Mix
Produktgruppe aus vorbildlich bewirtschafteten Wäldern und anderen kontrollierten Herkünften
www.fsc.org Zert.-Nr. GFA-COC-001223
FSC

Verlagsgruppe Random House FSC-DEU-0100
Das für dieses Buch verwendete FSC-zertifizierte Papier *Munken Pocket* liefert Arctic Paper Munkedals AB, Schweden.

1. Auflage
Genehmigte Taschenbuchausgabe Juli 2010,
btb Verlag in der Verlagsgruppe Random House GmbH, München

Umschlaggestaltung: semper smile, München
Umschlagmotiv: © Alfred Buellesbach / buchcover.com
Satz: Uhl + Massopust, Aalen
Druck und Einband: CPI – Clausen & Bosse, Leck
NB · Herstellung: SK
Printed in Germany
ISBN 978-3-442-74074-1

www.btb-verlag.de

Ich bin das, was ich scheine, und scheine das nicht,
was ich bin, mir selbst ein unerklärlich Rätsel,
bin ich entzweit mit meinem Ich!

E.T.A. Hoffmann, Die Elixiere des Teufels

1

Es gibt ein Alter, in dem man sich vorkommt wie ein Baum, der abzusterben beginnt. Die Krone lichtet sich, die Rinde löst sich ab, die Wurzel verliert an Kraft. Das Knarren des Stammes im Wind hört sich verdächtig an, und das Holz bietet dem Borkenkäfer des Zweifels keinen Widerstand mehr.

Vielleicht versucht man dann, durch einen nach innen gerichteten Blick, die Jahresringe zu zählen. Und nicht nur zu zählen, sondern auch ihre Qualität zu begutachten, nach beginnender Fäulnis zu suchen. Schließlich sind die Ringe alle verschieden, denn keines der vergangenen Jahre glich dem anderen. In günstigen Jahren sind sie breit und von guter Konsistenz, in Zeiten großer Trockenheit eher schmal und brüchig.

In einer solchen Lebensphase war ich jetzt wohl. Ich war unlängst sechzig geworden. Meinen Geburtstag hatte ich in der Blauen Maus gefeiert. Viel Bier, viel Genever waren geflossen, alles auf meine Rechnung natürlich. Ich meine die freundlichen Schläge von Händen auf meinen Schultern immer noch zu spüren. Sie sollten etwas Tröstliches, Aufmunterndes haben, das machte sie so fatal. Offenbar hatte ich derlei Zuwendung inzwischen bitter nötig.

Die Blaue Maus in dem windschiefen Haus an der Gracht ist immer noch meine Lieblingskneipe. Sie ist für mich das eigentliche Herz von Groningen, dieser Stadt, die mir zuweilen vorkommt wie eine leichtlebige Matrone. Ich kenne einige Stammgäste seit Jahrzehnten und natürlich den Wirt, der immer noch ganz der Alte ist. Im Gegensatz zu mir schien er sich kaum verändert zu haben. Seine Glatze, sein glänzendes, rotes Gesicht, seine vierschrötige Gestalt strahlen Selbstvertrauen und innere Stabilität aus. »Was ist los mit dir, Piet«, sagte er. »Du wirkst auf mich wie ein leergeräumtes Grab. Da gibt es noch ein paar Knochen, aber ansonsten ist alles vorbereitet für den neuen Bewohner.« Er hatte zuweilen eine ziemlich drastische Art, sich auszudrücken.

»Eigentlich geht es mir ziemlich gut«, sagte ich. »Und doch auch wieder nicht, wenn ich meine allgemeine Lebenssituation betrachte.«

»Was meinst du damit?«

»Nun, ich meine die Art wie ich lebe, was ich so mache, was dabei herauskommt. Ich komme mir vor wie ein Schiff vor Anker, dessen Ladung verrutscht ist. Ich bewege mich nicht mehr voran und bin dennoch in der Gefahr zu kentern.«

»Verstehe. Und jetzt willst du einiges über Bord werfen, um wieder ins Lot zu kommen. Und dann willst du Anker lichten und Fahrt aufnehmen.«

»So ist es. Nur weiß ich leider nicht, was die Krängung verursacht und wie ich das verrutschte Stückgut über die Reling bekomme. Vielleicht liegt es daran, dass ich zu viele Kompromisse eingegangen bin, im Gefühlsleben genauso wie beruflich.«

Er lachte. »Mein Guter, das, was wir machen, ist immer

von Kompromissen geprägt. Ist das Leben nicht überhaupt ein einziger Kompromiss zwischen Geburt und Tod?«

Ich nickte und blickte mich um. Die meisten Gäste waren bereits gegangen. »Du weißt es so gut wie ich, mein lieber Piet, in allem, was wir tun, steckt immer ein bisschen Geburt und ein bisschen Tod. Beides hält sich im Idealfall die Waage.«

Er stellte drei Schnapsgläser auf die Theke. Dann schenkte er sie randvoll mit Genever. »Die Runde geht auf mich. Ich trinke auf den Kompromiss. Du trinkst zwei. Einen auf das Leben und einen auf den Tod. Das wird dein Schiff wieder ein bisschen aufrichten.«

Nachdem der Wirt seinen Laden geschlossen hatte, gingen wir in die Innenstadt auf einen jener legendären Kneipenbummel der Wirtsleute, bei denen ich als junger Mensch so gerne mitgemacht hatte. Die Anzahl der Lokale in Groningen ist frappierend. Doch alle gleichen sich irgendwie. Bunte Lichter, milde Farben, sanfte Holztöne, rauchige Balken, kupferne Zapfanlagen. Überall wurde getrunken und gegen laute Musik angeredet. Es war wie auf einem Basar der Illusionen. Jeder sein eigener Gefallener, jeder sein eigener Erlöser.

»Auf welchem Planeten sind wir hier eigentlich«, schrie ich meinem Begleiter ins Ohr. Aus den Lautsprecherboxen kam lauter Rap.

»Dies ist das Ende der Welt«, schrie er zurück. »Der Abgrund, an dem wir stehen. Da geht es tief hinab in die Zukunft. Die Polkappen tauen, unsere Heimat wird bald verschwinden, eine Kleiwüste, Salzwiesen, das Vorland von Deutschland.«

Wir tranken unser Bier und jeder einen doppelten Genever. Dann gingen wir hinaus auf die regenglänzende Straße und folgten ihren bunten Pfützen zum nächsten Lokal, das gerade zumachte und dessen Wirt sich zu uns gesellte auf der Suche nach einem Trinkhafen, der noch offen war.

2

Ich hatte mit sechzig offenbar eine unsichtbare Lebensgrenze überschritten. Physisch fühlte ich mich älter, doch seelisch immer noch hinter meinen Jahren zurück. Das letzte Jahr hatte begonnen wie seine Vorgänger. Ich versuchte, jene fatale Unfreiheit der Freiheit zu genießen, keinen Beruf mehr auszuüben. Meine Arbeit als Spezialist für Auslandsfälle bei der Groninger Mordkommission hatte ich längst aufgegeben, ebenso wie meine albernen Versuche, immer noch die Frau meines Lebens finden zu wollen. Seit dem Tod meiner letzten großen Liebe, der Schottin Dale, und seit dem Ende meiner Beziehung zu Nina, einer Römerin, hatte ich mich zurückgezogen in ein komfortables Singleleben, das ich im Wesentlichen mit Hilfe des Geldes finanzierte, das ich geerbt hatte. Ich schwebte über der Erde, wie in einer Hängematte, die an zwei inzwischen toten Bäumen festgemacht war: meiner Mutter und meinem Vater.

Die Polizistin Dale war eine sehr emanzipierte Frau gewesen. Sie war das Opfer dunkler, verbrecherischer Kräfte geworden. Nina, die Kunststudentin, hatte ich während meines Versuchs, einen Fall in Rom zu lösen, kennen gelernt. Sie war eher eine Kindfrau, wie sie sich viele Männer erträumen. Sie war mir in meine Heimat gefolgt, aber sie hatte sich dort nicht wohl gefühlt. Der schwere Kleiboden des Schwemmlandes, aus dem die Niederlande bestehen, war nichts für Nina, ebenso wenig wie die Mentalität der Bewohner, die nur scheinbar locker, in Wirklichkeit aber einer depressiven Topographie abgerungen ist. Kein Wunder, dass Nina mich schon nach wenigen Monaten verließ.

Ich war also wieder allein. Eine Weile ging alles gut. Ich las viel, bewegte mich in der Natur, am liebsten mit dem Fahrrad, aß und trank gerne und ausgiebig. Der langsame Verfall meines Körpers, das Grauwerden der Haare, beunruhigten mich nicht. Auf wirkliche Nähe zu Menschen verzichtete ich, vielleicht aus Angst vor weiteren Enttäuschungen. Lediglich zu einem alten Bekannten, dem finnischen Kriminalinspektor Einar Berglund aus Rovaniemi, hielt ich sporadisch Kontakt. Ich hatte ihn vor etlichen Jahren kennen gelernt, als ich in Lappland war, um in einem dubiosen Mordfall zu ermitteln, der zwei Landsleute das Leben gekostet hatte. Einar hatte mir bei der Lösung des Falles geholfen. Er war ein ungewöhnlicher Mann mit klarem Verstand, sehr blauen Augen und einer langen roten Narbe im Gesicht, die von einem Messerstich stammte. Ich hatte von Anfang an seine lakonische, ehrliche Art sich auszudrücken, gemocht.

Wir hatten uns damals wieder aus den Augen verloren, wie das so üblich ist bei einer großen geographischen Entfernung zwischen den Lebensorten. Sie wirkt selbst im Zeitalter des Mobiltelefons wie eine emotionale Hürde. Doch hatte der Zufall uns wieder zusammengeführt, ausgerechnet in Rom, als ich dort jenen Fall bearbeitete, der mein letzter werden sollte. Diesmal überstand unsere Beziehung die anschließende räumliche Trennung. Ich besuchte Einar einmal im Jahr. Wir führten so etwas wie eine Männerfreundschaft.

Einars Ehe war vor langer Zeit zerbrochen. Er hatte wie ich inzwischen seinen Beruf an den Nagel gehängt und lebte zurückgezogen in einem Blockhaus in den finnischen Wäldern. Wenn ich ihn besuchte, gingen wir zusammen in die Sauna, badeten im kalten See, standen in hüfthohen Gummistiefeln in einem reißenden Lachsfluss und angelten mit der Fliege. Dann brieten oder räucherten wir unseren Fang, alles ohne ein Wort zu wechseln. Doch abends, wenn wir bei Bier und Aquavit oder einem Rotwein in Einars Hütte saßen, redeten wir umso mehr. Es ging meistens um Frauen, um unseren ehemaligen Beruf, um ungelöste Fälle oder um den fatalen Zustand der Welt, in der technischer Fortschritt und ideologischer Fanatismus zwei Mühlsteine bilden, zwischen denen alles Menschliche zu Staub zermahlen wird. Wir waren uns in der Beurteilung der Lage fast immer einig. Nur was die Frauen anging, waren wir eher Antipoden. Einar hielt sich seit dem Ende seiner Ehe heraus aus dem Geschäft mit den Hormonen, wie er sich ausdrückte. Ich dagegen hatte immer wieder Affären mit Damen, die kurzen Visiten in einem Land ähnelten, das mir kein dauerhaftes Aufenthaltsrecht gewähren wollte. »Du weißt, wie Ameisenfallen konstruiert sind«, sagte Einar einmal. »Eine Dose mit einem speziell für Ameisen anziehenden Duftstoff und einem kleinen Loch. Die Ameisen kriechen hinein und finden nicht mehr heraus. Genauso funktionieren Frauen.« Ich wagte nicht, Protest einzulegen, denn ich wusste, mein Freund redete so aus persönlichem Verletztsein. Schließlich hatte ihn seine Frau verlassen und nicht er sie.

Ein anderes Thema unserer Gespräche war die Kriminalität und ihre Ursachen. »Die sogenannten echten Kriminellen sind nur die Spitze des Eisbergs«, sagte Einar einmal bei unserem letzten Treffen. »Wir alle sind auch kriminell. Allerdings gehören wir zu dem größeren Teil des Eisbergs, der sich unterhalb der Wasseroberfläche befindet. Das macht uns moralisch nicht gerade glaubwürdig. Sag, wie viele Morde hast du in Gedanken schon verübt?«

Ich antwortete nicht direkt darauf, sondern wagte stattdessen eine Hypothese: »Nach meiner Erfahrung als Psychologe gibt es hauptsächlich zwei Typen von Kriminellen. Die einen sind Vateropfer, die anderen Mutteropfer. Die Vateropfer haben Überich-Probleme. Sie erkennen Instanzen und Rituale nicht an. Sie fühlen sich verletzt von den Machtverhältnissen. Sie rebellieren deshalb gegen sie. Sie wollen im Grunde ihren Vater treffen, wenn sie eine Bank ausrauben oder jemanden umbringen. Mit diesem Typ des Kriminellen sympathisiere ich. Die muttergeprägten Kriminellen hingegen rebellieren nicht. Sie sind zerstört in ihrer moralischen und existenziellen Kompetenz. Sie sind Un-Ichs. Man könnte auch sagen, sie sind im Unterich gestört.«

»Unterich? Meinst du damit, was Freud das ›Es‹ nennt?«

»Nein«, sagte ich. »Das ist etwas völlig anderes. Das Unterich ist keine wie auch immer geartete kollektive Instanz. Es entsteht durch die persönliche Beziehung zur Mutter, während das Überich von den Vätern geprägt ist. Unterichgeschädigte sind arme, wahnsinnige Teufel, die mit gebrochenen Engelsflügeln durch die Welt geistern und Leute umbringen, weil sie brav sein wollen.«

Wir saßen nackt in der Sauna. Einar, dem die Schweißperlen über den stattlichen Körper rollten, schloss die Augen. Dann sagte er: »Und du? Wie steht es mit dir? Du hast mir erzählt, dass du ohne Vater aufgewachsen bist, aber mit einer äußerst dominanten Mutter.«

Er goss Wasser auf die Lavasteine, und feuchte Hitze brandete durch die kleine hölzerne Zelle. Dann begannen wir mit Birkenzweigen gegenseitig unsere Haut zu peitschen, bis sie rote Striemen aufwies wie bei Geißlern. »Ich bin nach langem Hin und Her im Niemandsland gelandet«, sagte ich. »Ich habe meinen Vater, wie du weißt, erst kurz vor seinem Tod kennen gelernt. Vielleicht hat mich das vor der Überichkriminalität gerettet. Und meine Mutter? Sie hatte großen Einfluss auf mich. Sie war schrecklich, ein egomanes, kettenrauchendes Monstrum. Doch hat sie mich wohl geliebt, allerdings auf eine ziemlich besitzergreifende Weise. Mein Unvater und meine Übermutter, das hat sich irgendwie gegenseitig aufgehoben, und das mag der Grund dafür sein, dass ich zwar nicht kriminell geworden bin, mich aber ziemlich schwer tue in Sachen Liebe und Beruf. Es gibt übrigens noch einen dritten Typus von Kriminellen. Den Elterngeschädigten. Er ist sowohl im Überich als auch im Unterich gestört. Das sind die Schlimmsten. Die Giganten des Bösen. Goebbels war so einer. Und Hitler natürlich auch.«

»Wieso war Goebbels elterngeschädigt?«

»Er hatte einen Klumpfuß, wie Beelzebub. Ich bin mir ziemlich sicher, dass er seinen Eltern die Schuld an der Erkrankung gab, die zu dieser Behinderung führte. Den Klumpfuß teilt er übrigens mit einem anderen berühmten Bösewicht. Richard III. Schon ein seltsamer Vogel, dieser Goebbels. Selbst behindert, propagierte er die Euthanasie der Behinderten. Da steckt viel Suizidales dahinter. Ich vermute, Elterngeschädigte haben einen natürlichen Hang zum Selbstmord.«

Wir rannten zum See und sprangen ins kalte Wasser. Man fühlt sich in solch einem Moment wie eine brennende Fackel, denn die Kälte verwandelt sich für einige Sekunden in ihr Gegenteil. Später saßen wir in Einars Blockhaus. Mein Freund machte eine besonders gute Flasche Rotwein auf. Seitdem Einar von seiner italienischen Frau verlassen worden war, trank er keine italienischen Weine mehr. Dieser war aus Spanien und hieß Gaudium, »Freude«.

3

Immer wenn ich in Finnland gewesen war, fühlte ich mich für eine Weile besser. Neuer Lebensmut schien zu keimen, was sich daran zeigte, dass ich mich wieder um meine Topfpflanzen kümmerte, die vertrockneten beseitigte und die, die meine Gleichgültigkeit überstanden hatten, regelmäßig goss. Doch meine positive Stimmung schien selbst eine ziemlich zarte Pflanze zu sein. Jedenfalls ging sie irgendwann wieder ein, auch wenn ich sie so oft wie möglich gründlich wässerte. Und so schleppten sich meine Tage bald wieder wie sonst dahin. Es konnte unmöglich ein Rückfall in eine Midlife-Crisis sein, dazu war ich entschieden zu alt. War es etwa schon die Endlife-Crisis? Für die war ich eigentlich noch zu jung.

Ich beschloss, etwas grundsätzlich zu ändern. Ich wollte meinen wachsenden Lebensüberdruss mit einem Tapetenwechsel bekämpfen. Durch meinen früheren Beruf war ich oft im Ausland gewesen. Und immer hatte ich diese Reisen, trotz aller mit meinen Aufträgen verbundenen Probleme, als Jungbrunnen empfunden. War dieser Brunnen inzwischen versiegt? Ich nahm mir vor, es herauszufinden.

Doch welches Land kam in Frage? Welches Klima? Welche Mentalität? Ich telefonierte mit Einar und fragte ihn um Rat. »Was hältst du davon, wenn ich mich irgendwo in Finnland oder Norwegen niederlasse?«

Einar riet davon ab. »Die Gesellschaft hier im hohen Norden ist zwar einigermaßen liberal, und die Leute sind auch ziemlich nett. Aber unter der Oberfläche gibt es eine depressive Zone, die einem viel Kraft abverlangt. Du hast deine Erfahrungen selbst damit gemacht, weißt du noch, damals in Lappland. Das Leben verläuft hier oben in einem unnatürlichen Rhythmus. Im Sommer geht die Sonne nicht unter, im Winter nicht auf. Helligkeit, Dämmerung, Dunkelheit in viel zu großen Blöcken. Das spaltet bei vielen die Seele und das Hirn. Ein stark manisch-depressives Temperament ist die Folge. Gehe lieber in den gemäßigten Süden. Das mediterrane Klima ist nach wie vor das beste der Welt. Versuch es mal mit Nordspanien, falls dir, wie mir, Italien zu italienisch ist. Die Spanier sind rauer. Sie sind die Finnen des Südens.«

Ich nahm Einars Ratschläge ernst. Auf jeden Fall musste es eine Großstadt sein. Kleinstädte waren mir aus tiefster Seele suspekt, denn sie sind meistens ein schlechter Kompromiss zwischen Dorf und Metropole. Ich kaufte mir einen guten Atlas und fuhr mit dem Finger über die Seiten. London? Paris? Madrid? Rom? Berlin? Ich kam zu keinem Ergebnis. Da kam mir der Zufall zu Hilfe.

Ich war häufiger Gast in einem kleinen Café, das bekannt für die Qualität seiner Getränke war. Kein Espresso sonst in Groningen hatte eine solche Crema, keine Milch war so perfekt aufgeschäumt. Zu verdanken war dies der Barista, einer schönen Spanierin. Trotz ihres attraktiven Äußeren hielt sie die Männer auf Abstand, was vermutlich an ihrem offensichtlichen Hang zu Ordnung und Sauberkeit lag. Sie putzte die Theke bei jeder Gelegenheit, entfernte die Zuckerkrümel und wienerte ständig die Espressomaschine mit einem großen Wolltuch. Sie sprach im übrigen fließend Niederländisch, und wenn man sich gut benahm und die Tasse ohne einen Fleck auf der Untertasse auf den Tresen zurückstellte, dankte sie es einem mit einem tiefen Blick ihrer holzkohleschwarzen Augen, in denen ein verborgenes, dunkles Feuer schwelte wie unter dem Erdhügel eines Köhlers.

Eines Tages traute ich mich, sie anzusprechen. »Aus welcher Gegend Spaniens sind Sie?«, fragte ich. Meine Stimme zitterte, als würde ihre Antwort über mein weiteres Leben entscheiden.

»Aus Barcelona«, sagte sie. Ihre Augen leuchteten auf, als sei frische Luft an die schwelende Kohle gekommen.

»Eine schöne Stadt?«

»Eine sehr schöne Stadt. Und vor allem: Sie liegt direkt am Meer. Welche Großstadt hat schon einen öffentlichen Strand, an dem man baden kann. Man steigt einfach in die Straßenbahn oder geht zu Fuß, und kurz darauf liegt man im Sand oder geht ins Wasser. Das nenne ich Lebensqualität.«

Ich sah sie vor mir. Sie lag auf einem kleinen, weißen Handtuch. Ihre brünette Haut glänzte von der Sonnencreme. Die gläsernen Wellen eines grünen Meeres servierten eine kühle Brise. In Wahrheit blickte ich auf die weiße Papierserviette, die neben der Zuckerdose auf dem Tresen lag, und auf den Reiseprospekt, den mir die Barista zugeschoben hatte. In diesem Moment entschied ich mich, es mit Barcelona zu versuchen.

4

Ich war so ungeduldig, dass ich schon am nächsten Tag mit einem teuren Linienflug von Amsterdam in die katalanische Metropole flog. Selbst meine Flugangst hielt sich diesmal in Grenzen. Ich fuhr mit dem Taxi in die Innenstadt, ließ mich vor einem Viersternehotel absetzen und nahm ein sündhaft teures Zimmer. Hastig verstaute ich meine wenigen Sachen im Schrank. Dann lief ich die berühmten Ramblas hinunter zum Hafen. Es war sommerlich warm. Ich hatte Hunger und Durst und ging in ein Lokal, das offensichtlich von Touristen lebte. Ich suchte mir auf der windigen Terrasse einen Platz, von dem aus ich wenigstens ein Stückchen Horizont in der Hafenausfahrt sehen konnte. Es war der vorderste Tisch. Das Meer war leider hinter Molen und Gebäuden versteckt. Man sah es nur durch einen schmalen Spalt. Es glich einem blauen, blitzenden Messer, das in einem steinigen Boden steckte.

Am Molengeländer standen fünf Chinesen. Sie hatten graue Anzüge an und lachten und tranken Wasser aus großen Flaschen. Überall auf der Welt scheint es inzwischen solche kleinen Gruppen lachender Chinesen in grauen Anzügen zu geben. Warten sie auf etwas? Auf den

Untergang des Abendlandes vielleicht? Oder sind sie eine Art Vorhut?

Der Wind pfiff an dieser Ecke so stark, dass ich die Papiertischdecke mit Weinglas und Aschenbecher beschweren musste. Der Tisch hinter mir war frei, und da er windgeschützter lag als meiner, überlegte ich, dorthin umzuziehen. Doch bewegte sich jetzt eine andere auffällige Personengruppe auf ihn zu. Vier Leute, ein muskelbepackter Goliath mit Glatze und rundem Kindergesicht, der kurze Hosen und ein knappes T-Shirt trug, eine ältere Blondine mit groben Zügen, ein in Jeans und Flanellhemd gekleideter Mann, etwa Mitte vierzig, der wie ein Lehrer wirkte, und eine beleibte, junge Asiatin. Sie setzte sich abseits auf die Planken des Stegs und begann lautstark zu schimpfen. Ich verstand nicht, was sie sagte, aber es klang deutsch. Die anderen drei besetzten den Tisch. Auch sie begannen laut zu reden, doch es war keine normale Sprache, eher unartikulierte Laute wie von Tieren oder Menschenaffen. Dabei fuchtelten sie mit den Händen. Nur der Lehrertyp streute immer wieder ein paar verständliche Wörter ein. Dann zeigte er auf die Chinesin und rief ihr zu, sie solle kommen. Als sie laut »Nein« brüllte, denn sie sei nicht verrückt, aber alle Deutschen seien blöd, ballaballa, erhob er sich und zwängte sich unter den Tauen hindurch, die die Sitze des Restaurants von der Brücke abgrenzten. Er ging zu der jungen Frau, nahm ihre Hand und zog sie hinter sich her, bis auch sie am Tisch saß, wobei sie weiter schimpfte und sich in bestem Hochdeutsch über die Dummheit der Deutschen beklagte. »Alle sind ballaballa, manche sind sogar balla, balla, balla, balla«, sagte sie. Der Goliath neben ihr grunzte und spannte seine Muskeln an. »Du hast es auch nur da, und nicht da«, sagte die Chinesin, und tippte erst auf den gewaltigen Bizeps und dann auf die Stirn ihres Sitznachbarn. Alle vier tranken Tee, während ich den schlechten, weißen Hauswein trank, frittierte Calamares aß und den Anzugchinesen dabei zusah, wie sie immer noch lächelnd auf etwas zu warten schienen. Da hörte ich hinter mir ein lautes, hemmungsloses Schluchzen. Ich drehte mich um. Es war der Muskelprotz. Tränen strömten über seine feisten Backen. Er hielt sich die Serviette an die Nase und schnäuzte sich lautstark. Die Lächerlichkeit der Situation deprimierte mich. Ich ließ mein Essen stehen und zahlte an der Theke.

Später ging ich über die Ramblas zurück. Es wurde dunkel und der Touristenstrom dichter. Ich kam an Buden voller Vogelkäfigen vorbei. Wellensittiche und Papageien machten einen Höllenlärm. Plötzlich bemerkte ich einen schwarzen Schatten vor mir, ein Monster, eine Harpyie, eines jener Mischwesen aus Frau und Vogel, die ihre scharfen Krallen in die Leiber der Menschen schlagen und sie ins Totenreich entführen. Doch als ich näher kam, sah ich, was es war: eine kleine, verwachsene Frau mit tief niedergekrümmtem Leib, schwarz gekleidet, der Oberkörper mit dem Kopf parallel zur Straße. Die Hüften ragten am höchsten auf, der übrige Leib war schräg nach unten verzogen, der Kopf nur wenige Zentimeter über dem Pflaster, von einem schwarzen Tuch fast ganz verhüllt, so dass nur eine lange spitze Nase zu sehen war. In der einen Krallenhand hielt das deformierte Wesen einen Becher, in dem die Bettelmünzen klapperten, in der anderen einen langen Stock, mit dem es den Weg ertastete. Das Groteske der Erscheinung wurde noch dadurch gesteigert, dass die Frau am ganzen Leibe zitterte und zuckte und sich in einer Art konvulsivischem Taumelgang zwischen den sie hoch überragenden Menschen vorwärtsbewegte. Goya hätte kein alptraumhafteres Geschöpf zeichnen können. Ich lief ihr nach und warf ihr ein großes Geldstück in den Becher, worauf sie den Kopf schief legte und mich aus winzigen, grauen Augen ansah, während ihr zahnloser Mund einen unartikulierten Laut ausstieß.

Am nächsten Tag besuchte ich den berühmten öffentlichen Strand der Stadt. Die Wellen waren wirklich so grün und gläsern, wie ich sie mir in jenem Groninger Café ausgemalt hatte. Dicht an dicht lagen halbnackte Körper und schmorten im Fegefeuer einer harten Sonne, als wollten sie sich so die Reinigung von ihren Sünden erkaufen. Die Wellen aber spendeten diesen ölglänzenden Leibern Trost und Absolution. Ja, es war ein katholisches Meer. So ganz anders als unsere trübe, kalte, evangelische Nordsee. Ich suchte eine handtuchgroße freie Stelle und bettete mich auf den glühend heißen Sand. Rechts und links neben mir lagen junge Spanierinnen. Sie trugen goldene Kreuze zwischen ihren nackten Brüsten und rauchten Zigaretten. Von mir nahmen sie keinerlei Notiz. Hinter ihren großen Sonnenbrillen vermutete ich leere Höhlen.

Nach drei Tagen hatte ich einen gewissen Eindruck von der Stadt und ihren Bewohnern. Ich kaufte mir ein kleines, rotes Notizbuch und hielt darin meine Beobachtungen fest, wohl wissend, wie subjektiv meine Urteile waren.

»Barcelona erinnert mich an eine Hure, die immer noch schön ist. Sie ist hektisch, weil sie die Male des Alters spürt. Also schminkt sie sich und übertreibt es damit wie alle alternden Huren. Sie hat alles dafür getan, um ihre

Freier nicht zu enttäuschen. Sie hat sich liften lassen, hat sich sportlich betätigt, hat sich gesund ernährt. Sie kleidet sich vorteilhaft, doch dort, wo sie einst am schönsten war, am Busen des Meeres, trägt sie nun ein steifes Korsett aus Beton. Sie möchte zugleich geliebt werden und mit ihrer Schönheit Geld verdienen. Das geht auf Kosten der Seele. Daher versteckt sie sie so gut vor sich und anderen, dass man fast glauben könnte, sie habe keine. Wenn Siesta ist, zieht sich die Hure Barcelona für vier Stunden in ein Hinterzimmer zurück. Sie legt sich auf ein hartes Bett, eines, auf dem sie keine Freier empfängt, schließt die Augen und spürt, wie sie verfällt. Am Abend, wenn das Licht milde ist und ihre Runzeln glättet, macht sie sich auf, um die zu verführen, die bereit sind, sich mit ein wenig gekaufter Liebe über ihre inneren Abgründe hinwegtrösten zu lassen.«

Spät in dieser Nacht lief ich durch die Straßen und schrie: »Ihr habt alle kein Geheimnis, niemand hier hat eines. Und weil niemand ein Geheimnis hat, hat er auch keine Ruhe, keine Gelassenheit. Darum rennt ihr alle so geschäftig, darum seid ihr so hinter dem Geld her, hinter der Schönheit, hinter dem Erfolg. Ihr habt in Wahrheit keine echten Ziele, ihr seid tot wie der künstliche Fuchs, mit dem man die Meute bei Hunderennen auf Trab bringt.«

Wen meinte ich eigentlich mit »ihr«, wenn nicht mich selbst? Ich war betrunken. Es war mein letzter Tag in dieser Stadt mit der angeblich höchsten Lebensqualität auf dem Kontinent. Am nächsten Morgen nahm ich den Zug nach Paris.

5

Ich war schon einige Male in der Hauptstadt Frankreichs gewesen. Jedes Mal hatte mich dieses endlose Häusermeer mit seinen reißenden Menschenströmungen in Bann geschlagen. Doch schien mir diesmal für einen Einzelgänger wie mich die Gefahr des Ertrinkens allzu groß. Und empfand ich nicht inzwischen auch so etwas wie Heimweh? Wollte ich mich etwa schon wieder in meinem alten Bau verkriechen? Ich kaufte jedenfalls ein Ticket nach Groningen und wartete in einem Bistro am Gare du Nord auf die Abfahrt des Zuges. Er würde mich nach Brüssel bringen, wo ich den Nachtzug nach Bremen nehmen konnte, um am nächsten Morgen zurück zu sein. Der Thalys von Paris nach Brüssel fuhr kurz vor neun Uhr. Ich hatte also genügend Zeit, über mein vergebliches Bad im vermeintlichen Jungbrunnen einer Ortsveränderung nachzudenken.

Es war ein warmer Sommerabend. Die abnehmbare, hölzerne Fassade des Bistros war entfernt worden, so dass man halb auf der Straße saß und das Leben dort gut verfolgen konnte. Viele afrikanische Familien waren unterwegs. Es herrschte eine Stimmung wie auf einem Dorfplatz im Busch. Der Kellner, der die Tische auf dem Trottoir und im

Inneren des Lokals bediente, wirkte wie ein genialer Schauspieler, der seine Rolle mit einer solchen Überzeugungskraft zu spielen vermochte, dass sie die Realität an Realismus noch übertraf. Unscheinbar von Statur und Physiognomie, ging er mit schnellen, präzisen Bühnenschritten von Tisch zu Tisch, nahm Bestellungen entgegen, entfernte abgegessene Teller, servierte neue, schenkte Gläser voll, alles mit einer von Routine, aber auch von Freude am Geschehen bestimmten Perfektion in den Bewegungen. An seiner Oberlippe klebten mehrere Zettel, Bestellungen und Rechnungen, die er an verschiedene Kunden verteilte. Es waren offenbar immer die richtigen Quittungen, die er mit der linken Hand präsentierte, während die rechte Wein nachschenkte oder leere Weingläser wie einen gläsernen Strauß von der fleckigen Tischtuchwiese pflückte. Jedes Mal wenn er an meinem Tisch vorbeikam, zwinkerte er mir zu, als bedürfte ich einer Aufmunterung.

Ich bestellte Bier und Lammkoteletts. Er notierte das Gewünschte auf einem Zettel und klebte ihn an seine Lippe. Als er das Getränk brachte, sagte er auf Englisch: »Sie sind auf der Suche, mein Herr. Ich empfehle Ihnen, nicht so schnell aufzugeben. Suchen ist immer gut, im Gegensatz zum Finden.« Er zwinkerte wieder, entfernte eine Rechnung von der Lippe und legte sie neben mein Glas.

Als er das Essen brachte, stellte ich ihm eine Frage: »Gibt es eine Stadt in Frankreich, in der Sie gerne leben würden?«

»Rouen«, sagte er.

»Und warum Rouen?«

»Sie hat von allem etwas. Ein bisschen alt, ein bisschen neu, ein bisschen klein, ein bisschen groß, ein bisschen sauber, ein bisschen dreckig, ein bisschen schön, ein bisschen hässlich, und vor allem, wissen Sie…« Er zwinkerte mir zu und eilte zum nächsten Tisch. Als er eine Weile später wieder vorbeikam, setze er seine Rede an der Stelle fort, wo er sie unterbrochen hatte. »…die Sache mit der armen Jeanne D'Arc hat der Stadt so etwas wie die Eleganz der Unmenschlichkeit gegeben. Verstehen Sie? Man hat das Mädchen gefoltert und dann auf dem Marktplatz verbrannt. Viele haben zugesehen, wie der Rauch über die Dächer abzog. Es roch nach Braten. Man kann es bis heute riechen. Inzwischen nennt man Straßen und Plätze nach der Ketzerin und verdient an all den Leuten, die zu spät zum Scheiterhaufen kommen. Es ist eine morbide Stadt, verstehen Sie. Gehen Sie unbedingt ins Beinhaus, wo man die Pesttoten begraben hat.« Er lächelte und steckte den Schein ein, den ich neben die Rechnung gelegt hatte. Als er mit dem Wechselgeld zurückkam, zog er einen Zettel von der Lippe, auf dem eine Adressse stand. »Da kann man gut und billig essen, mein Herr«, sagte er. »Und das Hotel nebenan ist auch zu empfehlen.«

Ich ging in den Bahnhof, gab meine Karte zurück und fuhr nach Rouen. Es war schon dunkel, als ich ankam.

6

Meine Erwartungen waren hoch, jedoch nicht zu hoch, wie ich mir einbildete, denn mein Barcelonaprojekt war sicherlich hauptsächlich an übertriebenen Vorstellungen gescheitert. Ich ging durch die Altstadt zu dem Hotel, das mir der Kellner empfohlen hatte. Es lag direkt neben dem Dom, dessen imposante Erscheinung teilweise hinter Plastikbahnen und Gerüsten versteckt war. Die Kathedrale glich einem schwer verletzten Körper, der Verbände und Schienen tragen muss. In der Tat schien eine Renovierung bitter nötig, denn der weiche Sandstein aus dem Seinetal hatte der Luftverschmutzung schweren Tribut gezahlt. Viele der Heiligenfiguren glichen Leprakranken.

Von meinem Zimmer im obersten Stock aus konnte ich durch große Fenster das Längsschiff sehen. Sein kompliziertes Strebewerk mit den zahllosen Türmchen, Fialen und Wasserspeiern verlieh dem Bau etwas von einem Luftschiff, das im Sog aufsteigender Winde an den Landeseilen zerrt. Ich legte mich aufs Bett und ließ mich von der Schwerelosigkeit erfassen. Als später die Scheinwerfer angingen, wurde aus dem Luftschiff ein Wal, der in grünem Wasser schwamm und durch den Trichter seines riesigen Maules zahllose Kleinlebewesen einsog. Über ihm stand regungslos eine mächtige Wolke, die aussah, als habe sie der Erlöser erst vor kurzem für seine Himmelfahrt benutzt und nun hier am nachtblauen Himmel abgestellt.

Später ging ich hinunter in das mir empfohlene Bistro. Der Raum war hell erleuchtet und voller Menschen, die mit solch frommer Inbrunst aßen und tranken, wie es nur Franzosen können. Ich setzte mich an einen kleinen Marmortisch in der Nähe eines der Fenster. Die Kellnerin, bei der ich ein halbes Hähnchen mit Pommes frites bestellte, erinnerte an ein Kind, trotz ihrer, wie ich später herausfand, dreiundzwanzig Jahre. Sie hatte etwas von einer Heiligen an sich. Jeanne D'Arc, dachte ich, sie ist zurückgekehrt. Ihre milchweiße Haut, die aschblonden Haare, die Augen von einem inneren Leuchten wie bei Hinterglasmalerei, hinter der eine fanatische Überzeugung brennt.

Ich ging jeden Abend dort essen und sah ihr bei der Arbeit zu. An der Wand stand ein mechanisches Klavier, dessen Tasten sich bewegten, als griffen die unsichtbaren Hände eines Geistes hinein. Sie spielten immer die gleichen beiden Stücke, die sich leise wie ein akustisches Muster auf dem wogenden Vorhang des allgemeinen Stimmengewirrs abbildeten: »The man I love« und einen Boogie. Es dauerte nicht lange, und ich kannte jeden Akkord und jeden Lauf in- und auswendig.

War ich wieder einmal wie schon so oft in meinem Leben Opfer jenes umgekehrten Ödipuskomplex geworden, auch Elektrakomplex genannt, bei dem nicht der Sohn mit der Mutter, sondern die Tochter mit dem Vater schläft? Jedenfalls hatte ich es nach einer Woche geschafft, dass das Mädchen sich auf eine Beziehung zu mir einließ. Aber was für eine Beziehung war das! Meine neue Freundin, die tatsächlich Jeanne hieß, war so ehrlich, mir zu eröffnen, dass ihr Hauptmotiv für körperliche Nähe das Geld sei, das ich in ihre Wohnung und ihre Handyrechnung investierte.

Jeanne bestand darauf, dass ich mir eine eigene Wohnung nahm. Ich fand ein ziemlich teures Einzelzimmer in der Rue Horloge. Von meinem Fenster aus konnte ich das Zifferblatt des Gros Horloge, dieses riesigen, meisterlichen Zeitmessers, sehen. Wenn Jeanne frei hatte, gingen wir ins Kino oder an den trostlosen Betonufern der Seine spazieren. Im Kino setzte sie sich vor mich, um sich nicht zu kompromittieren, falls eine ihrer Freundinnen oder Freunde im Raum waren. Manchmal drehte sie sich um und hielt mir eine Tüte mit Chips hin. Ich lauschte andächtig dem Geräusch, das entstand, wenn ihre makellosen Zähne diese salzigen Oblaten der Vergänglichkeit zermahlten und vergaß darüber, den törichten Filmdialogen zuzuhören.

Mein Französisch wurde von Tag zu Tag besser. Aber meine Unzufriedenheit mit der Situation wuchs ebenfalls, von Nacht zu Nacht. Dabei spielte jene große Uhr, die ich anstarrte, wenn ich nicht schlafen konnte, eine erhebliche Rolle. Ihr vergoldetes Zifferblatt mit den großen Zeigern kam mir vor wie eine Kreissäge, die erbarmungslos meinen Lebensbaum zerkleinerte.

Inzwischen ging ich nicht mehr so oft ins Bistro, sondern wartete zu Hause auf meine Geliebte. Sie kam meistens gegen zwei Uhr nachts. Wenn sie das Zimmer betrat, breitete sich ein durchdringender Geruch nach gebratenen Hähnchen und Pommes frites aus. Er verstärkte sich noch, wenn sie sich auszog. Sie setzte sich nackt auf meinen Schoß und begann mich zu küssen. Dabei deutete sie auf die Uhr. »Sieh mal, jetzt ist es schon über eine Minute her, dass ich dir zur Last falle.« Sie war so müde, dass sie einschlief. Ich trug sie zum Bett. Sie war so leicht wie eine Puppe aus Zelluloid.

7

Ich ging ins Pesthaus. Die Anlage gehört zur Universität und erinnert an den Innenhof eines Klosters. Rund um den großen, rechteckigen, ungepflegten Platz zog sich ein Sims mit Totenschädeln. Gleich neben dem Eingang sah man hinter einer Glasscheibe ein Katzenskelett, das angeblich von einem Tier stammte, das während der letzten großen Pest eingegangen war.

Ich ließ mich auf dem Boden nieder und schloss die Augen halb. Ich glaubte, im Brennpunkt all dieser Blicke aus leeren Augenhöhlen zu sein. Unscharf nahm ich wahr, wie eine Gruppe junger Männer den Innenhof betrat und sich mir näherte. Sie umringten mich. »Wie geht es dir, Opa«, sagte einer von ihnen. »Was macht deine kleine Enkelin, ist sie auch brav zu dir?« Sie lachten. Der Wortführer holte ein Handy aus seiner Jacke und hielt es sich an den Hosenschlitz. »Das ist mein Schwanz, ist deiner auch so groß?«

Ich erhob mich, denn ich wusste, was mich erwartete. Die lange Zeit im Polizeidienst hatte mich gelehrt, auf Aggressionen besonnen zu reagieren. Ich überragte sie alle, auch den größten von ihnen, um mindestens einen Kopf. Auch war ich in den letzten Jahren schwerer geworden, doch ich war aus der Übung. Während meiner Anstellung bei der Groninger Mordkommission hatte ich die obligaten Kurse in Selbstverteidigung belegen müssen, vor allem Ju-Jutsu, einer in Deutschland für die Polizei entwickelten Spielart des Japanischen JiuJitsu, in die auch Elemente des Karate, Akkaido und Judo einflossen. Verschiedene Wurf-, Hebel-, Hieb-, Schlag- und Würgetechniken werden kombiniert. Dabei kommt es vor allem auf die innere geistige Kraft und die Reflexartigkeit der Bewegung an. Dieser sogenannte »sanfte Weg« der Selbstverteidigung ist in Wirklichkeit keineswegs sanft. Man muss die Kraft, die der Gegner in den Angriff legt, zum eigenen Nutzen verwenden. Wenn der Angreifer zum Beispiel ausholt, um zuzuschlagen, packt man seinen Arm und verlängert die darin vorhandene motorische Energie ins Leere, so dass der andere ins Straucheln kommt. Das meiste ist eine Frage des Schwerpunktes. Aber auch aggressive Würgetechniken, die die Blutzufuhr zum Hirn des Gegners stoppen, oder das Auskugeln von Schultergelenken gehören zum Repertoire. An all das dachte ich und versuchte dabei, mich an die entscheidenden Bewegungsabläufe zu erinnern, während die Kerle den Kreis um mich immer enger schlossen.

Ich fixierte die Augen des Anführers und probierte es mit einem Stoss mit der Faust gegen das Brustbein, dort wo nach buddhistischer Auffassung eines der Chakren, der lebenswichtigen Nervenpunkte des Menschen, sitzt. Dieser sogenannte Atemi-te kann zum Tod führen, wenn er kräftig und präzise ausgeführt wird. Auf Grund meiner Körpergröße war ich meinem Gegenüber an Reichweite überlegen, aber ich traf ihn nicht genau und mein Handgelenk schmerzte. Dennoch hatte ich den anderen offensichtlich so überrascht, dass er mich fassungslos anstarrte. Dann ging er zum Angriff über, und seine Kumpane taten es ihm nach. Schläge und Tritte trafen mich aus allen Richtungen.

Ich hasse Prügeleien und versuche, sie nach Möglichkeit zu vermeiden. Man könnte mich für feige halten, und viele meiner ehemaligen Kollegen taten dies auch. Diesmal war es anders. Ich genoss es fast, geschlagen zu werden, bestraft für mein sinnloses Leben. Doch als ich den süßfaden Geschmack von Blut im Mund hatte, packte mich plötzlich weiße Wut. Während ich, an der Stirn getroffen von einem Fausthieb des Anführers, rückwärtsfiel, stieß ich mein rechtes Knie mit aller Kraft in seinen Schritt. Er schrie vor Schmerzen. »Na, geht dein Handy noch?«, brüllte ich. Die beiden, die mich von hinten traktiert hatten, umklammerte ich an den Fesseln und riss sie zu Boden. Dann drehte ich mich blitzschnell so, dass ich mit den Knien auf ihren Oberkörpern landete. Ich sah in ihre Augen. Wie winzige Murmeln kamen sie mir vor, die in tiefe Löcher gerollt waren. Mit beiden Händen drückte ich ihre Kehlen zu. Sie gurgelten, die Zungen erschienen. Ich hätte sie töten können. Der Vierte, ein kleiner, pockennarbiger Typ, hatte sich einige Schritte entfernt und einen Stein ergriffen. Ich ließ von den beiden ab und stand auf. Hinter mir hörte ich Keuchen und Würgen. Der Anführer hockte zusammengekrümmt auf dem Boden und erbrach sich. Ehe der Pockennarbige den Stein werfen konnte, war ich mit einem Satz über ihm. Ich traf ihn mit einem präzisen Shomen Uchi, einem Schlag von oben auf die Fontanelle, der ebenfalls tödlich sein kann, doch milderte ich ihn ein wenig ab. Ich sah mich nach dem Fünften um. Er war wie vom Erdboden verschwunden. Während ich das Schlachtfeld verließ, starrten mir die Totenköpfe nach, voller Bewunderung, wie ich mir einbildete.

Ich ging ins Bistro, immer noch aus meiner Stirnwunde blutend. Mein linkes Auge begann sich wegen einer Schwellung zu schließen. Als ich den Raum betrat, glotzten mich die Leute an. Nur Jeanne, die mit einem Tablett voller Gläser neben dem Tresen stand, vermied es, mich anzusehen. Der Geschäftsführer setzte sich in Bewegung, sicherlich um mich wegen meines Zustandes aus dem Lokal zu weisen. Ich ging zum Piano und stellte den Saitendämpfer aus. Genau in diesem Augenblick begann das zweite Stück, der Boogie. Ich griff in die sich spukhaft bewegenden Tasten und spielte mit. Meine Freundin, oder besser gesagt, ehemalige Freundin, zündete sich eine Zigarette an und versuchte, sich einzunebeln. Der Geschäftsführer schritt nicht ein, solange ich spielte. Dann war das Stück zuende, und ehe »The man I love« begann, machte ich mich auf und davon, nicht ohne die Tatsache zu genießen, dass einige der Bistrogäste applaudierten.

8

Ich wollte Wasser sehen und fuhr deshalb mit dem Spätzug nach Dieppe. Das Meer an dieser Küste ist schizophren, mal ist es da, mal nicht. Der Tidenhub ist enorm. Vierzehn Meter zwischen Ebbe und Flut. Eine manisch-depressive Persönlichkeit wie ich sollte sich hier wohl fühlen.

Ich mietete mich in einem Hotel ein. Ein Zimmer mit Seeblick im obersten Stock. Wieder genoss ich den Anblick einer Kathedrale, diesmal einer grauen, deren Wasserspeier und Türmchen weiß waren vom Gischt. Eine Kathedrale der Wellen, die auf der Seite lag. Die Brandung war gewaltig, jedenfalls solange Flut war. Ich stand am Fenster und starrte auf die bewegte Unendlichkeit hinaus, trank zwanzig Jahre alten Rotwein aus einer staubigen Flasche, die ich in einem kleinen Lebensmittelladen erstanden hatte.

Am Ende der breiten Strandpromenade, dort wo die mächtige Steilküste begann, gab es ein Lokal mit dem Namen Bar-O-Mètre. Es wurde bald mein Lieblingsort in dieser Stadt. Hinter ihm ging es nicht weiter, denn eine mächtige Mauer aus Kalkstein versperrte den Weg. Auch am Strand kam man nicht sehr weit. Es war wegen des gewaltigen Tidenhubs zu gefährlich.

Die Bar-O-Mètre war ein schlichter, barackenähnlicher Raum mit einer langen Theke. Auch bei schlechtem Wetter standen einige Tische draußen an der Strandmauer. Hier saß ich oft und sah dem Meer bei seinem Kommen und Gehen zu. Auch jetzt war es wieder einmal dabei, sich mit enormer Geschwindigkeit zurückzuziehen, eine Wüste aus Sand und Steinen zurücklassend. Es würde bald zurückkehren, nur um erneut davonzuziehen, im Rhythmus der Mondumkreisungen. Es blieb sich treu in diesem Hin und Her. Ich sollte versuchen, von ihm zu lernen.

Sehr schnell war ich als Stammgast akzeptiert. Die jungen Leute, die die Bar unterhielten, machten erst zu, wenn der letzte Kunde gegangen war, und das war meistens ich. Mit tränenden Augen, eine Decke auf den Knien, saß ich manchmal noch um Mitternacht draußen an meinem Tisch, trank Rotwein und starrte aufs Wasser, das wie ein schwarzer Vorhang vom Horizont herabhing, von den Gardinenhaken winziger Lichter gehalten, den Positionslaternen von Schiffen, die weit draußen entlangzogen.

Nach einer Woche war der Entschluss in mir überreif, die Wahnidee aufzugeben, in der Fremde mein Seelenheil zu suchen. Es war längst unauffindbar geworden. Wo konnte ich also besser in der Fremde sein als zu Hause? Ein letztes Mal ging ich in die Bar-O-Mètre. Ich nahm draußen Platz und stellte mein Bierglas und den Calvados auf die Molenmauer. Wind war aufgekommen. Meine Augen tränten. Wie gerne wäre ich hier für immer sitzen geblieben, aber es war zu früh. Wieder einmal war ich in einer Sackgasse gelandet, auch wenn sie geradewegs auf die Unendlichkeit des Atlantiks hinausging. Ich war nicht wirklich weitergekommen, und zudem gingen meine Geldmittel allmählich zur Neige.

»Werde endlich erwachsen, ehe du ins Gras beißt«, hörte ich mich flüstern. »Kein Kindergrab bitte auf dem Armenfriedhof.«

»Morgen fahre ich nach Hause«, sagte ich laut zum Barkeeper.

»Wir sehen uns bestimmt wieder, mein Freund«, sagte er. »Der Calva geht auf meine Rechnung.«

9

Als ich nach langer Fahrt die Straßen meiner Heimatstadt betrat, fühlte ich mich wie neugestorben. Ich hatte die Villa meiner Mutter vor längerer Zeit verkauft und lebte von dem Erlös in irgendwelchen Zimmern, die ich mietete und wieder aufgab. Jetzt empfand ich diese Unsesshaftigkeit als Mangel. Auch war mein Guthaben bei der Bank arg geschrumpft. Ich hätte vielleicht für eine Weile bei Freunden unterkommen können, aber hatte ich überhaupt noch welche?

Mir fiel nichts Besseres ein, als in das Hotel in der Innenstadt zu gehen, in dem ich vor Jahren bereits einige Male übernachtet hatte. Zum Beispiel nach einer wilden, mit irischen und schottischen Gastarbeitern verbrachten Party. Das Tiffani war renoviert worden. Es gab keine Duschköpfe mehr, die schlaff herabhingen und erst durch den Rückstoß des Wasserstrahls in einer Art Erektion eine brauchbare Position einnahmen. Es gab auch keine wilden Partys mehr. Eine kleinbürgerliche Wohlanständigkeit hatte Einzug gehalten. Ich kam mir in meinem neuen Zimmer mehr auf der Durchreise vor als in all den Hotels, die ich vor kurzem noch im Ausland bewohnt hatte.

Der einzige Ort, an dem sich für mich noch so etwas wie ein Heimatgefühl einstellte, war wie immer die Blaue Maus. Hier war alles beim Alten geblieben. Auch der Wirt war gegen jeden Wandel gefeit. Massig, jovial und rotgesichtig, ein lebendes Geneverfass, dem weder die Zeit noch der Alkohol etwas anzuhaben schienen.

»Wie siehst du denn aus«, sagte er, »willst du auf eine Halloweenparty? Dann hast du dich im Datum geirrt.« Im großen Spiegel hinter dem Tresen sah ich mein zerschlagenes Gesicht, das Pflaster über der Stirnwunde, das inzwischen blau unterlaufene Auge. »Man hat übrigens letzte Woche bei mir angerufen und nach dir gefragt.«

»Wer ist ›man‹?«

»Dein ehemaliger Arbeitgeber. Der Chef der Groninger Mordkommission.«

»Ist der Kerl immer noch im Amt? Hat er sich noch nicht zu Tode geraucht?«

»Er hat das Rauchen angeblich aufgegeben. Er sieht ziemlich fit aus, habe ich gehört.«

»Und warum hat er hier angerufen?«

»Er meint, dass ich noch am ehesten wüsste, wo du dich in der Weltgeschichte herumtreibst. Ich habe gesagt, ich würde dir Bescheid geben, wenn du wieder einmal vorbeigeschneit kommst.«

»Hast du eine Ahnung was er will? Ich habe keine Lust, wieder für ihn zu arbeiten.«

»Geh hin und frag selbst. Du kannst ja nein sagen, oder? Du siehst übrigens aus, als könntest du eine Stärkung gebrauchen.«

»Hast du einen Calvados?«

Er drehte sich um, betrachtete die Flaschen auf dem

Spiegelregal. Dann bückte er sich, öffnete eine Falltür und verschwand in der Tiefe. Als er wieder erschien, hatte er eine große, halbvolle Flasche dabei. Er schenkte aus. Es war tatsächlich alter Calvados aus der Normandie, und wirklich, er weckte meine Lebensgeister. »Le Trou Normand, das normannische Loch«, sagte er. »Man trinkt ihn zwischen den Gängen, um im Magen Platz für die nächste Speise zu schaffen.«

»Und um die Bakterien abzutöten, die häufig in rohen Meeresfrüchten zu finden sind.«

Er schenkte unsere Gläser noch einmal randvoll. »Ich weiß es, weil ich eine Weile in der Normandie gelebt habe«, sagte er. »Als junger Mann. Kannst du dir vorstellen, dass ich mal jung war? Ich jedenfalls nicht. Es ist schön dort. Wenn es außerhalb des Paradieses einen Schrebergarten Gottes gibt, dann liegt er dort.«

Ich blieb so lange, bis ich die Ehre hatte, der letzte Gast zu sein und die Flasche leer war. Der Wirt räumte die Gläser von den Tischen. »Weißt du, Piet«, sagte er, »es ist immer das Gleiche mit dir. Du wartest auf etwas, das sich nicht einstellt. Und in Wirklichkeit wartet etwas auf dich, und du stellst dich nicht ein. Du solltest dich einfach in dein Schicksal ergeben.«

Am nächsten Morgen rief ich vom Hotel aus bei der Groninger Polizei an. Man stellte mich zum Chef der Mordkommission durch. Wie immer begann das Gespräch damit, dass ich geduldig das Ende seines Hustenanfalls anhörte. Dann, nach mehrmaligem Räuspern, sagte er: »Hallo Piet, freut mich, dass du anrufst. Es gibt hier ein paar Leute, die dich tatsächlich vermissen. Ich gehöre übrigens auch dazu.

Wir haben einfach weder Geschmack noch Menschenkenntnis. Du bist und bleibst ein Windhund.« Er fügte noch ein paar Beleidigungen an und kam dann zur Sache: »Wir haben letzte Woche eine Anfrage aus Berlin gehabt. Da wollen dich gewisse Leute für irgendeine dubiose Sache. Näheres weiß ich nicht. Es waren übrigens keine Kollegen, sondern Privatleute, aus der Immobilienbranche, soviel ich verstanden habe. Du sollst für sie ermitteln, für ein außergewöhnlich gutes Honorar, wie ich vermute. Du kannst doch Geld sicher gut gebrauchen? Ich nehme an, dass du für Geld alles tust. Sie wollen diese Woche noch mal anrufen. Kann ich ihnen deine Mobilfunknummer geben? Du hast doch ein Handy, oder?«

»Ja. Aber die Sache interessiert mich nicht. Obwohl ich Geld im Augenblick wirklich gut gebrauchen könnte.«

»Dann sage bitte gefälligst selber ab. Deine Nummer?«

Ich sagte sie ihm.

»Übrigens, ich lade dich für morgen Abend zum Muschelessen ein. Ich weiß, dass du es gerne hast, wenn jemand dein Essen bezahlt.«

Wir trafen uns wie früher schon manchmal in einem Lokal, in dem man ganz gut vom »heißen Stein« essen konnte. Aber die Muscheln waren hier auch nicht schlecht. Wir bestellten. Ein merkwürdiges, fast wohliges Gefühl beschlich mich. War ich etwa schon in der Unterwelt gelandet und war dieser schlanke Mann mit den graumelierten Haaren ihr Herrscher? Er rauchte zwar nicht mehr, aber er hustete und war auf seine zynische Art guter Dinge.

Die Muscheln waren tatsächlich exzellent. Während die Bänder ineinandergestapelter Schalen immer länger wurden, erklärte mir mein ehemaliger Chef das Leben. »Du bist Psychologe, Piet, und du bist ein typischer Autist. Völlig in dir gefangen. Fragt sich, was Ursache und Wirkung ist. Das bekannte Problem von der Henne und dem Ei. Was ist früher da. Ich pflege es dadurch zu lösen, dass ich beide verspeise.« Er lachte, und da der anschließende Hustenanfall diesmal besonders lange anhielt, nutzte ich die Gelegenheit zu einem Statement.

»Ich bin kein typischer Autist. Das wäre im Übrigen auch nicht weiter schlimm. Ich kenne fast niemanden, der nicht autistische Züge hat. Ich bin, wenn du schon die Terminologie der Psychologen bemühen willst, etwas viel Gravierenderes: Ein Borderliner. BPS. Borderline Personality Structure.«

»Verstehe, einer, der notorisch irgendwelche Grenzen verletzt. Du fährst ständig von einem Niemandsland ins nächste.« Er lächelte selbstzufrieden über seinen Einfall.

»Ein Borderliner ist der klassischen Definition nach ein Mensch mit einer starken Persönlichkeitsstörung«, dozierte ich. »Ein Zwischending zwischen Neurotiker und Psychopath mit Tendenzen zur Schizophrenie. Solche Leute sind genauso selbstbezogen wie ängstlich. Ich zum Beispiel habe Höhenangst und neuerdings auch ein permanentes Gefühl der inneren Leere. Ein typisches Borderlinersymptom. Hinzu kommen starke Stimmungsschwankungen. Himmelhoch jauchzend, zu Tode betrübt, Euphorie und Misstrauen, du weißt schon. Die Folge: Ich bin unfähig, feste Beziehungen einzugehen. Welcher Lebenspartner würde dieses Wechselspiel auf Dauer ertragen Der Borderliner neigt übrigens auch zu magischem Denken. Du weißt, dass ich anfällig bin in dieser Hinsicht. Ansonsten die typischen

Symptome: mangelndes Realitätsbewusstsein, Promiskuität, Größenwahn, Selbsterniedrigung.«

»Dein Selbstporträt gefällt mir mehr und mehr.« Er lachte wieder und steckte sich eine Zigarette verkehrt herum zwischen die Lippen. Ich trank wie so oft in solchen Situationen zu viel. Die Nähe eines mir halbvertrauten Menschen beunruhigte mich. Ich hatte Menschenhöhenangst und klammerte mich an mein Bierglas.

»Vielleicht bin ich auch nur der klassische Hysteriker«, fuhr ich fort. »Weißt du, was Hysterie ist? Ursprünglich angeblich ein reines Frauenleiden. Schon in der Antike bekannt. Überspanntheit, Krämpfe, Bewusstseinstrübung. Das Wort kommt von Hystéra, das ist Griechisch und bedeutet Gebärmutter. Wusstest du, dass die antike Medizin behauptete, die Gebärmutter nehme keine feste Stelle im Körper der Frau ein, sondern sei auf ständiger Wanderschaft? Schwanger wurde eine Frau nur, wenn sich die Gebärmutter zufällig zwischen den Beinen aufhielt. Befand sie sich dagegen im Kopf, kam es zu jenen Verhaltensmerkmalen, die wir heute als hysterisch bezeichnen. Meine persönliche Gebärmutter ist tot, wie du weißt. Dennoch stehe ich immer noch unter ihrem Einfluss. Ich bin ständig auf Wanderschaft im großen Leib der Welt. Sigmund Freud hat bekanntlich Hysterie als Folge verdrängter sexueller Wünsche interpretiert. Das war eine ziemlich maskuline Deutung. Die unbefriedigte Frau, der Blaustrumpf als Vorläuferin der Emanzipation, war damals eine Bedrohung der atavistischen Attitüden der Männer. Eine These Freuds erweist sich nachträglich übrigens als höchst modern: Hysterie als eine Form der Abwehr, die einem Akt moralischer Feigheit entspringt. Ich würde sagen, Hysterie ist eine Methode, das

Rauschen der Umwelt so zu organisieren, dass eine Art Melodie dabei entsteht, die Melodie des eigenen Daseins. Und genau das ist irgendwie feige.«

Der Hustenanfall meines ehemaligen Chefs hatte endlich aufgehört. Er schien tatsächlich zugehört zu haben. »Was du sagst, ist wunderbar unklar ausgedrückt und möglicherweise sogar interessant. Aber ich habe einfach keine Lust, auf deine Hirnakrobatik einzugehen. Haben sich die Berliner inzwischen bei dir gemeldet?«

»Noch nicht. Keine Ahnung, was sie von mir wollen.«

»Vermutlich das Übliche. Du sollst Licht in irgendeine beliebige Dunkelheit bringen. Ausgerechnet du mit deiner dunklen Seele. Übrigens, hast du dich mal mit Profiling beschäftigt? Ich halte nichts von dieser Technik, ein Täterprofil zu erstellen, um einen Fall zu lösen. Tatortanalyse, das haben wir immer gemacht. Routinemäßig. Und du hast deine Fälle, soweit mir bekannt, weniger durch analytische Fähigkeiten als durch Intuition gelöst. Aus dem Bauch sozusagen. Dennoch, seit einigen Jahren ist Profiling auch bei uns in Mode gekommen. Das liegt an den Kollegen in Leyden. Die von NISCALE, dem Studienzentrum für Kriminalität und Rechtshandhabung. Die haben versucht, diese albernen FBI-Methoden zu importieren. Wie gesagt, ich halte nichts davon. Amerikanische Mörder sind anders als europäische. Aber egal, wir haben Gelder vom Staat bekommen für die Einrichtung einer Profilerstelle. Also, ich mache dir ein Angebot. Komm wieder zu uns, als unser Profiler. Du bekommst ein eigenes Büro, jede Menge Freiheit und ein gutes Gehalt.«

»Wenn es wahr ist, wie manche Theoretiker behaupten, dass zwischen Normalität und Kriminalität nur ein winziger Schritt liegt, dass uns sogenannte Normale von einem Serienmörder nur ein Prozent fehlender krimineller Energie und pathologischer Disposition unterscheidet, dann ist die Profiler-Idee nicht so abwegig. Der Profiler muss nur tief genug in den eigenen Abgrund leuchten, um den Fall zu begreifen.«

»Und genau deswegen bist du der Richtige für unser Projekt. Du bist auf eine passive Weise verdorben genug, um uns bei einer Tatanalyse helfen zu können.«

»Da könntest du übrigens sogar recht haben. Ein Profiler ist jemand, der sich auf einen Fall einlässt, nicht indem er der Logik folgt und ihn zu lösen versucht wie eine Rechenaufgabe, sondern indem er die Merkwürdigkeiten, Unwahrscheinlichkeiten der Fakten, die Persönlichkeit des Falles sozusagen, ernst nimmt und sich in diesem Netz von Unklarheiten einfangen lässt wie eine Fliege vom Spinnennetz. Irgendwann wird er die eigentümliche Handschrift des Täters erkennen und so der Spinne auf die Schliche kommen. Dabei ist allerdings viel Statistik und Büroarbeit nötig. Und genau das ist nichts für mich. Danke trotzdem für das Angebot. Ich bin mir übrigens jetzt sicher. Ich werde die Bitte, nach Berlin zu kommen, nicht ausschlagen. Berlin ist vermutlich weniger provinziell als Groningen. Ich bin nicht eigentlich neugierig, aber ich habe das Gefühl, dass ich meinen Frieden noch nicht gemacht habe. Vielleicht bekomme ich in Berlin ja wieder Lust zu Leben.«

Er sah mich irritiert an. »Welchen Frieden meinst du, um Gottes willen, und welche Lust?« Er drückte eine imaginäre Zigarette im Aschenbecher aus.

»Ich meine den Frieden, der einen ewigen Waffenstillstand beendet. Es ist ein leiser, ein unscheinbarer Frieden. Und mit Lust meine ich das Einverständnis mit mir selbst.«

Er nahm meine Hand und drückte sie. Soweit ich mich entsinne, war es die erste körperliche Berührung zwischen uns. »Soll ich dir mal einen Rat geben, Piet? Er ist kostenlos, und ich bin mir ziemlich sicher, dass du ihn nicht annehmen wirst. Höre auf, an allem zu zweifeln, was dir in die Quere kommt, dich eingeschlossen. Suche dir eine einfache, körperliche Arbeit. Gehe meinetwegen zur Müllabfuhr, oder besser noch, werde fromm. Ich gehe in die Kirche, jeden Sonntag, seit ich weiß, dass ich Lungenkrebs habe. Ich glaube an Gott, obwohl ich weiß, dass er nicht existiert. Es ist nämlich erstaunlich einfach, an etwas nicht Existierendes zu glauben, Piet. Es ist im Grunde leichter, als an etwas Existierendes zu glauben, denn das schließt immer die Enttäuschung ein.«

Er holte sein Taschentuch hervor, hustete hinein und zeigte mir den roten Fleck, der entstanden war. Dann rief er nach dem Kellner und ließ sich die Rechnung geben.

10

Der folgende Tag war ein Spätsommertag, wie es sie nur selten in unseren Breiten gibt. Eine Luft warm und weich wie Seide. Ich lieh mir ein Fahrrad und fuhr zum Grab meiner Mutter. Ich hatte vor meiner Abreise den Friedhofsgärtner gebeten, die Pflege zu übernehmen, und es war tatsächlich in gutem Zustand, die Erde geharkt, die Buchsbaumhecke beschnitten.

Ich legte mich der Länge nach zwischen die Rhododendronbüsche und ihre Lieblingsblumen, die beiden Gloria Dei. Es war eine ziemlich sentimentale Handlung, und mir war alles andere als wohl dabei. Ich wusste nicht, ob mir meine Mutter wirklich fehlte, wie ich manchmal meinte, oder ob ich nicht froh sein konnte, ihrer ewigen Kontrolle für immer entkommen zu sein.

Plötzlich roch ich Zigarettenrauch. Ich sah mich um. Niemand war da, ich war ganz allein. Meine Mutter war wie mein ehemaliger Chef Kettenraucherin gewesen bis zu ihrem Tod. Wahrscheinlich war ihr Skelett nikotingelb. Genau in diesem sentimentalen Moment meldete sich mein Mobiltelefon. Ich habe aus Nostalgie das berühmte Klingeln aus amerikanischen Kriminalfilmen als Rufton programmiert. So kam ich mir wie Philip Marlowe in seinem Büro vor, als ich jetzt die Taste für die Gesprächsannahme drückte. Ich hörte eine Frauenstimme. Sie hatte einen angenehm sonoren, manche würden sagen, erotischen Klang, wie ihn Leute entwickeln, die viel beruflich telefonieren und dabei häufig genug Erfolgserlebnisse haben.

»Schön, dass ich Sie persönlich erreiche, Doktor Hieronymus. Wir, das heißt die Firma Immob Berlin, glauben, dass Sie uns in einer schwierigen Angelegenheit helfen könnten. Wären Sie bereit, nach Berlin zu kommen, um die Sache zu besprechen? Ich möchte nicht am Telefon darüber reden. Wir übernehmen selbstverständlich Ihre Spesen und zahlen Ihnen auch einen Vorschuss von, sagen wir, dreitausend Euro, selbst wenn es zu keiner weiteren Zusammenarbeit zwischen uns und Ihnen kommen sollte. Hallo, sind Sie noch dran?«

Ich hatte die ganze Zeit überlegt, ob ich nicht einfach auflegen sollte. Doch das Geld konnte ich gebrauchen. Außerdem interessierte mich Berlin wirklich, seitdem in letzter Zeit so viel Positives über die deutsche Hauptstadt in den Medien stand.

»Um was für eine Firma handelt es sich?«

»Schön, dass Sie noch dran sind. Ich dachte schon, Sie hätten aufgelegt. Wir arbeiten in der Immobilienbranche. Wir sind eine kleine Firma, deren Spezialität es ist, große und schwierig zu verwirklichende Projekte zu gestalten. In internationalem Maßstab natürlich.«

»Wie das Sonycenter?«

»Zum Beispiel. Es ist eine schwierige Arbeit.«

»Welche Schwierigkeiten kann es da geben? Es ist doch sicher viel Geld dabei zu machen.« Ich fragte nicht aus echtem Interesse, sondern weil ich einfach diese Stimme noch eine Weile hören wollte.

»Zum Beispiel, wenn ein Hotel auf verseuchtem Boden errichtet werden soll, und auf dem Gelände außerdem die Laube des Umweltministers steht.«

»Wie bitte?«

»Laube nennen wir hier in Berlin die Hütten in Schrebergärten. Es ist natürlich ein fiktives Beispiel. Unser Umweltminister hat keine Zeit, eine Laube zu unterhalten, selbst wenn er es gerne möchte.«

Ich wollte immer noch verhindern, dass sie auflegte, so sehr gefiel mir inzwischen ihre Stimme. Also fragte ich weiter: »Ich nehme an, es geht um ein Problem, für das eigentlich die Polizei zuständig ist.«

»Ja und nein. Es ist wirklich besser, wenn wir in aller Ruhe darüber reden. Sagen Sie mir einfach, wann Sie kommen können.«

»Von mir aus sofort. Es ist natürlich eine Frage der Organisation, zum Beispiel, ob ich fliege, was ich ungern tue, oder mit dem Zug fahre.«

»Ich habe bereits eine Zugfahrkarte an das Hotel geschickt, in dem Sie derzeit wohnen. Außerdem einen Scheck über dreitausend Euro. Der Zug fährt um 13.38. Sie fahren nach Amersfoort und steigen dort um in den IC nach Berlin. Das ist zwar nicht die schnellste, aber die bequemste Verbindung. Sie kommen kurz nach neun am Hauptbahnhof an und sind spätestens um halb zehn im Hotel. Nehmen Sie sich ein Taxi.«

»Woher wissen Sie, wo ich wohne und dass ich nicht gerne fliege?«

»Von Ihrem Kollegen oder besser gesagt Ex-Kollegen.

Sie wohnen übrigens im Hecker's Hotel in der Grolmanstraße. Ich treffe Sie um zehn im Cassambalis, das ist das Restaurant des Hotels. Bis nachher also, Doktor Hieronymus.«

»Moment noch, wie erkennen wir uns denn?«

Sie lachte ein faszinierendes, gutturales Lachen: »Kein Problem, Doktor Hieronymus.« Dann legte sie auf.

11

Auf meiner siebeneinhalbstündigen Fahrt mit der Bahn hatte ich genügend Zeit zum Nachdenken. Ich hatte das unbestimmte Gefühl, tatsächlich einem Abenteuer entgegenzufahren. Aber waren Abenteuer nicht etwas ganz und gar Veraltetes? Ich wusste, das Wort kommt vom mittelalterlichen Begriff Aventuire und seiner Personifikation als »Frau Aventuire« und meint ein den Charakter des Wunderbaren in sich tragendes Ereignis. Die Begriffsverschiebung hin zu »aufregend, gefahrvoll, spannend, riskant« hat erst sehr viel später stattgefunden, und sie stellt eine Verflachung dar. »Frau Aventuire« hat mehr mit etwas Existenziellem, mit »prägend«, mit »die Persönlichkeit durch ein unwahrscheinliches Erlebnis formend« zu tun als mit bloßen Gefahren für Leib und Leben oder den Sensationen einer Reise in unbekannte Welten. Stand mir eine solche Aventuire bevor? Ich war noch nie in Berlin gewesen, aber ich vermutete, dass es genau der richtige Ort für unwahrscheinliche Erlebnisse war. Die Stadt war angeblich weniger fest strukturiert als andere Großstädte. Sie war auch weniger vom Kontinuum einer bestimmten Tradition geprägt. Ich hatte gehört und gelesen, dass es viele Berlins gab, dass in ihm bis heute verschiedene Zeitenwelten nebeneinander existierten, das neunzehnte Jahrhundert ebenso wie die goldenen Zwanziger, die Bauhausarchitektur, das Berlin der Nazis und nicht zuletzt das von Ulbricht, Mielke und Honecker und nun auch die Weltstadt mit großer internationaler Architektur. Die Stadt war also so etwas wie ein riesiges historisches Freilichtmuseum, dessen moderner Flügel nur ein neuer Anbau war.

Ich stieg am Hauptbahnhof aus. Wenn Hauptbahnhöfe die Visitenkarte einer Stadt sind, dann war ich in einem gigantischen Kühlfach gelandet. Überall Glas, Stahl und Beton, zeit- und ausdruckslos, ein durchsichtiges Labyrinth von Rolltreppen, die wie Transportbänder einer Fabrik für Schaufensterpuppen wirkten.

Ich überlegte, ob ich ein Taxi nehmen sollte, doch dann entschied ich mich für die S-Bahn, in der Hoffnung, so mehr vom Geist der Stadt in Erfahrung zu bringen. Und wirklich, angesichts der auf ihren Sitzen schaukelnden Menschen ließ sich ein wenig ahnen, dass der erste Eindruck eine Täuschung war. Das lag vor allem an den vielen vom Leben lädierten Gesichtern, den Trinkern, den Armen. Die Menschentemperatur war deutlich höher als die der Architektur. In anderen Städten ist es eher umgekehrt.

Am Bahnhof Zoo kaufte ich mir einen Stadtplan und navigierte in Richtung Hotel. Plötzlich sah ich ein seltsames Wesen. Es kam mir auf einem niedrigen Fahrrad entgegen, auf dem es wie ein Affe hockte. Ein weiter Mantel umwehte es wie die flatternden Schwingen eines Vogels. Unter einem großen Hut glänzten seltsam verzückte Augen in einem geröteten Gesicht. Dieser Blick schien nichts von seiner Umgebung wahrzunehmen, auch den Verkehr nicht, durch den die Person sich mit nachtwandlerischer Sicherheit bewegte. Als sie näher kam, sah ich, dass sie einen Buckel hatte. Eine zweite Harpyie wie damals in Barcelona? Ein räuberisches Mischwesen also, das die Toten über den Styx beförderte? Der Mensch bremste unmittelbar vor mir. »Hier ist meine Karte«, sagte er. »Komm mal vorbei, wenn es dein Karma erlaubt.« Dann war die Erscheinung vorüber. Ein schwarzer Hut mit breiter Krempe war das Letzte, was ich zwischen den Passanten von ihm sah.

Um kurz vor zehn saß ich im Cassambalis. Der Kellner hatte nach meinem Namen gefragt und mich dann zu einem besonderen Tisch geführt. Er war nicht rechteckig wie alle anderen, sondern rund. Seine ehemals blütenweiße Tischdecke befand sich unter einer Glasplatte, durch die man wie Reliquien kostbare verschiedene Verunreinigungen sah: Kaffeeflecken, Asche, sogar eine plattgedrückte Zigarettenkippe, außerdem Kritzeleien, Namen, eine Zahlenreihe, vielleicht eine Telefonnummer.

Alles um mich herum, der Raum, die Angestellten, die Gäste strahlte urbane Eleganz aus. An den Wänden hingen Bilder von recht guter Qualität. Ein Künstlerlokal offenbar, und ein Treffpunkt der Prominenten, der Szene.

Der Kellner fragte mich, ob ich einen Aperitiv nähme. Ich fand das keine schlechte Idee nach der langen Zugfahrt. »Ja, ich hätte nichts gegen einen Prosecco.«

»Wir führen keinen Prosecco«, sagte er. »Nur Champagner.«

»Also gut, einen Champagner.«

»Sie sehen ihm täuschend ähnlich« sagte der Kellner, als er das Glas vor mich hinstellte.

»Ihm?«

»Ja. Unserem großen Otto Rühl. Er ist Stammgast bei uns. Dies ist sein Tisch. Genau auf Ihrem Platz pflegt er häufig zu sitzen. Frau Bree hat den Tisch für heute Abend bekommen, weil Herr Rühl spielt. Vielleicht kommt er aber nach der Vorstellung noch auf einen Drink vorbei, dann können Sie ihn sehen.«

»Spielt? Wer ist denn dieser Herr?«

»Sie sind nicht von hier, nicht wahr? Er ist Schauspieler. Sehr erfolgreich. Der bekannteste Berliner nach dem seligen Harald Juhnke, der auch hier zu verkehren beliebte.«

Während der Kellner ging, sah ich mich um. Der Raum war gut gefüllt. Etliche der Anwesenden hatten typische Mediengesichter, wie Leute, die häufig einer Kamera ausgesetzt sind. Das scheint die Mimik zu verändern. Sie wirkt starrer und zugleich flexibler, ich meine damit, sie verändert sich sozusagen ruckweise, wie auf alten Filmen mit zu niedriger Bildfrequenz. Außerdem verfügen Moderatoren, Ansager, Schauspieler über trainierte Stimmen, die, selbst wenn sie leise reden, über größere Distanzen deutlich vernehmbar sind. Genauso war es hier. Trotz der dezenten Jazzmusik, die aus verdeckten Lautsprechern kam, war das Sprachgewirr im Raum nicht babylonisch, sondern schien aus lauter einstudierten Dialogen und Monologen zu bestehen, die man je nach Haltung des Kopfes akustisch erstaunlich gut auflösen konnte.

Sie kam eine Viertelstunde zu spät. Dass »Sie« es war, stand für mich bereits außer Frage, als sie im gläsernen Windfang stand und nach der Klinke der Innentür griff. Sie war groß und trug einen eleganten Blaufuchsmantel. Ihre Haare waren tiefschwarz, glatt und zu einem Knoten im Nacken geschlungen. Der große Mund war präzise geschminkt. Ihre Augen sahen aus, als seien sie das Ergebnis zweier gleichzeitig stattfindender Sonnenfinsternisse: sehr dunkel und dabei von einer leuchtenden Korona umgeben.

Einer der Ober nahm ihr den Mantel ab. Die Häutung einer Schlange, dachte ich. Das schwarze Kleid betonte ihre schlanke Figur und ihre großen Brüste. Es war tief ausgeschnitten und wirkte dennoch eher wie ein Panzerhemd, an dem die Männerblicke abprallten. Überhaupt war mein erster Eindruck, dass sich bei ihr Anziehung und Abweisung auf eine raffinierte Weise die Waage hielten, ein strategisch sicheres Mittel, Männer und Frauen gleichermaßen in einer Position zu bannen, bei der Nähe als Abstand und Abstand als Nähe empfunden wird. Eine günstige Lage also, die es ihr erlauben würde, selbst über Geben und Nehmen bestimmen zu können.

Ich erhob mich, um ihr die Hand zu geben. Sie reichte mir die ihre wie eine teure Visitienkarte aus Fleisch und Blut. Dann setzten wir uns in einer synchronen Bewegung. Ich warf einen Blick auf ihre goldene Reverso und war versucht, ein Gespräch über Uhren zu beginnen, die bekanntlich nicht immer nur Zeitmesser sind, sondern auch Insignien eines gesellschaftlichen Status.

»Wie immer das leidige Parkplatzproblem«, sagte sie und sah mich dabei an mit einem schwer zu deutenden Blick. Er war sowohl kühl und taxierend als auch voller menschlicher Neugier. Hatte mich ihre Stimme am Telefon bereits fasziniert, so war ihr Klang in der Realität noch wesentlich beeindruckender. Er hatte etwas geradezu Hypnotisches. Dieser Effekt verlor sich auch nicht. Jedes Mal, wenn sie etwas sagte, brauchte ich einen Moment, um aus der durch ihre Stimme bewirkten Trance aufzuwachen und eine Erwiderung zu formulieren.

»Sie sind also Doktor Hieronymus. Hat man Ihnen schon gesagt, dass Sie Otto Rühl ähnlich sehen? Verblüffend ähnlich sogar? Ich heiße Ivonne Bree. Ich habe übrigens holländische Vorfahren. Einer davon war ein berühmter Maler. Frühes neunzehntes Jahrhundert. Ich besitze ein Bild von ihm. Es ist von mittlerer Qualität, etwas flau in den Farben und kühl in der Komposition, aber es rührt mich, weil es Napoleon im Augenblick der Niederlage bei Waterloo zeigt. Große Niederlagen haben etwas von kleinen Siegen, finden Sie nicht? Man verliert eine Illusion und gewinnt dafür als Trostpreis ein Stückchen Ehrlichkeit. Darf ich Sie zu einem kleinen Imbiss einladen? Die Vorspeisen sind wirklich gut.«

»Gerne«, sagte ich mit unsicherer Intonation. Der Kellner stand bereits mit einem Tablett mit zwei Gläsern Champagner neben Ivonne Bree. Während sie ihm Anweisungen gab, eine Platte mit verschiedenen Gemüsen, Meeresfrüchten und marinierten Fleischbällchen anzurichten, setzte er die Gläser mit unnachahmlicher Bewegungssicherheit vor uns auf den Tisch. Mir fiel der Kellner vom Gare du Nord ein. Welch Potential an großen Schauspielern barg doch dieser Beruf! »Ich habe meinen Aperitiv schon getrunken«, sagte ich zögernd. Ivonne Bree schenkte mir ein verzeihendes Lächeln.

»Aber ohne mit mir anstoßen zu können.«

Sie hob ihr Glas wie Aphrodite den Apfel, den sie von Paris erhalten hat, triumphierend, stolz und siegessicher. Ich hob meines und blickte unwillkürlich hindurch. Mein Gegenüber glich durch die Lupenwirkung des gefüllten

Glases und die in ihm aufsteigenden Perlen einem Idol, dem Frauenbildnis eines archaischen Fruchtbarkeitskultes. Sie war die schaumgeborene Göttin, und ich war einer ihrer vielen Liebhaber, mit dem sie Kinder bekam wie Deimos, den Schrecken, und Phobos, die Furcht.

»Was wollen wir trinken?« Ehe ich etwas sagen konnte, fuhr sie fort: »Mögen Sie Retsina? Viele mögen ihn nicht, aber ich finde, er passt einfach gut zum griechischen Essen. Außerdem schmeckt der Retsina, den sie hier ausschenken, nicht so stark nach Harz wie gewöhnlich.«

»Ja«, sagte ich und meinte damit nicht nur die Tatsache, dass auch ich gerne Retsina trank. Wahrscheinlich würde ich diesen kleinen Laut der Unterwerfung noch öfter in ihrer Gegenwart benutzen. Kurze Zeit später stand eine Flasche auf unserem Tisch, deren Etikett man bereits ansah, wie teuer sie sein würde. Ich bemerkte, dass einige junge Leute an den Nachbartischen zu uns herüberstarrten. Vermutlich war Otto Rühl ein Frauenheld und pflegte an diesem Tisch seine Trophäen zu verkosten.

»Frau Bree, Sie wollten mir erklären, inwiefern ich für Sie nützlich sein kann.«

»Oh, es geht um mehr als um bloßen Nutzen. Ich verstehe, was Sie meinen. Sie wollen etwas zum Fall erfahren. Mein Chef, Herr Wels, wird Sie gründlich informieren. Hier nur so viel.«

Sie blickte sich um und senkte die Stimme, so dass ich mich vorbeugen musste, um sie zu verstehen. »Von uns sind keine hier, aber ich gehe davon aus, dass etliche von anderen Firmen anwesend sind. Dieses Lokal ist ein typisches Revier für Informanten. Die Gäste geben sich im Cassambalis besonders locker. Sie plaudern mehr als gewöhnlich.

Eine Frage der Atmosphäre. Diese hier ist betont künstlerisch. Edelbohème, könnte man es nennen. Selbst Leute, die vornehmlich mit Geld zu tun haben, benehmen sich angesichts dieser Bilder ein wenig wie Kinder auf einem Geburtstag, finden Sie nicht?«

»Ja«, sagte ich und trank mein Glas leer.

»Sie versuchen witziger zu sein als gewöhnlich, von Kunst inspiriert sozusagen. Denn sie wissen oder sie ahnen, dass ihnen eine wesentliche Dimension fehlt, die man nicht kaufen kann.«

»Welche Dimension meinen Sie?«

»Das, was die Kunst ausdrückt. Ich würde es die Sehnsucht nach einem Sinn des Lebens nennen. Ganz einfach.«

Sie betrachtete den leeren Teller, als würde sich dort jeden Moment eine geheime Botschaft zeigen, die den Sinn des Lebens formulierte. Der Kellner kam mit dem Essen, einer große Platte voll mit Salaten, Hackbällchen, Langusten, Kaviar, eingelegten Sardinen, Auberginenmus und anderen mediterranen Köstlichkeiten.

»Also, Doktor Hieronymus. Es geht um Informanten, genauer gesagt um einen unserer Firma.«

»Informanten? Ist das ein Beruf?«

»Könnte man sagen. Informanten sind ganz gewöhnliche Menschen, die allerdings ein Gespür dafür haben müssen, wo es sich lohnt, die Ohren zu spitzen. Es ist wie beim Angeln. Manche haben einen Instinkt dafür, wo es Fische gibt, andere nicht. Das geht über Kenntnisse und Erfahrungswerte hinaus.«

»Um was für Informationen geht es?«

»Grundstücke, Hotels, Büroflächen, Zwangsversteigerungen, Insolvenzen, Kommunalpolitik, im Prinzip um alles, was mit Projekten im Immobilienbereich direkt oder indirekt zu tun hat. Stellen Sie sich vor, ein reicher Saudi sitzt an der Bar und erzählt einem Callgirl, dass er vorhat, eine Hotelkette in Ostdeutschland aufzubauen. So was kann überall passieren, auch zum Beispiel in einem stinknormalen Sushilokal im Lehrter Bahnhof. Schnappt einer unserer Informanten etwas auf, greift er zum Handy und ruft uns an. Wir recherchieren, über den Saudi, seine familiären und finanziellen Verhältnisse, seine Pläne, seine Vorlieben und Abneigungen. Wir kümmern uns um Grundstücke, um Bauunternehmen, um Finanzierungen, um Rechtsanwälte, um Architekten und so weiter und so fort. Vielleicht finanzieren wir auch dem Callgirl eine Kreuzfahrt, je nachdem ob sie im Wege ist oder nicht. Schließlich schnüren wir ein entsprechendes Paket und machen dem Mann, der von all dem nichts ahnt, ein umfassendes Angebot, das alles enthält, bis hin zur Farbe des Teppichs der Hotelflure. Es ist wie ein Puzzle, das ein überzeugendes Bild abgeben muss. Kein Steinchen darf fehlen. Entscheidend ist, dass wir schneller sind als die Konkurrenz. Und wir müssen natürlich extrem vertrauenswürdig sein. Die Kleider, der Schmuck, die Uhren, die Autos, die wir fahren, alles sind Botschaften unserer Seriösität. Glauben Sie mir, ich würde hier viel lieber in Jeans und Pullover sitzen. Leider geht das nicht. Es wäre geschäftsschädigend. Bei allem, was wir tun und sagen, müssen wir eleganter und zugleich moralischer und menschlicher sein als Politiker oder Kirchenleute. Wir müssen spendabel sein, großzügig, caritativ, hilfsbereit, loyal. Der geringste menschliche oder geschäftliche Fehler, und die Sache ist geplatzt. Sie müssen wissen, die Moral ist in diesem Fall so etwas wie ein

Nachschlüssel, mit dem sich alle möglichen Türen öffnen lassen.«

Sie trank nun auch ihr Glas leer und schenkte sich und mir nach. Wir waren bereits bei der zweiten Flasche. »Und trinkfest müsst ihr auch sein«, dachte ich. Laut sagte ich: »Welche besonderen Eigenschaften muss ein Informant noch haben? Außer seinem Instinkt für Fischgründe?«

»Er muss krankhaft neugierig sein und natürlich verschwiegen und sehr intelligent. Er muss selbstverständlich gute Ohren haben und ein breites Allgemeinwissen. Er muss gut informiert sein, vor allem was den politischen Alltag einer Stadt anbelangt, man könnte auch sagen, den örtlichen Filz. Er muss äußerlich unscheinbar sein, nicht zu groß, nicht zu klein, nicht zu dick, nicht zu dünn, kein Feuermal, kein Schmiss. Mit anderen Worten, er darf kein Typ sein, den man sich leicht merken kann. Und er muss vertrauenerweckend aussehen, am besten ein wenig väterlich. Graue oder weiße Haare sind nicht schlecht. Er muss gepflegt wirken. Kurze Fingernägel sind wichtig. Er sollte einen gedeckten Anzug tragen und einen dezenten Schlips. Aber von der Stange gekleidet. Die Uhr, die er trägt, sollte von mittlerem Wert sein. Nicht gerade eine Jaeger Lecoultre, aber auch keine Swatch.«

»Eigentlich sehen sehr viele Männer so aus, wie Sie den idealen Informanten beschreiben.«

»Das ist es ja gerade. Durchschnittlichkeit ist die beste Camouflage.«

»Hier würde ein Informant also auffallen. Denn hier sind die Leute eher exotisch in ihrem Auftreten. Nur der Herr dort drüben unter dem liegenden Akt könnte einer sein.«

Sie lachte: »Das ist einer der wichtigsten Filmproduzenten Deutschlands.«

Nachdem wir gegessen hatten, fragte der Kellner, der wie ein dezenter Halbschatten in unserer Nähe geblieben war, ob wir einen Nachtisch wollten. Ivonne Bree ließ sich die Karte geben und bestellte Joghurt mit Honig und Früchten, während ich mich mit einem Kaffee Hellenico und einem Ouzo begnügte.

»Und was ist das Problem? Ich weiß immer noch nicht, warum ich eigentlich hier bin. Abgesehen davon, dass es außerordentlich angenehm ist, mit Ihnen zu plaudern.«

Der Blick, den sie mir nach dieser Bemerkung schenkte, war weder kühl noch warm. Er hatte sozusagen Zimmertemperatur. »Ich möchte, wie gesagt, in der Öffentlichkeit nicht darüber sprechen. Unser Treffen gilt ausschließlich einem ersten Kennenlernen. Sozusagen damit das Eis schneller schmilzt.«

Sie sah mich diesmal mit einem Blick an, der auch beständigere Materialien als Eis zum Schmelzen hätte bringen können. »Wir erwarten Sie morgen im Büro. Gegen elf holt Sie ein Fahrer im Hotel ab. Ist Ihnen das recht?«

»Ja«, sagte ich, »einverstanden.« Sie hatte geklungen, als ob sie bald gehen wollte. Ich versuchte es mit Smalltalk, denn die Situation gefiel mir, vor allem, als jetzt mein Ouzo kam und der griechische Kaffee. »Dieser Otto Rühl, ist er Filmschauspieler oder am Theater?«

»Beides.«

»Was macht seine Wirkung aus?«

Wieder lachte sie. »Er ist groß, sieht gut aus, hat eine sonore Stimme. Ich will Ihnen nicht schmeicheln, aber das alles trifft auch auf Sie zu, Doktor Hieronymus. Aber was Otto Rühl sonst noch hat und was ihn zu einem der Großen auf Bühne und Leinwand macht, ist sein Charisma. Präsenz nennen es die Bühnenleute, glaube ich. Sobald er auftaucht, ist er gleichsam ungeheuer da.«

»Und das gilt nicht für mich?«

»Nein«, sagte sie und legte ihre Hand für einen Augenblick auf meine. »Das gilt nicht für Sie. Sie sind eher nicht da, wenn Sie da sind. Sicher ein beruflicher Vorteil, würde ich sagen.«

Sie erhob sich, und ihre nackten, wohl geformten Arme glitten in die Ärmel des Pelzmantels, den die Hände eines jungen Obers hinter ihr in der Schwebe hielten. »Freut mich, Sie kennen gelernt zu haben, Doktor Hieronymus«, sagte sie mit einer Stimme, mit der man auch in einem OP einen Tupfer oder ein Skalpell hätte verlangen können. Dann entschwand sie in der kalten Berliner Nacht und ließ mich verwirrt auf Otto Rühls Stammplatz zurück.

Ein junges Mädchen vom Nachbartisch schien auf diesen Moment gewartet zu haben. Sie erhob sich errötend, kam und legte einen Zettel und einen Kugelschreiber auf die Glasplatte. Ich schrieb »Otto Rühl« in großen, steilen Lettern. Sie bedankte sich und ging an ihren Platz zurück, nicht ohne mich von dort aus weiter anzustarren. Ehe ich aufbrach, schrieb ich die Zahlenreihe auf dem Tischtuch in mein kleines, rotes Notizbuch.

Wieder einmal, wie schon so oft in meinem Leben, betrat ich ein Hotelzimmer. Und wie immer empfand ich es als eine Einzelzelle für den zum Tode verurteilten Wunsch nach Geborgenheit. Auf dem Bildschirm des Fernsehers prangte mein Name wie ein Menetekel, das den baldigen Sturz des Königs »Ich« ankündigt. Auf einem Grabstein würde mein Name nicht anders wirken. Zimmer wie dieses sind heutzutage die glaubwürdigste Form des Nirwana. Nirwana bedeutet »Das Erlöschen«, und das ist durchaus wörtlich zu nehmen. Alles hört im Nirwana auf, jegliches Begehren, jegliche Hoffnung, aber auch jeder Schmerz, jede Unzufriedenheit.

Ich war müde, zog mich aus und warf meine Kleider aufs Bett. Nackt setzte ich mich in den kleinen Sessel am Fenster und betrachtete Jacke und Hose, die ich zufällig so auf das weiße Laken drapiert hatte, dass es aussah, als schliefe dort ein angezogener Mensch. »Wer bist du«, sagte ich laut. »Bist du ein Fremder, der so müde ist, dass er sich nicht vorstellen will, obwohl er vorhat, das Lager mit mir zu teilen?«

Ich stand auf, öffnete die Minibar und starrte die Phalanx kleiner, überteuerter Flaschen an. Ich griff ein Fläschchen mit Wodka, trat ans Fenster und zog den Vorhang beiseite. Dieser Blick auf eine nächtliche Straße, auch er war mir mehr als vertraut. Man erwartet nichts zu sehen. Es ist eine besondere Form der Blindheit. Die Einzelheiten, eine Straßenecke, eine Laterne, eine Einfahrt, geparkte Autos verschwimmen zu einem Bild, das die eigene innere Leere spiegelt.

Ich schraubte das Fläschchen auf und trank. Der Wodka schmeckte süß und widerlich. Plötzlich sah ich jemanden auf dem Trottoir. Er kam aus dem Cassambalis und querte die Straße. Ein großer Mann in einem langen, grünen Ledermantel. Er blieb stehen und blickte für eine Sekunde in meine Richtung. Ich erschrak, denn ich erkannte niemand anderen als mich selbst. Ich war es, der dort draußen stand, und zugleich war ich hier drinnen. Wir waren Doppelgänger, zwischen denen sich der Blick gleich jenem Hasen aus dem Märchen bei einem Wettlauf mit zwei gleich aussehenden Igeln zu Tode rennt. Mir war so etwas schon einmal passiert. Und zwar in Amerika, auf einem steilen Felsen im Pazifik. Es war der Versuch einer Jenseitsreise gewesen, veranlasst durch einen Indianer, der Serienmörder war. Ich war ihm in keiner Weise gewachsen gewesen, weder physisch, noch psychisch noch intellektuell. Das Experiment endete damit, dass ich auf dem Nachbarfelsen meinen Doppelgänger erblickte. Eine Halluzination, vermutlich durch Hunger bedingt und durch die Magie des Ortes.

Ich öffnete das Fenster, lehnte mich hinaus und winkte mir. Der andere wandte sich ab und ging.

Manchmal tut es gut, sich selber nachzusehen, dachte ich. Mir fiel ein Roman des deutschen Autors und Berliner Kammergerichtsrats E.T.A. Hoffmann ein, in dem das Motiv des Doppelgängers eine tragende Rolle spielt. Ich hatte ihn während meines Studiums der Psychologie gelesen und dabei erkannt, dass dieser Autor Jahrzehnte vor Sigmund Freud dessen Thesen vorweggenommen hatte. Träume sind bei Hoffmann wie bei Freud die Schnittstelle zwischen Ich und Wirklichkeit. Eine Art Tür, die nach beiden Seiten aufgeht. Wenn sich eine Person aufspaltet, hängt das mit dieser Tatsache zusammen.

Ich legte mich neben meine Kleider und versuchte lange vergeblich einzuschlafen. Mir kam es dabei vor, als läge ich neben mir selbst.

12

Am nächsten Morgen holte mich ein Wagen der Firma Immob ab. Wir fuhren durch die Innenstadt nach Berlin Mitte. Während der Fahrer in einer Art Dauermonolog im Berliner Akzent auf alles schimpfte, was seinem Hirn und seinen Augen in die Quere kam, auf die anderen Fahrer, die Straßen, die Verkehrsführung, die Politiker, die Weltlage, den Euro, die Ossis, die Wessis und die dazwischen, die er Essis und Wossis nannte, je nachdem aus welcher Zone sie kamen, bereitete ich mich innerlich auf ein Wiedersehen mit Ivonne Bree vor. Ich kannte dieses Gefühl von Vorfreude und Nervosität, das zwischen kühler Kalkulation und pubertärer Erregung oszilliert, nur zu gut. Aber es war schon lange her, dass es von mir in solcher Stärke Besitz ergriffen hatte.

Die Firma Immob war offenbar gerade umgezogen in ein ganzes Stockwerk eines fast leerstehenden Bürokomplexes. Es roch durchdringend nach Farbe und nach Teppichkleber. Ich lief durch lange Flure, an deren frisch geweißten Wänden großformatige moderne Bilder hingen von der Art, wie sie heute in Banken und Firmen als Dekoration üblich sind, farbige Tapetenausschnitte, die die Botschaft formulieren »Wir sind modern, wir gehen mit der Zeit, wir mögen es abstrakt, weil wir geschäftlich so konkret sind«. Nur ein Bild war anders und fiel dadurch besonders auf. Das Motiv war gegenständlich. Über einem pastellfarbenen Meer ging die Sonne auf. Der Himmel erinnerte an einen riesigen Opal. Die Sonne aber war schwarz.

Die Sekretärin war eher eine graue Maus. Sie fragte mich nach meinem Anliegen. »Ich bin mit Frau Bree verabredet«, sagte ich mit jenem Zittern in der Stimme, das sich nur über die Gehörknochen mitteilt und für andere nicht wahrnehmbar ist.

»Frau Bree ist heute morgen nach Dubai geflogen. Sie ist erst in drei Tagen zurück. Herr Wels wird Sie empfangen. Bitte warten Sie hier.«

Sie zeigte auf eine Glastür. »Herr Wels ist gerade in einer Besprechung.«

Sie hatte nicht »wichtige Besprechung« gesagt, ein Indiz dafür, dass es in diesem Fall den Unterschied zwischen wichtig und unwichtig nicht gab. Ich betrat einen sparsam möblierten Raum und nahm in einem würfelförmigen, schwarzen Ledersessel Platz. Auf den großen Fensterscheiben wie aufgeklebt die Silhouette der deutschen Hauptstadt. Die Reichstagskuppel in der Ferne, der Ballon, der über dem Sonycenter hing, die Siegessäule, die in der Ferne mahnend einen goldenen Finger über das Geäst des Tiergartens erhob, der Fernsehturm wie ein großer Spargel. Kein besonders eindrucksvolles Bild. Eher eine für eine Großstadt enttäuschende Skyline. Berlin schien einem riesigen Tablett zu gleichen, auf dem jene Häppchen serviert werden, die nach Kühlschrank schmecken.

Ich war so cnttäuscht, dass mir nichts Besseres einfiel als

in einer Autozeitschrift zu blättern und Anzeigen von gebrauchten PKWs zu studieren. Die Sekretärin erschien und bot mir einen Kaffee an. »Nehmen Sie Milch und Zucker, oder wollen Sie ihn lieber schwarz?« Der Satz wirkte einstudiert, genauso wie ihr Lächeln. Sie sah überhaupt nicht so aus, wie ich mir Sekretärinnen in solchen Firmen vorstellte. Kein blondes Gift, kein Model, keine Spielart eines ausgestorbenen Flugsauriers. Sie passte entschieden besser in einen Chor der Heilsarmee als in diese Hochglanzwelt.

Eine Putzfrau machte sich im Raum zu schaffen. Sie wienerte die Glasflächen der Tische und den Overheadprojektor. Eine Türkin oder Iranerin. Sie hatte diese typischen Tausendundeinenacht-Augen, in denen man nicht lesen kann.

Ein Mann schaute herein. Hellbeiger Anzug, blonde Haare, kräftiges Kinn, Solariumbräune und stahlblaue Augen. Irgendwie erinnerte er an Terence Hill. Er nickte mir zu und bleckte dabei sein tadelloses, weißes Gebiss. Dann verschwand er wieder, den Duft eines herben Männerparfüms hinterlassend wie eine Reviermarke. Ich trank meinen Kaffee und beschäftigte mich mit einer Werbebroschüre der Firma Immob. Perfekte Landschaftsaufnahmen einer Mittelmeerinsel. Hügel voller blühender Mandelbäume. Zwischen ihnen versteckt elegante, weiße Häuser im mediterranen Stil.

Die Sekretärin erschien wieder. Erst war sie hinter der Glastür, dann vor ihr, ohne dass sich die Tür bewegt hatte, jedenfalls kam es mir so vor. »Herr Wels hat jetzt Zeit für Sie«, sagte sie leise, als ginge es um eine Verschwörung.

Sie führte mich in einen hellen Raum. Der Chef der Firma stand neben seinem Schreibtisch und lächelte mir entgegen. Er sah wie ein Linolschnitt aus, wobei seine Zähne Teil des weißen Hintergrundes zu sein schienen, denn er war schwarz gekleidet wie ein Priester: schwarzes Hemd, schwarze Hose, schwarzer Sakko. Je näher ich ihm kam, desto mehr wurde aus dem zweidimensionalen Bild eine massige Skulptur. Der große Kopf ruhte in einer Mulde zwischen den breiten Schultern, die röhrenförmigen Arme und Beine schienen aus Gründen der Statik am Körper angeschweißt. Der Mann war nicht eigentlich dick. Er war eher ungeheuer kompakt, und seine Bewegungen waren nicht träge, sondern sparsam. Irgendwie erinnerte er an Bud Spencer.

Ich bilde mir ein, im Verlaufe meiner langen Berufsjahre, erst als Psychologe, dann als Sonderermittler bei der Groninger Mordkommission, ein guter Menschenkenner geworden zu sein. Aber jetzt war ich unsicher, was ich von diesem Menschen halten sollte. Er hatte etwas Kindliches, wirkte fast naiv, dabei aufrichtig und begeisterungsfähig. Man konnte sich nicht vorstellen, von Herrn Wels hinters Licht geführt zu werden. Die Dynamik, die von ihm ausging, war enorm und hatte zugleich etwas Sanftes, Behutsames. Der Gesamteindruck blieb für mich rätselhaft. Irgendeinen Bruch, irgendeinen Zwiespalt musste es doch geben in dieser offensichtlich sehr erfolgreichen Person, irgendeinen Abgrund, vielleicht klaffend zwischen einem starken Körper und einem schwachen Geist. Die Augen waren es vor allem, die mich irritierten. Sie waren hell und flink, wachsam und voller Humor, und doch bedeckte sie, wie ich während unseres Gesprächs beobachtete, zuweilen ein Schleier von Müdigkeit und Skepsis, ohne dass dazu ein aktueller Anlass zu bestehen schien.

»Schön dass Sie gekommen sind. Aber setzen wir uns doch!«

Er wies mit seiner großen, weißen, unbehaarten Hand auf eine Sitzecke, ausgestattet mit hellbeigen Ledersesseln und einem Marmortisch, auf dem eine Vase mit einer einzelnen Calla stand. Ich nahm Platz und sah zu, wie er sich in seinen Sessel niederließ. Er schien dabei kaum kleiner zu werden.

»Möchten Sie etwas trinken?« Er sah auf die Uhr. »Für Alkoholisches ist es eigentlich noch ein bisschen zu früh. Aber sei's drum. Gewisse Momente erlauben Abweichungen von der Norm. Sie trinken doch sicher gerne Bier als Holländer.«

Wie auf Verabredung streckte in diesem Augenblick die Sekretärin den Kopf zur Tür herein. »Bringen Sie uns zwei Bier, Veronika«, sagte Herr Wels. Dann ruhten seine Augen auf mir, wobei dies nicht der passende Ausdruck ist. Sie tasteten mich ab wie der Elektronenstrahl einer Bildröhre.

»Sind Sie das erste Mal in Berlin, Doktor?«

»Ja«, sagte ich. »Sie können den akademischen Titel ruhig weglassen. Er gehört zu einem Beruf, den ich schon lange nicht mehr ausübe.«

»Und wie gefällt Ihnen unsere Stadt?«

»Ich weiß nicht recht. Ich bin wohl noch nicht lange genug hier, um ein zutreffendes Bild zu haben.«

»Verstehe. Das wird sich ändern, wenn Sie für uns arbeiten. Eines sage ich Ihnen aber jetzt schon voraus. Sie werden nie ein richtiges Bild haben. Diese Stadt hat kein bestimmtes Profil wie Rom oder Paris zum Beispiel oder Palma de Mallorca. Sie besteht eher aus vielen kleinen, leicht verschiedenen Bildern, genauso wie ein Daumenkino. Wenn man sie schnell hintereinander durchblättert, entsteht ein bewegter Eindruck. Berlin hat keine Atmosphäre, und gerade darin besteht seine Atmosphäre. Verstehen Sie, was ich meine?«

Ich nickte.

»Aber kommen wir zur Sache. Sie wissen bereits, warum wir Sie um diskrete Mithilfe gebeten haben?«

»Nein, leider nicht. Ich weiß nur, dass es um einen Informanten geht.«

»Richtig. Und zwar ist er einer unserer besten. Oder er war es. Er ist jedenfalls spurlos verschwunden. Wer weiß, ob er noch lebt.«

»Und ich soll ihn suchen?«

»Richtig. Oder wenigstens herausfinden, ob wir mit ihm noch rechnen können.«

»Beschreiben Sie ihn mir.«

»Wenn das so einfach wäre. Schließlich haben wir ihn wegen seines besonders unauffälligen Äußeren ausgewählt. Ich würde sagen, er war mittelgroß, hatte graue Augen, graumeliertes Haar. Warum rede ich eigentlich schon in der Vergangenheit von ihm?«

Mein Gegenüber lächelte zufrieden. Die mausgraue Sekretärin erschien mit den Getränken. Während sie uns Bier einschenkte, schwiegen wir. Als die junge Dame gegangen war, sagte Wels: »Wir haben Fräulein Meister von der Straße geholt. Sie hat keine Ausbildung. Das macht sie zur besten Sekretärin, die wir je hatten. Sie ist fleißig, verschwiegen, und sie bändelt nicht mit Kunden an.«

»Wie heißt ihr verschwundener Informant?«

»Seinen richtigen Namen kennen wir nicht. Er hat es wie

die meisten Informanten vermieden, seinen echten Namen zu nennen. Zur Arbeitsweise von seinesgleichen gehört ein perfektes Incognito. Er nannte sich uns gegenüber jedenfalls Fritz, wobei nicht feststeht, ob das sein Vor- oder sein Nachname ist.«

»Gibt es ein Foto von Fritz?«

»Eigentlich nicht. Sie werden begreifen, dass sich Informanten ungern ablichten lassen.«

»Was heißt ›eigentlich nicht‹ in diesem Zusammenhang?«

»Nun. Es gibt ein Gruppenbild, auf dem auch Fritz zu sehen ist. Unscharf und im Hintergrund. Warten Sie, ich habe es gleich.«

Er kramte in einer Schublade. Dann reichte er mir eine Fotografie, die eine Gruppe von Männern in Anzügen und eine elegante, sehr attraktive Dame zeigte. Es war Ivonne Bree. Die meisten hatten rote Augen. Es war eine Blitzlichtaufnahme.

»Das Foto ist bei unserer letzten Einladung entstanden. Wir laden einmal im Jahr die Kollegen anderer Immobilienfirmen in ein Restaurant ein, auch Architekten, Kommunalpolitiker, Banker und was noch so mit unserem Gewerbe zu tun hat. Ivonne Bree ist übrigens die einzige Frau, die an der Runde teilnehmen darf. Das da ist Fritz.«

Er zeigte auf einen Kopf im Hintergrund. Es war wenig zu erkennen. Nur, dass Fritz dichte, graugelockte Haare hatte.

»Kann ich das Foto haben?«

»Nein. Aber ich werde Ihnen eine Kopie zuschicken lassen.«

»Wie viele Informanten beschäftigt Ihre Firma?«

»Wir haben sechs feste, und einige, die sporadisch für

uns arbeiten. Jetzt sind es nur noch fünf. Ein guter Informant ist leider nicht leicht zu ersetzen.«

»Sie müssen ihm doch Geld überwiesen haben. Also muss er ein Konto gehabt haben.«

»Informanten werden cash bezahlt.«

»Seit wann ist er verschwunden?«

»Seit einer Woche. Es ist uns aufgefallen, weil er zu einem Termin, einer Geldübergabe, nicht erschienen ist.«

»Warum schalten Sie nicht die Polizei ein?«

»Diskretion ist das oberste Prinzip unserer Firma. Wenn wir zur Polizei gingen, brächte das eine Lawine ins Rollen, die uns teuer zu stehen kommen könnte.«

»Haben Sie derzeit irgendein Projekt, das juristisch oder anderweitig problematisch ist und in das Fritz involviert ist?«

Herr Wels sah mich mit einem amüsierten Lächeln an. »Sie müssen in Rechnung stellen, Doktor Hieronymus, dass das Immobiliengeschäft, wie neunzig Prozent der Wirtschaft überhaupt, juristisch in Grauzonen angesiedelt ist. Das liegt zum Teil am Steuerrecht, aber auch am Baurecht, an städteplanerischen Vorgaben, am Denkmalschutz, an ökologischen Anforderungen. Wenn alles nach Recht und Gesetz ablaufen würde, wäre Berlin immer noch eine große Sandfläche auf einer Spreeinsel.«

»Warum sind Sie ausgerechnet auf mich verfallen?«

»Hat Ihnen das Ivonne nicht gesagt? Fritz war Holländer von Geburt, obwohl er lange in der Ex-DDR gelebt hat. Wir wussten das, seit er unsere niederländische Partnerfirma erfolgreich aushorchte. Er war dort nicht aufgefallen. Sein Holländisch war demnach offensichtlich akzentfrei. Auch seine Manieren waren landestypisch. Lockerer als hier. Ivonne und ich waren uns von Anfang an einig, dass wir einen Landsmann von Fritz mit der Sache beauftragen sollten, jemanden, der noch nie in Berlin war, der sozusagen noch den frischen Blick hat und den niemand hier in der Immobilienszene kennt. Wir sind auf Sie gekommen, weil Ivonne schon einmal etwas über Sie gelesen hat. Einen Zeitungsartikel über einen Fall, den Sie gelöst haben. Es ging um das Klonen in Italien.«

»Wie soll ich Ihrer Meinung nach vorgehen?«

»Nehmen Sie sich eine Wohnung in Charlottenburg. In diesem gutbürgerlichen Stadtteil hat auch Fritz gewohnt. Wo, wissen wir leider nicht. Er hat seine Zimmer oft gewechselt. Aber Charlottenburg war sein Hauptrevier. Gehen Sie unter die Leute, halten Sie die Augen offen, spitzen Sie die Ohren. Vielleicht erfahren sie etwas über den Verbleib von Fritz, vielleicht schnappen Sie auch etwas auf, das für uns sonst noch wichtig sein kann. Ich meine geschäftlich. Selbstverständlich bekommen Sie ein entsprechendes Erfolgshonorar. Es gibt übrigens heiße Punkte in der Stadt, die alle professionellen Informanten kennen, weil sie dort eher fündig werden als anderswo. Hotelbars wie die des Adlon, aber auch Lokale wie das Borchardt, das Cassambalis, die Paris Bar, die Elsässer Weinstuben, die Austerntheke im KDW, ein stadtbekannter Imbiss am Kudamm Nummer 195, wo es angeblich die beste Currywurst gibt und wo hin und wieder Leute stehen, die Champagner statt Bier dazu trinken. Ich werde Ihnen eine Liste dieser Hotspots mitgeben. Im Grunde müssen Sie selber arbeiten wie ein Informant.«

»Ich sehe aber leider nicht gerade wie einer aus. Allein meine Größe!«

»Das ist in diesem Falle nicht so schlimm. Hauptsache man hält Sie für einen Ausländer. Ich muss sagen, Ihr Deutsch ist ziemlich perfekt. Versuchen Sie, Ihren holländischen Akzent zu verstärken. Ein Problem kann allerdings Ihre frappante Ähnlichkeit mit Otto Rühl sein, einem bei uns sehr beliebten Schauspieler. Einerseits wäre diese Ähnlichkeit so etwas wie eine perfekte Tarnung. Denn wer würde schon hinter Herrn Rühl einen Polizisten vermuten, andererseits fallen Sie natürlich zu sehr auf. Es wäre vielleicht gut, Sie würden Ihr Äußeres verändern. Sie können sich zum Beispiel die Haare färben lassen. Sie sollten sich auch neu einkleiden. Nicht so salopp. Eher gediegen. Wir bezahlen natürlich alles. Sie erhalten Ihr Geld übrigens immer in bar. Frau Meister wird es Ihnen übergeben. Am besten jeweils an einem anderen Ort. Die erste Rate erhalten Sie gleich jetzt. Kommen Sie bitte möglichst nicht mehr hierher. Wenn wir uns sehen möchten, werden wir es telefonisch arrangieren.«

Er machte eine Pause und sah zum Fenster hinaus. »Merkwürdige Stadt. Es wird gebaut wie verrückt. Und dabei stehen unzählige Quadratmeter Bürofläche leer. Berlin liegt wirtschaftlich am Boden, und zugleich boomt es. Wir haben riesige Slums, Plattenbauwüste und kalte Einkaufsstraßen. Der Charme liegt in der Absurdität des Ganzen. Die Stadt ist so schön wie eine Filmschauspielerin nach der fünften Gesichtsoperation. Voller Narben, mit dicker Schminke überdeckt. Ich finde, es lässt sich aushalten hier. Man verliert hier weniger als anderswo den Glauben an die Menschen, weil man erst gar keinen mehr hat.«

Er trank sein Bierglas in einem Zug leer. Dann lächelte er mir freundlich zu. »Sie erhalten von uns ein Tagesgeld von 200 Euro. Vorerst bezahlen wir auch Ihr Zimmer im Hecker's. Versuchen Sie jedoch, möglichst bald eine Wohnung für sich zu finden. Da leben Sie anonymer. Die Mietkosten übernehmen wir natürlich. Besondere Spesen wie Flüge und dergleichen können Sie extra abrechnen. Wenn Sie Fritz ausfindig machen, lebend oder tot, erhalten Sie ein Erfolgshonorar von 60 000 Euro. Ist das in Ihrem Sinne?«

Mir blieb nichts anderes übrig als ja zu sagen. Ich wollte Ivonne Bree wiedersehen. Als hätte Herr Wels meine Gedanken gelesen, sagte er, während er sich erhob und meine Hand schüttelte: »Ivonne ist übermorgen zurück. Wir müssen dann bald mal zusammen essen gehen. Das Cassambalis ist nicht das einzige gute Lokal hier.«

Er erhob sich und reichte mir die Hand. Sein Händedruck war fest. Ehe ich den Raum verließ, stellte ich eine letzte Frage. »Herr Wels. Fällt Ihnen spontan noch irgendetwas zu Fritz ein, das hilfreich sein könnte?«

Er drehte sich um. »Er hat lange in der DDR gelebt. Wie viele unserer Informanten. Einige haben ihre Fähigkeiten bei der Stasi gelernt.«

»Ich denke, er ist ein Landsmann von mir.«

»Ist er auch. Er gehört zu den wenigen, die aus politischen Gründen die Mauer in die umgekehrte Richtung überquert haben. Übrigens hat er bis heute eine kleine Datscha im Norden, irgendwo in der Nähe von Wandlitz. Er erholt sich dort von der Stadt, wie er mir erzählt hat. Er hat mich einmal dorthin mitgenommen. Sehr interessante Gegend. Irgendwie unheimlich.«

Er nickte mir zu und verschwand durch eine Hintertür. Draußen im Vorraum saß Frau Meister an ihrem Designerschreibtisch. Sie hatte ein großes Kuvert vor sich liegen. »Das ist für Sie, Herr Doktor Hieronymus«, sagte sie. Ihr Blick hatte etwas Komplizenhaftes.

Im Fahrstuhl öffnete ich das Kuvert. Es enthielt eine Liste mit Namen von Lokalen und ein Bündel Scheine. Ich zählte das Geld. Es waren zehn Zweihunderter.

13

So lange ich denken kann, habe ich zum sogenannten Zufall ein fast erotisches Verhältnis gehabt. Der Zufall ist meine wahre Frau Aventiure, meine Schicksalsgöttin. Unzählige Situationen verdanke ich dieser Liaison, deren Unwahrscheinlichkeit einen Mathematiker vermuten ließe, dass es dabei nicht mit rechten Dingen zuging. Doch jetzt hatte ich das ungute Gefühl, die Schicksalsgöttin verärgert zu haben, weil ich es zu weit mit ihr trieb. Ich benahm mich nicht wie ein Liebhaber, sondern wie ein Stricher, weil ich mich dem Unwahrscheinlichen anbot. Dabei wusste ich doch aus Erfahrung, dass man nichts erzwingen kann, wenn es um besondere Ereignisse oder Informationen ging wie zum Beispiel im Falle des verschwundenen Fritz.

Ich ließ mir im Hotel die Haare schneiden. Das war die einzige Konzession. Zu mehr Maskerade hatte ich keine Lust. Dann ging ich über den Kudamm und erstand einen unauffälligen grauen Anzug. Dazu ein blaues Hemd, einen dezenten Schlips, einen leichten Trenchcoat und ein paar schmale, italienische Straßenschuhe. Aus dem Augenwinkel sah ich mich in den Schaufensterscheiben gespiegelt und stellte fest, dass ich endlich so durchschnittlich aussah, wie ich im Innersten eigentlich bin.

Wenig später stand ich an einem der Tische des legendären Currywurststandes und spitzte die Ohren. Natürlich war das ziemlich albern. Warum sollte ich ausgerechnet hier und jetzt etwas über einen verschwundenen Informanten erfahren? Der Zufall würde sich diesmal als das erweisen, was er meistens war: reine Willkür, weißes Rauschen, in dem sich kein Muster, keine Logik, keine Zusammenhänge erkennen lassen.

Ich malträtierte meinen Magen, indem ich nach einer Currywurst ohne Darm noch eine mit Darm aß und dazu ein zweites kaltes Bier trank. Neben mir standen zwei Männer mittleren Alters und unterhielten sich über das Ladensterben auf dem Kudamm. Sie tranken tatsächlich Champagner zu ihrer Currywurst. Einer von ihnen hatte ein interessantes Gesicht, eine schmale Nase, einen ausgeprägten, breitlippigen Mund mit großen Zähnen, die so regelmäßig waren, dass sie unmöglich echt sein konnten. Er sah Klaus Kinski ein bisschen ähnlich und hatte einen über und über von weißen Farbspritzern bedeckten Monteursanzug an, wodurch er wirkte, als habe ihn ein Requisiteur gerade für eine Handwerkerszene präpariert. Seine langen, blonden Haare waren frisch gewaschen und geföhnt und rahmten das Gesicht ein wie ein gerade aufgegangener Bühnenvorhang. Aufgrund seiner dynamischen Bewegungsweise und seiner kräftigen Figur wirkte er größer als er war, und er redete die meiste Zeit, während sein Begleiter anscheinend nicht zuhörte, sondern höchst interessiert die vorbeiströmenden Passanten beäugte. Dieser Mensch war in einen langen, schwarzen Ledermantel von elegantem Schnitt gekleidet und sah wie ein Künstler aus, wenn man darunter jemanden versteht, der sich um gewisse Verstöße gegen übliche Konventionen bemüht, oder auch jemanden, der versucht, einen heruntergekommenen und durch viele Enttäuschungen gegangenen Narzissmus zu betonen. Der rötliche, ungepflegte Bart und der verbeulte Zustand des offensichtlich echten Borsalinos signalisierten ein Scheitern der Person auf hohem Niveau.

Einer plötzlichen Eingebung folgend, wandte ich mich an meine Nachbarn, wobei ich mich bemühte, den holländischen Akzent zu sprechen, den einst Rudi Carrell in Deutschland so populär gemacht hatte: »Entschuldigen Sie, meine Herren. Ich will Sie nicht stören. Aber ich bin fremd hier. Mein erster Tag in dieser schönen Stadt. Ich suche eine Wohnung, vorübergehend. Ich habe hier geschäftlich eine Weile zu tun.«

»Kein Problem«, sagte der Anstreicher. »Sie sind ein Glückspilz. Genau im richtigen Moment an der richtigen Stelle. Ist das bei Ihnen immer so? Ich habe ganz zufällig ein kleines Appartement zu vermieten. Es ist gerade erst fertig geworden. Ich habe es selbst renoviert, wie Sie sehen. Am besten kommen Sie gleich mit und sehen sich den Laden an.«

Wir zahlten und gingen nebeneinander über das breite Trottoir des Kudamms an teuren Schaufensterauslagen vorbei. »Das war mal die Prachtstraße des Westens«, sagte der Anstreicher. »Jetzt ist sie im Niedergang begriffen, seitdem die Luxusmeilen in Mitte entstehen. Klar, der Kudamm ist zu weit von Mitte entfernt. Die Mietpreise sind hier zu hoch. Und auch das urbane Flair verschwindet nach und nach. Sehen Sie zum Beispiel das Wellenstein, es war ein schönes Haus, bei dem man sich noch die alten Vorgärten wenigstens vorstellen konnte, die einst diese berühmte Flaniermeile zierten. Das Restaurant darin war billig und hatte zugleich den Charme eines Wiener Kaffeehauses. Ich muss es wissen, denn ich habe lange in Wien gearbeitet. Dann wurde das Gebäude totalrenoviert. Die Folge: Das Restaurant verschwand und damit ein Teil dessen, was Berlin noch erträglich gemacht hat. Ich meine das Elegant-Morbide.« Er blieb stehen und gab mir die Hand. »Gestatten, Oskar Brenner. Vielleicht haben Sie mich schon mal in der Glotze gesehen. Als Leiche in einem ›Tatort‹ zum Beispiel. Leider besetzen mich die Fernsehfuzzis selten anders. Eine glaubhafte Leiche ist dabei nicht einfach. Beim Sterben muss man verdammt aufpassen, keine Parodie daraus zu machen. Das ist jedes Mal eine Gratwanderung zwischen einem Zuwenig und einem Zuviel. Das Dumme dabei ist nur, dass man nur einmal Leiche in einer Serie sein kann. Irgendwann hat man alle durch.«

Sein Begleiter mischte sich ein. »Ich heiße übrigens Jan Boysen, und Sie?« Ich nannte meinen Namen.

»Oskar war früher mal eine ganz große Nummer an der Burg. Er gehört zu den wenigen denkenden Schauspielern. Das macht ihn natürlich unbeliebt bei den Regisseuren.«

Oskar Brenner schien diese Bemerkung als Stichwort aus dem Souffleurkasten zu interpretieren und ereiferte sich, während wir in eine Nebenstraße einbogen, in einem längeren Monolog wortreich über die Zustände an den großen Bühnen und über die Misere des deutschen Films. »Überall nur Dilettanten. Regisseure, die nichts im Kopf haben, Texte, die so verkrampft sind, dass man sie nicht vernünftig lernen, geschweige denn sprechen kann. Ein einziger Niedergang. Es ist also nur logisch, wenn ich hauptsächlich von Leichen lebe.«

Wir blieben vor einem Gebäude mit einer Fassade, die gerade renoviert wurde, stehen. »Hinter diesen Mauern«, erläuterte Boysen, »befand sich einst der berühmte Salon Kitty. Ein von den Nazis gefördertes Edelbordell. Es soll Abhöranlagen gegeben haben, um Parteibonzen, ausländische Diplomaten und Geschäftsleute auszuhorchen. Die Liebesdienerinnen wurden nicht nur nach äußerlichen Merkmalen, sondern auch nach dem Bildungsgrad ausgewählt. Sie sollten schließlich Informationen beschaffen.«

»Dass jetzt ein Designerladen und ein Geschäft für russische Ikonen an die Stelle des Puffs getreten sind, ist auch ein Zeichen dafür, dass das Morbide keine Chance mehr hat«, ereiferte sich Oskar Brenner. »Es gibt in dieser Welt nur noch Schrott oder Schleiflack, nichts dazwischen.«

Wenig später saßen wir zu dritt in einem Einzimmerapartment in der Mommsenstraße. Es roch nach Farbe. Das Mobiliar erinnerte an Theatermöbel, alles ein wenig zu groß und aus der Nähe gesehen handwerklich billig. Ich fand die Wohnung ideal für meine Zwecke, zumal es eine kleine Küche gab.

Brenner holte von einem Weinhändler eine Flasche Champagner, und so begossen wir den soeben mündlich abgeschlossenen Vertrag, den ich, wie mir versichert wurde, jederzeit wieder kündigen konnte, wenn meine Arbeit in Berlin beendet war. Da es allmählich dunkel wurde, saßen wir bei Kerzenlicht beieinander und tranken. War dies der Geist Berlins, der spiritus loci, dass man sich wildfremden Menschen so schnell vertraut fühlen konnte? Zumindest widersprach diese Situation dem Bild der Deutschen, das wir Niederländer haben. Nichts war hier steif, nichts förmlich. Wir hatten uns übrigens längst das Du angeboten.

»Und Du? Was ist dein Beruf?«, fragte ich Boysen. Er schien eine Weile zu überlegen, dann sagte er: »Ich habe einen komischen Job. Ich verkaufe Wörter wie Pralinen, die man für mich so in Schachteln verpackt, dass sie edel aussehen und Kauflust wecken. Die Schachteln nennt man auch Bücher. Mit anderen Worten, ich bin Schriftsteller.«

Brenner schüttelte den Kopf. »Zier dich doch nicht so wie ein Kürbis.« Er lachte ausgiebig über seinen Witz. »Was ist da schon komisch dran? Du bist jemand, der ein simples Handwerk ausübt. Statt Stühle oder Schuhe machst du eben Geschichten. Mehr ist es nicht. Ich gehe jetzt und komme gleich wieder.«

Er kam mit drei Flaschen Rotwein zurück. Je später der Abend wurde, um so mehr redete Boysen. »Was Oskar über die Welt der Bretter sagt, gilt genauso für die Welt des bedruckten Papiers. Die Verleger werden immer mehr zu Buchfabrikanten, Schriftsteller zu Lieferanten. Sie sind das wichtigste und dennoch das schwächste Glied in der Nahrungskette aus Wörtern, an deren Ende der Leser steht. Er ist der Wal, der Schriftsteller ist nur die kleine Krabbe, die der Walfänger Krill nennt. Und dazwischen schwimmen auch noch Polypen und Killerwale herum und holen sich ihren Anteil an der Beute. Ich meine die Agenten und Kritiker. Sie haben nichts eigenes zu bieten, sie sind Schmarotzer. Ein Kritiker zum Beispiel sondert so viele Meinungen ab, dass er am Ende leer sein muss wie ein Darm vor der Spiegelung. Anfangs habe ich nur für mich geschrieben, dann für die Ewigkeit, dann für den Leser, und jetzt schreibe ich hauptsächlich für meinen Geldbeutel, wenn auch mit wenig Erfolg. Welch ein Niedergang! Irgendwann, hoffe ich, schreibe ich wieder für mich selbst, dann hätte sich der Kreis wenigstens geschlossen.«

Die Situation war gespenstisch. Wir saßen bei flackerndem Kerzenlicht um einen kleinen runden Glastisch, und unsere drei Schatten tanzten Ringelreihen an der Wand. Oskar Brenner war sichtlich bemüht, bei allen Themen das letzte Wort zu haben. Immer wenn es ihm gelang, grinste er mit seinem ebenmäßigen Kunstgebiss und kippte sein Glas Rotwein hinunter. Schließlich sagte er: »Wie wäre es damit.« Er reichte mir zwei Schlüssel. »Der eine ist für die Haustür unten, der andere für das Apartment inklusive Stangenschloss. Ich habe es selber eingebaut, und ich garantiere dir, die Wohnung ist absolut einbruchssicher. Auch wenn hier nichts zu holen ist, der Gedanke an fremde Hände, die meine Tapeten befingern, ist mir widerlich. Und jetzt halte ich es mit dem guten Hamlet und sage ›sterben, schlafen, nichts weiter.‹« Er verneigte sich bühnenreif und ging, Boysen in seinem Schlepptau, während ich zum Hotel zurücklief.

14

Als ich am nächsten Morgen im Hecker's dabei war, meine Sachen zu packen, erhielt ich einen Anruf: »Hier ist Veronika Meister, Firma Immob. Frau Bree ist wieder zurück. Sie möchte Sie gerne sehen. Wann passt es Ihnen?«

Mir klopfte das Herz. »Jederzeit«, sagte ich.

»Dann schlägt sie vor, dass Sie sich heute Abend im Il Calice treffen. Das ist ein italienisches Restaurant am Walter-Benjamin-Platz. Wäre Ihnen zwanzig Uhr angenehm?«

»Natürlich. Ich werde pünktlich sein.«

»Ich freue mich für Sie«, sagte sie leise. »Herr Wels kommt übrigens auch.« Dann legte sie auf und ließ mich mit meiner Enttäuschung allein.

Den Tag verbrachte ich damit, es mir in der neuen Bleibe einigermaßen wohnlich zu machen. Oskar Brenner kam vorbei und erklärte mir wortreich die sanitären Einrichtungen, als hätte ich noch nie eine Wasserspülung bedient. Er redete viel, besser gesagt, er verteilte Meinungen wie Almosen an Bedürftige. Nachdem er gegangen war, legte ich mich aufs Bett und starrte in den Ausschnitt, den ein grauer, verregneter Himmel zwischen Dächern und Fenstersimsen trug.

Dann war es endlich so weit. Als ich am Abend den schweren, roten Vorhang hinter der Eingangstür des Restaurants beiseiteschob, sah ich auf den ersten Blick, dass das Il Calice mehr war als ein Ort für gutes Essen und Trinken. Es war eine Bühne, auf der die Eitelkeit ihre kleinen und großen Auftritte hatte.

Der Kellner, der mir den Mantel abnahm, sah aus wie ein Kobold aus einem Roman von E.T.A. Hoffmann. Schwarze Igelhaare, ein hüpfender Gang, ein kleiner Körper mit schlenkernden Gliedern, winzige, unruhige Augen, ein für das schmale Gesichtchen viel zu großer Mund. Auf seine Frage, wo ich sitzen möchte, sagte ich wie nach dem Rollenbuch gelernt: »Herr Wels hat vermutlich einen Tisch reservieren lassen«

»Einen Tisch? Natürlich hat er einen Tisch reservieren lassen, der Herr. Hier entlang bitte.« Er nahm das Schildchen mit der Aufschrift »Reserviert« mit der gleichen pathetischen Bewegung weg, mit der ein Zauberer sein seidenes Halstuch vom Zylinder zieht, um eine Überraschung zu präsentieren. Dann brachte er mir die Karte mit den üblichen Worten: »Möchte der Herr einen Aperitiv?«

»Was pflegen die Herrschaften vorweg zu trinken?«

»Herr Wels trinkt gewöhnlich zum Auftakt ein Bier. Frau Bree bevorzugt Prosecco mit Orangensaft.«

»Das hätte ich auch gerne.«

Ein Blick in die Speise- und Weinkarte zeigte mir, dass hier ein ziemlich teures Stück gespielt wurde. Ich war zu früh und hatte daher Zeit, meine Umgebung zu betrachten. Auch hier gab es etliche Leute von Film und Fernsehen, außerdem Geschäftsleute, Politiker. Doch sie wirkten noch künstlicher, noch stärker ausstaffiert mit den Insignien des

Erfolgs. Ein Mann fiel mir auf, weil er im Gegensatz zu den anderen so nichtssagend aussah. Grauer Anzug, dezenter Schlips, angegraute Locken, ein leeres Gesicht. Er blätterte scheinbar gelangweilt in einer Zeitung, stocherte nebenher in seinem Essen herum und war dabei, eine ganze Flasche Chianti zu leeren. War das vielleicht ein Informant oder wieder ein Produzent? Hier brannte das Feuer der Vorhölle des Alterns, das alle möglichen armen Seelen mit seinen warmen, flackernden Flammen der Illusionen jünger aussehen lässt als sie sind.

Ich blickte zum Vorhang und dann auf meine Armbanduhr, ein billiges Duplikat einer italienischen Kultuhr, einer Panerei. Immer wieder teilte sich der rote Stoff und ließ andere Selbstdarsteller ein. Dann endlich war es so weit. Die massige Gestalt von Helmut Wels füllte den Eingang wie ein nachtschwarzer Kubus. Er blickte sich um, und als er mich bemerkte, zeigte sich ein zufriedenes Lächeln auf seinem breiten Gesicht. Dicht hinter ihm erschien seine Begleiterin. Sie trug einen hellen Ledermantel, der ihre schwarze Haarfarbe betonte. Ihr Gesicht war ausdruckslos wie die Frauengesichter auf einer Chinavase. Als der Kellner ihr den Mantel abnahm, stockte mir der Atem. Sie sah vollendet aus. So vollendet, dass auch der Angestellte den Mantel eine Weile vor sich hielt wie ein Torero die Capa.

Beide steuerten durch die Tischreihen auf meinen Platz zu. Ich war aufgestanden und überlegte, ob ich Ivonne Bree einen Handkuss geben sollte. Sie schien mein Zögern bemerkt zu haben. Kühl lächelnd nahm sie meine Hand und drückte sie. »Schön, dass Sie gekommen sind, Doktor Hieronymus«, sagte sie. Und ihr Begleiter ergänzte: »Wir hatten Parkprobleme.«

Es dauerte nicht lange, bis ich begriff, dass Herr Wels und Frau Bree auch privat ein Paar waren. Immer wenn ich es mit Paaren, ob verheiratet oder unverheiratet, zu tun habe, achte ich auf ihren Umgang miteinander, auf die Hauptmerkmale des Systems, das sie bilden. Paare sind Mischwesen wie Kentauren oder Harpyien. Das Verschiedene, ja oft Gegensätzliche, ist miteinander verwachsen. Pferde- und Menschenleib, Raubvogel und Frauenkopf, Kraft und Klugheit, Hässlichkeit und Schönheit. Die Mythologien zeigen, dass die Menschen immer schon von einer solchen Einheit des einander Fremden fasziniert waren. Die Kopulation ist ein Augenblick des körperlichen Zusammenwachsens der Gegensätze. Ein viergliedriges Wesen mit zwei Köpfen voll der unterschiedlichsten Ansichten, Träume, Erinnerungen entsteht. Wenn der Moment vorbei ist, gebiert das Mischwesen das Ritual vertrauter Nähe. So schien es auch hier zu sein. Ivonne Bree und Helmut Wels ergänzten sich ganz offensichtlich perfekt. Energie und Schönheit, Dynamik und Raffinesse waren zu einem Ganzen verschmolzen, das sicherlich den Erfolg ihrer Firma bewirkte.

Wels hatte wieder seine schwarze Tracht an, offenbar eine Art Ornat für den Priester einer Religion, die den Göttern Kunst und Geld huldigte. Ivonne Bree trug einen engen, weißen Rock und eine ziemlich durchsichtige Chiffonbluse. Die Ohrringe mit den Türkisen passten perfekt zum Armband und zur diamantenbesetzten Uhr. Sie sah keineswegs billig oder ordinär aus. Ihre erotische Ausstrahlung hatte beinahe etwas Sachliches.

Dass die beiden ein Paar waren, erkannte man schon daran, wie sie sich bei der Wahl der Speisen verhielten.

Sie nahmen nicht das Gleiche, wie es Verliebte häufig tun. Sie versuchten im Gegenteil möglichst große Kontraste zu wählen. Wels bestellte sauer eingelegte Sardinen als Vorspeise, Ivonne Bree eine scharfe Suppe, als gelte es, durch ein breites Spektrum der Genüsse die Beziehung zu bereichern. Man konnte den anderen kosten lassen, konnte ihm das Eigene anbieten. Aber auch jener feine, unsichtbare Faden eines sprachlosen Einverständnisses wob zwischen den beiden den ganzen Abend über einen Kokon der Einigkeit, mochten sie sich auch noch so sehr mit unterschiedlichen Meinungen in den Haaren liegen.

Das Essen war vorzüglich. Wir unterhielten uns über Belanglosigkeiten. Immer wenn ich versuchte, das Thema Fritz anzuschlagen, wichen beide aus und lenkten das Gespräch auf unverbindliches Terrain. Ich bemühte mich, nicht auf Ivonnes nur halbverhüllten Busen zu starren. Mir war seit langem nicht so wohl gewesen. Helmut – wir waren inzwischen beim »Du« angelangt – schlug vor, nachdem er gezahlt und mit einem großzügigen Trinkgeld seine Souveränität demonstriert hatte, noch in eine echte Berliner Kneipe zu gehen, damit ich die Stadt auch von ihrer ursprünglichen Seite kennen lernte, da, wo ihr Geist seit den goldenen preußischen Zeiten in der immer gleichen Kutscherbierseligkeit hockte und zechte. Berlin sei nämlich, wie Helmut sich ausdrückte, eine charakterlose Schlampe, die es mit jedem treibe, ob er nun Honecker, Hitler, Schröder, Merkel oder Friedrich der Große heiße.

Wir stiegen in eine protzige, schwarze Limousine. Obwohl es nicht weit war, fuhr der Chef der Firma Immob wie ein Rennfahrer. Das Wuppke war ein dunkles Lokal voller rauchender, skatspielender Männer. Helmut bestellte eine

Runde Bier und Korn und dazu versalzene Bouletten mit Senf und Pappmachébrötchen. Ich begann, mich völlig sorgenfrei zu fühlen. Die Welt war doch ein einziger Rummelplatz, auf dem es mit wenig Aufwand verbunden war, sich zu amüsieren. Helmut sagte plötzlich, dass er etwas erzählen wolle. Ob ich etwas dagegen hätte. »Ganz im Gegenteil«, sagte ich. Dann begann er. Ivonne hörte seiner Geschichte mit großen Augen zu, wie ein Kind, dem seine am Bettrand sitzende Großmutter ein Märchen erzählt.

»Als junger Mann war ich erheblich schlanker als heute und voller Illusionen. Ich glaubte noch an Gerechtigkeit und an das Gute im Menschen. Einmal war ich eingeladen bei einer Familie, für die ich eine Villa besorgt hatte. Es war das Verlobungsfest der Tochter. Wir saßen an einer langen, festlich gedeckten Tafel, die Verlobte rechts neben mir, denn ich war ihr Tischherr, eine besondere Ehre für mich. Die Eltern schienen mir sehr dankbar zu sein, dass ich ihnen ein solch großes Haus zu einem günstigen Preis verschafft hatte. Rechts neben der Braut saß ihr Verlobter, ein wenig angenehmer Mensch, jedenfalls in meinen Augen. Er trank viele Schnäpse und redete pausenlos, hauptsächlich von seinen beruflichen Erfolgen als Strafverteidiger. Gegenüber saß der Bruder der Braut, ein junger Mann, der mit dem Bräutigam eng befreundet zu sein schien. Die Eltern saßen jeweils am Ende der Tafel. Wir waren insgesamt fast zwanzig Personen. Es waren auch ein paar Kinder dabei, die in den Räumen Fangen spielten. Es gab ein opulentes Sieben-Gänge-Menu und ausgesuchte Weine dazu. Zwischen den Gängen wurden Reden gehalten. Ich war unkonzentriert. Das blonde Mädchen neben mir gefiel mir. Ich fand, sie passte überhaupt nicht zu ihrem Zukünftigen.

Ein paar Mal redeten wir miteinander. Belangloses Zeug. Ich bin kein Schriftsteller, deshalb kann ich auch nicht formulieren, warum sie mir so sehr gefiel. Nur so viel: Ihre Augen schienen mehr zu sagen als ihr Mund. Ich las in ihnen, dass sie mich mochte. Einmal, ich glaube nach dem dritten Gang, es gab Hechtklößchen in Weinsoße, berührte ich ihre linke Hand, die auf dem Tischtuch lag. Eine verstohlene Berührung, verdeckt von Vasen, Schüsseln, Gläsern und Flaschen. Sie ließ es geschehen, während sie mit der Rechten nach ihrem Glas griff und sich zu mir beugte, um mit mir anzustoßen. Dabei flüsterte sie: ›Nicht so, wir können uns das nicht leisten.‹ Dann nahm sie ihre Hand weg. Es war nach dem Dessert, es hatte Birne-Helene gegeben, als ich aufstand und gegen mein Glas klopfte. Einige sahen mich erwartungsvoll an, die meisten redeten weiter. ›Meine Herrschaften, ich möchte Sie nach nebenan bitten, ich habe eine wichtige Erklärung abzugeben.‹ Ich sagte dies sehr laut und wiederholte es sogar, mit dem Erfolg, dass mir die meisten nach nebenan ins Musikzimmer folgten, wo ein großer Flügel stand. Die Menschen bildeten einen Halbkreis um mich in Erwartung meiner Erklärung. Nur der Bruder der Braut und der Bräutigam waren im Esszimmer geblieben, wo ich sie lautstark miteinander debattieren hörte. Ich ging zu ihnen und bat sie, auch herüberzukommen, denn es sei auch für sie wichtig, was ich zu sagen hätte. Sie gehorchten. Dann hob ich mein Glas und bedankte mich für die Einladung. Ich weiß noch wörtlich, was ich damals gesagt habe: ›Ich weiß es besonders zu schätzen, in einem intakten Familienkreis zu sein, da meine Eltern tot sind und ich ihre Nähe häufiger entbehre als mir lieb ist.‹ Meine Stimme schwankte, als ich an den Vater der Braut gewandt, folgenden Satz hinzufügte: ›Ich möchte hiermit um die Hand Ihrer Tochter anhalten. Wir lieben uns. Sie passt auch gar nicht zu ihrem Verlobten, besser gesagt, er passt nicht zu ihr.‹ Die Stille nach dieser Erklärung war wie ein Abgrund. Dann brach der Tumult los. ›Frechheit, der Kerl ist betrunken‹, und etliches mehr. Mitten in den Lärm hinein rief ich, zur Tochter und zu ihren Eltern gewandt: ›Nehmen Sie sich auf jeden Fall Zeit, überstürzen Sie nichts. Überlegen Sie in Ruhe, was ich gesagt habe.‹ Der Bräutigam wollte auf mich losgehen, der Bruder hielt ihn zurück und schrie mich an, ich hätte die schöne Feier zerstört. Ich aber ging zur Tür und zog meinen Mantel an. Die Braut rannte mir nach, sie hatte rote Flecken auf den Wangen. Wir umarmten uns im Flur. ›Du hast recht, ich lasse mir Zeit‹, sagte sie. Darauf ich: ›Hier, meine Karte, ruf mich an, sobald du kannst.‹ Als ich auf der Straße war, sah ich oben die erleuchteten Fenster, hörte ich das Stimmengewirr. Plötzlich war da eine schwarze Silhouette. Sie beugte sich hinaus und winkte. Es war kalt, ein eisiger Wind wehte. Ich ging in eine Kneipe. Eine Stunde später hörte ich das Signal meines Handys, die Melodie des ›Drunken Sailor‹. Sie war dran. ›Du kannst dir nicht vorstellen, was hier los ist. Mein Vater hat meinem Bräutigam Prügel angedroht. Mein Bruder sitzt in der Küche und heult. Was soll ich bloß machen.‹ ›Spazieren gehen‹, sagte ich. ›Mit mir. Gleich jetzt. Ich warte an der Ecke.‹ Sie kam tatsächlich. Wir gingen untergehakt wie ein altes Paar. Ich weiß nicht wie viele Stunden, bis zum Morgengrauen jedenfalls. Immer wieder blieben wir stehen, um uns zu küssen. Wir beschlossen, zusammenzubleiben, zu heiraten, aber ohne Feier.«

Helmut Wels lehnte sich zurück und bestellte eine neue

Runde. Ivonne seufzte und lächelte mich an. »Ich habe einen romantischen Freund, findest du nicht, Piet? Dabei tut er immer so cool.«

»Aber eines verstehe ich nicht. Du bist doch nicht blond?«

»Es geht auch nicht um mich, sondern um seine Frau. Sie lassen sich demnächst scheiden.«

Je später es wurde, desto mehr verlor ich den Boden der Realität unter den Füßen, um ihn gegen den Himmel der Fiktion einzutauschen. Helmut Wels war zweifellos ein zart besaiteter Mensch, und seine Körpermasse war nichts anderes als eine Art Dornröschenhecke, die die schlafende Prinzessin seiner Seele gegen Eindringlinge abschirmte. Ivonne aber war die Frau meiner Träume. Und Träume waren schließlich dazu da, wahr zu werden. Mir fiel plötzlich Fritz wieder ein. »Dieser dubiose Fritz, von dem man offenbar so wenig weiß, wo liegt eigentlich seine Datscha?«

»Das weiß ich nicht genau«, sagte Helmut Wels. »Ich weiß nur, dass sie irgendwo im Norden Berlins am Rande der Schorfheide liegt. Sehr abgelegen an einem kleinen See. Fritz hat mich einmal hingefahren und mir erzählt, dass er sich dort ab und zu beim Angeln die Kraft für seine berufliche Tätigkeit holt. Und er malt. Und zwar gar nicht schlecht. Weit über dem Niveau eines gewöhnlichen Hobbymalers. Ich habe Bilder von ihm gesehen. Hauptsächlich Bäume, Wiesen und Waldseen.«

Wels bestellte eine letzte Runde. Ihm schien der Alkohol nichts anhaben zu können. Ich spürte plötzlich Ivonnes Hand, wie sie kurz meinen Rücken streichelte. Eine kleine, intime Geste, die so gar nicht zu dieser Frau passte. Dann standen wir auf und gingen zum Auto. Sie setzten mich vor meiner neuen Wohnung ab.

Es war bereits vier Uhr morgens. Als ich nach meinen Schlüsseln kramte, erwartete mich eine üble Überraschung. Ich musste einen von ihnen verloren haben. Und zwar ausgerechnet den für das Apartment. Mir war schnell klar, dass mir die Einbruchskenntnisse, die ich während meiner Polizeiarbeit erworben hatte, in diesem Fall nichts nützen würden. Außerdem war ich viel zu betrunken für den Versuch, das Türschloss zu öffnen. Wo Oskar Brenner wohnte, wusste ich nicht. Er stand auch nicht im Telefonbuch, da er lästige Anrufe von Fans vermeiden wollte, wie er mir erzählt hatte. Außerdem war es ein Ding der Unmöglichkeit, eine Telefonzelle mit einem Telefonbuch zu finden. Das Handyzeitalter prägte längst das Leben. Mein eigenes Mobiltelefon lag übrigens in der Wohnung.

Müde machte ich mich auf den Weg. Vielleicht war ja irgendwo noch eine Kneipe offen. Dummerweise trug ich die neugekauften Schuhe, und das machte sich bald höchst schmerzhaft bemerkbar, denn ich lief mir Blasen. Ich war inzwischen in einer Verfassung, in der ich mir selber von weit her zusah wie einer Fliege, die über die Milchstraße kriecht. Das Einzige, was ich überdeutlich wahrnahm, waren die Schmerzen an meinen Fersen. Die Blasen waren aufgeplatzt.

Ich zog die italienischen Edelschuhe aus, stülpte sie über meine Hände und lief weiter auf blutigen Socken bis zum Kudamm. Plötzlich sah ich einen großen schwarzen Schatten, der genau auf mich zuraste. Ein Auto ohne Licht. Aus seinem Kühler ragte so etwas wie ein großer Pfahl. Im letzten Moment sprang ich zur Seite. Das Auto schoss genau auf die Scheibe eines Eckgeschäftes, einem Juwelierladen, zu. Es gab einen gewaltigen Knall. Das Schaufenster zerbrach unter der Wucht des Rammbocks, obwohl es sicherlich aus bestem Panzerglas bestand. Männer sprangen aus dem Wagen und rafften Uhren und Juwelen zusammen. Dann rasten sie mit dem Auto davon. Genau vor meinen Füßen lag eine Uhr. Ich bückte mich, hob sie auf und betrachtete sie. Es war eine Panerei, und natürlich war sie echt. Ich streifte meine eigene Uhr ab und hielt sie daneben. Die Imitation war so gut, dass man sie kaum unterscheiden konnte. Kurz darauf waren Sirenen zu hören, die blauen Blitze von Polizeilicht zu sehen. Sternförmig kamen Polizeifahrzeuge auf den Juwelierladen zu. Polizisten sprangen mit entsicherten Waffen heraus. Ich stand da, direkt neben der zerstörten Scheibe. Meine Schuhe neben mir auf dem Pflaster. Die eine Uhr hatte ich instinktiv übers Handgelenk gesteift und die andere weggeworfen. Zwei Polizisten sprangen auf mich zu. Einer nahm mich in den Schwitzkasten. Ein anderer drehte mir die Arme auf den Rücken. Handschellen schnappten zu. In diesem Moment kam ein weiterer Dienstwagen an. Ein Mann stieg aus. Er war in Zivil, trug einen Trenchcoat und, soweit ich es aus den Augenwinkeln sehen konnte, einen Schlapphut auf dem Kopf. Als würde er als Kriminalinspektor verkleidet auf einen Maskenball gehen wollen. »Drehen Sie den Mann um«, sagte er zu den beiden Polizisten, die mich an die Wand drängten. Sie folgten seinem Befehl. Der Inspektor zog eine Taschenlampe aus seinem Mantel und leuchtete mir ins Gesicht. Dann fiel der Strahl der Lampe auf meine blutigen Socken. »Nehmen Sie ihm die Handschellen ab.

Der gehört nicht zu den Dieben«, sagte er. »In der Aufmachung raubt man keinen Juwelierladen aus.«

»Vielleicht ist er in Scherben getreten«, sagte jemand.

»Unsinn. Außerdem ist er betrunken. Das waren Profis.«

Während er sprach, blickte er in die Luft, als sei dort etwas Interessantes zu sehen. »Haben Sie etwas von dem Überfall mitbekommen?« Die Frage galt offenbar mir. Er sah immer noch in den dunstigen Frühhimmel. »Nein. Nicht eigentlich. Ich war auf dem Weg nach Hause. Ich habe mir neue Schuhe gekauft und mir Blasen geholt. Ich sah ein Auto mit einem Rammbock. Das Ganze dauerte nur Sekunden. Ich meine, es waren drei.«

»Drei Sekunden oder drei Leute?«

»Drei Leute.«

Er senkte den Blick. »Sehen Sie mal. Die Kerle haben ein Beutestück verloren. Er deutete auf die Uhr, die auf dem Pflaster lag. Es könnten Fingerabdrücke drauf sein. Ab damit in den Plastikbeutel. Jetzt wollen wir uns mal den Schaden näher ansehen. Informieren Sie auch den Ladenbesitzer.« Dann reichte er mir die Hand. »Vielleicht brauchen wir Sie noch als Tatzeugen. Schlafen Sie sich erst mal aus und kaufen Sie sich vor allem bequemere Schuhe.«

Er ging zur zersplitterten Ladenscheibe und leuchtete hinein. Ein Beamter nahm noch meine Daten zu Protokoll, dann durfte ich meinen Weg fortsetzen. Ich zog meine Schuhe an. Der scharfe Schmerz an den Fersen machte mich nüchtern. Ich musste grinsen. Irgendwie war ich an einem Tiefpunkt angelangt. Von nun an konnte es nur bergauf gehen. Vor allem stand eins für mich fest: Ich musste Ivonne möglichst bald wiedersehen. Schließlich hatte sie deutlich ihr Interesse an mir signalisiert.

15

Ich ging zurück zu meiner Wohnung mit der Absicht, einen Schlüsseldienst anzurufen. Es war immer noch sehr früh am Morgen, und mein Kopf war schwer. Ich klingelte an der Wohnungstür gegenüber. Eine alte Frau im geblümten Morgenrock und mit Lockenwicklern in den Haaren öffnete. Sie musterte mich kritisch, doch dann begann sie zu lächeln. »Ach Sie sind es, welche Ehre, Sie sind also der neue Nachbar, ich habe Sie vorgestern im Fernsehen gesehen«, sagte sie. »Ich habe Sie bereits durch den Spion beobachtet und war begeistert.« Sie wies auf das kleine Loch mit der Kugellinse, das alle Türen zierte.

»Ich bin leider nicht der, für den Sie mich halten. Ich sehe ihm nur ziemlich ähnlich. Ich habe mich ausgeschlossen. Kann ich von Ihnen aus einen Schlüsseldienst anrufen?«

»Sie sind ihm wirklich wie aus dem Gesicht geschnitten. Aber kommen Sie doch herein.« Sie ging voraus, einen schier endlosen Flur entlang. Es roch nach Mottenpulver und Waschmitteln. Im Wohnzimmer saß ein nackter Mann auf dem Sofa. Sein ehemals muskulöser Körper war faltig. Hautlappen hingen schlaff über die Knochen. Ein Buddha, aus dem man die Luft herausgelassen hatte.

Ich setzte mich ihm gegenüber in einen der durchgesessenen Sessel der Sitzgruppe, während die Frau mit dem Versprechen verschwand, einen Kaffee zu machen. »Können Sie verstehen, dass ich immer noch mit dieser fremden Dame zusammen bin?«, sagte er, ohne mich anzublicken. »Aber sie ist angeblich meine Frau. Da kennt sie kein Erbarmen.«

»Ich bin Ihr neuer Nachbar«, sagte ich. »Ich habe mich ausgeschlossen. Jetzt hoffe ich, dass mir ein Schlüsseldienst helfen kann. Haben Sie vielleicht ein Telefonbuch und ein Telefon?«

»Ich sage Ihnen schon jetzt, dass die Kerle die Tür nicht schaffen werden und dass Sie trotzdem einen Haufen Geld loswerden. Die kommen nicht auf Erfolgsbasis. Was Sie bräuchten, wäre ein guter Einbrecher. Ich kannte einige, die Ihre Tür in drei Minuten aufbekommen würden. Aber das ist schon ein paar Jährchen her. Ich war Polizist in diesem Kiez. Jetzt bin ich pensioniert, gehbehindert und Alkoholiker.«

Er seufzte und sah mich zum ersten Mal an. Es war ein Basiliskenblick. Doch er tötete nicht. Es war die Menschlichkeit in diesen starren, trüben Augen, die einen erstarren ließ.

»Ich kannte damals alle. Die Guten wie die Schlechten und die dazwischen. Das sind die Schlimmsten. Und sie sind in der Überzahl.«

Seine Frau kam mit einem Tablett. Sie hatte sich inzwischen angezogen, trug ein rotes, ausgeschnittenes Brokatkleid, als wolle sie ins Theater gehen. Auf dem Tablett war eine Tasse Kaffee für mich und ein Becher mit einer klaren Flüssigkeit für ihren Mann.

»Bring dem Herrn auch was von dem Zeug. Er sieht aus, als ob er einen Nachschluck gebrauchen könnte.«

Sie brachte ein zweites Glas und eine Flasche Wodka und stellte sie auf das Tablett. Dann begann sie, Haarnadeln aus dem Sofa zu pflücken. »Willst du dich nicht anziehen, mein Guter? Ich finde, das wäre höflich gegenüber unserem Gast.«

»Ich bin angezogen. Diese alte Haut ist so gut wie eine Regenhaut über einem Gerippe. Der Herr möchte telefonieren. Bring die Gelben Seiten und das Telefon.«

Sie holte beides, während er mein Glas randvoll schenkte. Wir stießen an. Das Zeug brannte, aber mir ging es nach wenigen Minuten besser. Ich rief einen Schlüsseldienst an, und man versprach mir, innerhalb der nächsten halben Stunde zu kommen. Ich sah auf meine Uhr. Das Lederband war nagelneu. Ich hatte die falsche Uhr behalten, nämlich die echte.

»Sie sind nicht dieser Schauspieler, auch wenn Sie ihm ähnlich sehen«, sagte der Expolizist. »Sie sind Ausländer. Das sehe ich Ihnen an der Nasenspitze an, obwohl Sie gut Deutsch sprechen. Wir Berliner sind auch Ausländer. Schon immer. Wir sind die einzigen ewigen Ausländer Deutschlands. Man sagt, Berlin sei während der DDR-Zeit eine Insel gewesen. Zu viel der Ehre für die DDR, denn sie wäre ja dann das Meer gewesen. Ich sage Ihnen, Berlin war nie eine Insel, sie war vielmehr ein See, ein Tümpel sozusagen, und die DDR war das Ufer um diesen Tümpel herum. So war es, und wir waren die Karpfen, die Hechte und die Plötzen, und so ist es immer noch.«

Es klingelte. Ein Mann vom Schlüsseldienst kam die Treppe hoch. Er hatte einen Werkzeugkasten dabei. Ich ging in den Flur und zeigte dem Handwerker die Tür, um die es ging. »Ist sie zugefallen oder abgeschlossen?«, fragte er.

»Ich weiß es leider nicht mehr«, sagte ich wahrheitsgemäß.

Er begann mit der Arbeit. »Ich muss den Spion zerstören. Aber das ist kein großer Schaden.« Er schlug mit einem kleinen Hammer die Vorrichtung mit der Kugellinse aus dem Türblatt. Dann schob er einen kleinen Spiegel durch die kreisrunde Öffnung und leuchtete mit einer winzigen Taschenlampe hinein. »Abgeschlossen«, sagte er. »Das macht es nicht gerade leichter. Hat nicht zufällig jemand einen Zweitschlüssel?«

»Ja«, sagte ich. »Der Eigentümer. Aber ich weiß nicht, wo er wohnt.«

»Von Beruf Pechvogel, wa?«, sagte er in breitem Berliner Dialekt. Während er einen Akkubohrschrauber aus seinem Werkzeugkasten holte, entschloss ich mich, der Prozedur nicht weiter zuzusehen. »Wie lange brauchen Sie, um festzustellen, dass Sie nicht reinkommen?«

»Eine halbe Stunde mindestens. Es kann aber auch eine Stunde werden.« Ich sah wieder auf meine Uhr. Dabei bemerkte ich, dass sie stehengeblieben war. Die Imitation hatte nie versagt.

In diesem Moment öffnete sich die Tür der Nachbarwohnung und der Expolizist erschien. Er hatte einen hellgrünen Jogginganzug an und ging an Krücken. »Kommen Sie, wir gehen frühstücken«, sagte er zu mir.

Zu seiner Stammkneipe, der Klause, war es nicht weit. Es war eine Art Behelfsheim oder Bretterbude direkt neben dem Weg, der in die Charlottenburger Bahnhofsunterführung mündete. Das kleine Lokal wurde von einer alten Frau betrieben, die hier offenbar mit großer Umsicht schaltete und waltete, Buletten und Currywürste briet und Filterkaffee ausschenkte. Ein kleiner, gemütlicher Kosmos mit Teppichboden, einem Spielautomaten und einem großen Tisch, auf dem ein Bierkasten stand, aus dem die Wirtin lauwarmes Bier an die Kunden verteilte. Das war auch jetzt schon am frühen Morgen der Fall. Ihre Klientel bestand hauptsächlich aus älteren Herren, die ein Soziologe als gescheiterte Existenzen bezeichnet hätte. Ehemalige Lehrer, 68er, konkurs gegangene Handwerker, arbeitslose Arbeiter, viele grauhaarig, mit geröteten Alkoholikergesichtern und in Anzügen von schäbiger Eleganz. Sie diskutierten über alles mit großem Enthusiasmus, einige enorm eloquent. Ich begriff, dies war eine Art Mini-Agora, ein kleiner Marktplatz der Stadt. Sah einer der Herren nicht wie Sokrates aus? Dieser hässliche Pykniker mit der Stupsnase, dem lockigen Bart und den tiefliegenden, flinken Augen? Ja, da waren sie alle, Kriton, Xenophon, Aristip, Platon und wie sie alle heißen, umgeben von unsichtbaren Wandelgängen, den Stoäe, die sie vor Wind und Wetter der Zeit schützten und es ihnen erlaubten, ungestört wichtige Themen durchzudiskutieren. So abgerissen sie auch wirkten, die meisten von ihnen waren Hedonisten, Anhänger des Epikur und seiner Lehre von der Lust, auch wenn ihnen die Schicksalsgöttinnen übel mitgespielt hatten und sich ihnen das Glück nur noch in Form einer lauwarmen Bierflasche näherte.

Wir setzten uns neben einen kleinen Mann mit einem Raubvogelgesicht wie Ringelnatz. Er trug Gummistiefel und ein gestreiftes Hemd und hatte die typischen Seemannsaugen, die nur sehen, was genügend weit weg ist. »Das ist

Jack von der Royal Navy«, sagte der Expolizist. »Er ist hier wegen der Liebe hängen geblieben. Sie ist längst vergangen.« Jack nickte und deutete auf seine Beine. »Ich habe Wasser, ein letzter Gruß der See.«

Die Wirtin hatte inzwischen eine Reihe von Kästen und Regalen vor die Tür geschafft und mit Taschenbüchern, Ziertassen, Gläsern und allem bestückt, was sonst noch hier gestrandet war. Nachdem wir jeder einen Kaffee und eine Bulette verzehrt hatte, verabschiedete sich der Expolizist. »Ich darf sie nicht warten lassen. Auch wenn sie schrecklich ist«, sagte er.

Ich ging hinaus und stöberte eine Weile in der Reihe gebrauchter Bücher. Das meiste war der übliche Ramsch des Bildungsbürgertums der fünfziger und sechziger Jahre, Werke, in denen erstaunlich häufig das Wort »Sohn« vorkam, zum Beispiel »Hauptmann Sorell und sein Sohn« von Deeping, »Väter und Söhne« von Turgenjew. Doch als ich unerwartet auf die »Phänomenologie des Geistes« von Hegel stieß, kaufte ich das fleckige Buch. Steckte nicht auch in »Geist« irgendwie »Sohn«?

Ich setzte mich wieder an meinen Tisch, den die Wirtin gerade mit einem nassen Lappen abgewischt hatte, und begann zu lesen. Jack saß neben mir und starrte durch das Buch hindurch auf einen imaginären Horizont. Frühere Versuche, dieses Schlüsselwerk des Abendlandes zu verstehen, hatte ich jedes Mal frustriert wieder abgebrochen. Diesmal war es anders. Vielleicht lag es an meiner Müdigkeit und dem noch nicht völlig abgebauten Alkohol: Der Text hatte diesmal bei aller Dunkelheit etwas Klares, fast Meditatives; er glich einer monotonen Musik, die mich tief berührte. Ich sank immer tiefer ein in seine Rätsel. Kein Zweifel, ein

Weiser hatte ihn geschrieben, ein Virtuose des Vermögens, sich unklar auszudrücken auf eine Weise, die sehr nachdenklich machte. Man verstand tatsächlich fast nichts, aber man ahnte so ziemlich alles. Der Einband war von einem hoffnungslosen Grün, die Bogen zum größten Teil noch unaufgeschnitten. So war es leicht zu erkennen, dass der Vorbesitzer mit seiner Lektüre nicht über die Vorrede hinausgekommen war. Ich nahm das Messer, das noch von Ketchupresten blutig war, und schnitt Seite für Seite auf. Dabei fand ich schöne Sätze, wie Blumen in einem öden Acker. »Denn die Sache ist nicht in ihrem *Zwecke* erschöpft, sondern in ihrer *Ausführung*, noch ist das *Resultat* das *wirkliche* Ganze, sondern es zusammen mit seinem Werden; der Zweck für sich ist das unlebendige Allgemeine, wie die Tendenz das bloße Treiben, das seiner Wirklichkeit noch entbehrt und das nackte Resultat ist der Leichnam, der die Tendenz hinter sich gelassen.«

Wenn ich diese Sätze auf mein Leben anwandte, musste ich unweigerlich zu den folgenden Schlüssen kommen: Ich war noch nicht tot, denn mein Leben schien bislang kein Resultat zu haben, doch ich verfügte auch noch nicht über Wirklichkeit, denn ich lebte in lauter Tendenzen, mit anderen Worten, ich trieb dahin wie ein herbstlich verfärbtes Blatt in einem Bach.

Und dann stieß ich auf eine Passage, deren Inhalt mich fast erschreckte. Das Ich sei für sich, ein notwendig Einzelnes, hieß es dort. Würden nun zwei Individuen einander gegenübertreten, so sei dies im Prinzip nichts anderes als die Begegnung zweier Selbstbewusstseine, die sich selbst nur als Individuen begreifen können, indem sie den anderen negieren: Das Ich werde damit zum Todfeind des anderen und umgekehrt. »Insofern es Tun des anderen ist, geht also jeder auf den Tod des anderen«, stand da wörtlich. »Das Verhältnis beider Selbstbewusstseine ist also so bestimmt, dass sie sich selbst und einander durch den Kampf auf Leben und Tod *bewähren*.« Im Klartext hieß das, dass ich den Tod des anderen brauche, die Negation seines Seins, um mein Fürmichsein zur Wahrheit zu erheben. Genau das Gleiche gilt für den anderen. Es kommt also bei jeder Begegnung notwendig zu einem Kampf auf Leben und Tod, zu einer Art Showdown.

Plötzlich bemerkte ich draußen Oskar Brenner mit einer Plastiktüte. Er blieb vor der Scheibe stehen und winkte mir zu. Ich winkte zurück, und er trat ein. Er hatte zwei geschmacklose Kognakgläser mit Goldrand und aufgemalten Wappen im Regal draußen gefunden. Jetzt stellte er sie vor mich auf den Tisch und bat die Wirtin, uns einen Weinbrand einzuschenken. Es war natürlich Mariacron.

»Es gibt etwas zu feiern«, sagte er. »Ich habe einen großen Hirsch geschossen, einen Zwölfender, der mir finanziell etwas Luft verschaffen wird. Ich drehe in der Schorfheide. Zwölf Folgen, eine fürchterliche Soap, in der Ex-DDR angesiedelt. Das Drehbuch ist wie immer völlig bekloppt, aber meine Rolle ist ganz nett.«

»Ist es wieder eine Leiche?«

»Ganz im Gegenteil. Ich spiele einen höchst lebendigen Fiesling. Einen egomanen Förster, der seine Umwelt nervt und die Bonzen ebenso. Fieslinge sind immer gut. Da kann man nuancieren. Die Zwischentöne bringen es. Das Nette am Fiesling genauso wie das weniger Nette. Unser großer Rühl ist übrigens mit von der Partie. Er spielt einen weniger netten Fiesling vom Politbüro.«

Er holte tief Luft und setzte zu einem seiner belehrenden Monologe an: »Es gibt zwei Arten von Schauspielern: das Chamäleon und den Wal. Der erste Typ schlüpft in die Rolle, ohne in ihr aufzugehen. Er ist der Virtuose auf den Brettern, die angeblich die Welt bedeuten. Er kann alles sein, denn er hat keine Identität. Sein Ich ist eine Art Kleiderständer, auf den man die verschiedensten Kostüme hängen kann. Der andere, der Wal, ist immer das, was er spielt. Er kann nicht variieren, er ist immer er selbst, eine Art monomanischer Selbstdarsteller, im Leben wie auf der Bühne. Kollege Rühl ist so jemand und natürlich Kinski. Ich hingegen bin ein Chamäleon, mal blau, mal rot, mal grün, ganz wie ich will, doch selten so, wie es diese miesen Ratten von Regisseuren haben möchten.«

»Ich habe heute Nacht die Wohnungsschlüssel verloren«, sagte ich. »Der Schlüsseldienst ist gerade da.« Brenner grinste und schüttelte mir die Hand. »Glückwunsch, mein Lieber. Der Schlüsseldienst wird an meiner guten Arbeit scheitern. Da waren natürlich alle Versuche, eine ruhige Nacht zu verbringen, vergeblich. Bei welcher Frau hast du denn gepennt? Jedenfalls, jetzt bist du ein echter Neuberliner. Du kannst meinen Schlüssel haben, hier, ich habe ihn zufällig dabei. Aber den darfst du nicht wieder verlieren. Sonst müssen die Schlösser ausgetauscht werden. Ich muss jetzt zum Zug nach Wandlitz. Wir drehen in einer ehemaligen Kaderschule, ein gespenstischer Ort, besser als alles, was Babelsberg an Kulisse zu bieten hat. Mach's gut, Alter. Besuch mich doch mal am Set.«

Ich ging nach Hause. Der Mann vom Schlüsseldienst war gerade dabei, sein Werkzeug einzupacken. »Ein hoffnungsloser Fall«, meinte er. »Wenn ich die Tür aufsprenge, wird es verdammt teuer für Sie. Besser, Sie übernachten woanders oder warten, bis Ihr Vermieter aufkreuzt. Die Rechnung schicke ich hierher.«

Ich schloss auf. Dann duschte ich und versorgte meine Blasen. Inzwischen waren die meisten Geschäfte offen. Ich ging wieder hinunter in die Stadt. Auf der Wilmersdorfer saß ein buddhistischer Mönch mit einem kleinen Gong, den er hin und wieder schlug. Dazu fabrizierte er einen monotonen Sprechgesang, eine Art Urweltgelalle, das man bereits hörte, ehe man ihn sah. Ich kaufte Pflaster, Socken und bequeme Joggingschuhe. Dann aß ich an einem Schnellimbiss eine Currywurst. Sie schmeckte zum ersten Mal richtig, denn endlich hatte ich ihre Hegel'sche Dialektik begriffen: Es ging um die These aus grüngelbem Currypulver, die Antithese aus rotem Ketchup und die Synthese aus einer bleichen, enthäuteten Wurst. Das Curry erzeugte Fernweh, das Ketchup machte infantil, und die hautlose Wurst vermittelte abgrundtiefe Resignation. Alles drei zusammen, Sehnsucht, Kindlichkeit und Scheitern, bildete offenbar jenen Dreiklang, der uns ein Leben lang musikalisch begleitet. Und über allem schwebte als Dogma die Enttäuschung, aus der das unstillbare Verlangen nach Erfüllung entsteht.

16

Oskar Brenner hatte recht. Ich war endlich wirklich angekommen in dieser merkwürdigen Stadt, die so unmetropolenhaft wirkt, vielleicht weil sie kein wirkliches Zentrum hat. In den nächsten Tagen war ich viel unterwegs bei kühlem, herbstlichem Wetter. Die Bäume verfärbten sich bereits.

Ich erkundete die Umgebung, den Kiez, in dem Fritz seiner Arbeit nachgegangen war. Das südliche Charlottenburg war so etwas wie eine gutbürgerliche Insel, umspült von zwei Flüssen, dem Ku- und dem Bahndamm. Mir fiel auf, an wie vielen der schönen Jugendstil- und Gründerzeitfassaden sich Gedenktafeln befanden, die an ehemalige prominente Bewohner aus den goldenen Zwanzigern erinnerten. Schauspieler, Musiker, Sänger, Dichter, die Elite einer längst vergangenen, großenteils jüdischen Kultur.

Jenseits der Geleise lag eine völlig andere Welt. Billige Wohnungen, Haushaltswarengeschäfte, in denen überwiegend russisch gesprochen wurde. Rotlichtmilieu.

Ich fuhr mit der S-Bahn nach Berlin Mitte. Das Büro der Firma Immob lag am Potsdamer Platz. Ich hoffte insgeheim, dass der Zufall mir Ivonne Bree über den Weg laufen ließ. Doch natürlich zeigte sich Frau Aventiure diesmal ungnädig. Ein ewiger Herbstwind trieb stattdessen unsichtbare Blätter wie ungültig gewordene Banknoten durch die breiten und rechtwinklig angelegten Straßen.

Ich lief die berühmten Linden entlang, an all den Vorzeigefassaden Schinkels vorbei. Wären sie aus Pappmaché gewesen, ich hätte mich nicht gewundert. Einige Fronten waren tatsächlich nur gemalt, um Restaurierungen oder Bauprojekte zu kaschieren. Sie wirkten fast wirklicher als die echten Fassaden.

Die Museumsinsel kam mir vor wie ein zwischen zwei Spreearmen aufgelaufener Ozeandampfer. In seiner vorderen Lounge, dem Bodemuseum, drängten sich die Passagiere, lauter erstarrte Gestalten aus Marmor, Terracotta oder Holz.

Dann querte ich den berühmten Alexanderplatz. Ich hatte natürlich Döblin gelesen und war nun bitter enttäuscht. Einen hässlicheren Platz hatte ich noch nie gesehen. Das war kein urbaner Ort, eher ein flacher Krater in einer Mondlandschaft aus Beton.

Ich bog in die Karl-Marx-Allee, jene berüchtigte Prachtstraße der DDR, die durch den Arbeiteraufstand vom 17. Juni traurige Berühmtheit erlangt hatte. Die endlosen, gekachelten Fronten der fünfgeschossigen Häuserblocks wirkten kalt und abweisend. Gigantische Wände einer kosmischen Bedürfnisanstalt. Kein Wunder, dass eine Revolution in diesem Ambiente zum Scheitern verurteilt war. Hier konnte man nur im Stechschritt vorankommen. Das rote Meer der Fahnen war im Übrigen verschwunden. Es herrschte Ebbe.

Dann machte ich mich auf den Rückweg. Diesmal war

die S-Bahn voll. Ein schlanker, älterer Mann mit Pudelmütze kam auf mich zu. Er trug zwei volle Plastiktüten in der Hand und sah mich an, als würde er etwas von mir erwarten. Eine Frau, die direkt hinter ihm stand, schob ihn weiter. Er wandte den Kopf. Wieder ein langer Blick von ihm. Verwechselte er mich mit jemandem? Ich hatte ihn vorher nie gesehen. Plötzlich drehte er sich um, kam näher und blieb direkt vor mir stehen. Ich roch seinen Alkoholatem. »Du bist verschärft ein Bluestyp, ein Fan von John Mayall. Genau wie ich. Ich bin Harry«, sagte er. »Du findest mich, wann immer du willst.« Dann zog er weiter.

An diesem Abend setzte ich meine Feldforschung in der Kneipenwelt von Charlottenburg fort. Irgendwann landete ich in einer Blueskneipe, deren Inneneinrichtung original aus Chicago zu sein schien. An eine Säule gelehnt, saß ein Mann neben dem Tresen. Er wirkte alterslos. Seine langen, grauen Locken fielen bis auf die Schultern seiner Lederjacke. Er begrüßte mich mit den Worten: »Ziemlich verschärft, dich schon wieder zu sehen. Setz dich und lass dich einladen.«

Wir tranken amerikanisches Bier. An der Säule war ein Messingschild angebracht mit der Inschrift »Harry verschärft«. Er trug diesen Spitznamen zu recht, denn es gab kaum einen Satz aus seinem Mund, in dem nicht das Wörtchen »verschärft« vorkam. Harry erzählte von sich. Er war früher der Mann gewesen, der für diesen Laden die Getränke organisiert hatte. Jetzt lebte er von einer kleinen Rente und dem Sammeln von Pfandflaschen, die er nach einer ausgeklügelten Logistik aufspürte, hauptsächlich in Abfalleimern und Müllcontainern im S- und U-Bahn-Netz der Stadt. An guten Tagen brachte er es auf zwanzig Euro, vor allem an Wochenenden, wenn die Hertha spielte, wie er erzählte.

Harry bestand darauf, meine Zeche zu bezahlen, genauer gesagt, meine Biere auf seinen Deckel schreiben zu lassen, der zu einem ganzen Stapel anderer Deckel wanderte. Mein neuer Bekannter hatte offensichtlich in diesem Lokal unbegrenzten Kredit.

Später nahm er mich mit in seine kleine Wohnung, die im Parterre eines Neubaus in der Kantstraße lag. Sie war pedantisch aufgeräumt. An den Wänden hingen gerahmte Fotos. Bilder von Landschaften am Meer. Berge, Wasser, Sonnenuntergänge. Einige Porträts fröhlich wirkender Menschen. Eine Hochzeitsgesellschaft offenbar. Harry umgeben von Männern in Trachtenkleidern. Harry beim Tanzen. Harry beim Grillen, Harry beim Trinken. Rhodos war seine große Liebe. Diese Insel hatte Irland für ihn abgelöst. Von Frauen hielt er nichts. »Ich spare jeden Groschen«, erklärte er. »Und davon finanziere ich meine Rhodosbesuche im Frühjahr. Immer ein, zwei verschärfte Monate. Da kann man noch leben. Anfangs habe ich mein Bier mitgenommen. Jetzt brauche ich das nicht mehr. Ich trinke inzwischen alles, was man auf Rhodos bekommt. Das ist verschärft die Wahrheit.«

Er hatte noch eine zweite Leidenschaft, das Sammeln von Vermisstenanzeigen und Zeitungsartikeln über verschwundene Personen. Er legte sie in Kartons ab, die er schwarz beklebt hatte. Es war sein Privatfriedhof, wie er es nannte.

»Kennst du zufällig den da?«, fragte ich und hielt ihm das Foto von Fritz vor die Nase, das ich inzwischen erhalten hatte.

»Den habe ich schon irgendwo verschärft gesehen«, sagte

Harry und begann in seinen Kartons zu wühlen. »Vielleicht habe ich auch nur von ihm geträumt. Weißt du übrigens, dass Träume nichts anderes sind als die Erinnerungen von Menschen, die nach uns leben? Der Kerl da war verschärft in der Zeitung. Irgendwo muss der Artikel sein.« Doch er fand nichts.

Irgendwann erhob ich mich und bedankte mich für die Gastfreundschaft. Er brachte mich zur Tür. »Wenn ich den Artikel gefunden habe, zeig ich ihn dir. Du weißt, wo du mich findest. Hier oder irgendwo sonst im Weltall.«

17

Veronika Meister rief mich an. Ihre Stimme war förmlich. »Herr Wels hat mich beauftragt, Ihnen das vereinbarte Honorar zu übergeben. Er hat die elsässische Weinstube am Savignyplatz vorgeschlagen. Wir haben dort bereits einmal unser jährliches Firmentreffen abgehalten. Können Sie gegen zwanzig Uhr dort sein?«

»Ja. Aber ich kann leider noch keine Erfolge vorweisen.«

»Das spielt überhaupt keine Rolle«, sagte sie leise.

Es war ungewöhnlich warm für einen Tag im Spätherbst. Die Weinstube am Savignyplatz erwies sich als ein gemütliches, kleines Lokal mit bürgerlichem Ambiente. Der Wirt Yves hingegen hatte sich eher das Image eines französischen Künstlers zugelegt. Er sah ein bisschen aus wie George Brassens. Seine Weinstube florierte, denn ihr Besitzer hatte es verstanden, einfache Einrichtung, einfaches Essen, gute Weine und einen glaubhaft gespielten Genießercharme zu einer Einheit zu verschmelzen, mit der sich anscheinend eine hohe Gewinnspanne erzielen ließ.

Ich mochte Yves auf Anhieb. Er hatte es entschieden

besser als ich verstanden, über den Abgründen des Lebens ein solides Parkett zu verlegen. Man nahm ihm den Liebhaber ab, den Don Juan, genauso wie den Sommelier, den Spitzenkoch, ja sogar den Literaten und Musiker. Die Sonnenbrille hochgesteckt im langen, grauen Haar, die flinken braunen Augen in einem hohlwangigen Gesicht, der breite, sinnliche Mund, der rhetorisch souverän Satzkaskaden produzierte, die wie Speisekartentexte himmlischer Genusserfahrungen wirkten. Die Melancholie des Lebenskünstlers, die Desillusioniertheit des ewig scheiternden Schwärmers, die auf höchstem Niveau verkrachte Existenz, all das war sympathisch, denn es nahm sich nicht allzu ernst. Er kredenzte die Weinkarte wie ein Gesangbuch, beriet, zapfte, schenkte aus, bediente, kassierte und wirkte dabei immer noch wie sein eigener beliebtester Stammkunde.

Wie immer bei Verabredungen war ich zu früh. Yves stand am Tresen. Er musterte mich lange. Dann sagte er: »Willst du was trinken? Ich gebe einen aus.« Das war ungewöhnlich für diesen begabten Geschäftsmann. Und es passierte mir in letzter Zeit immer öfter. Weckte ich durch mein Erscheinungsbild so etwas wie Mitleid? Es war auch seltsam für deutsche Sitten, dass er mich von Beginn an duzte.

»Ja, keine schlechte Idee.«

»Weiß oder rot?«

»Weiß, bei dieser Hitze.«

»Ebenfalls keine schlechte Idee.«

Yves holte eine Flasche Rheingauer Riesling und schob sie in den fest installierten Entkorker. Dann stellte er zwei Gläser auf den Tresen und schenkte ein. Er prostete mir zu und sagte: »Weißt du, was mir Fürchterliches passiert ist? Ich habe eine tolle Frau kennen gelernt. Seit drei Monaten haben wir ein Verhältnis. Das ist an sich nichts Besonderes, und ich bin auch nie ein Kostverächter gewesen. Aber diesmal ist alles anders. Sie hat sich wegen mir von ihrem Freund getrennt, und ebenso ich von meiner Freundin. Wir sind verliebt. Aber nun stellt sie Ansprüche. Ich habe ihr gesagt, dass ich mein Leben weder ändern will noch kann. Aber leider ist sie das, was man die Frau fürs Leben nennt. Sie will eine Dauerbeziehung. Außerdem ist sie sechsundzwanzig Jahre jünger als ich. Das kann nicht gut gehen, würde jeder sagen. Aber wenn wir zusammen sind, dann sieht es so aus, als ob es einfach gut gehen müsste. Neuerdings reden wir sogar miteinander und machen nicht nur Liebe. Das ist eine verdammt gefährliche Entwicklung, wie ich finde.«

Er schob sich die Sonnenbrille vor die Augen und dann wieder ins Haar zurück. Er war ungefähr in meinem Alter, aber er war mit dieser Tatsache offensichtlich wesentlich besser klargekommen. Wir kosteten vom kühlen Wein. »Einmal erwischt es jeden«, fuhr er fort. »Ich habe Musik studiert und dann dieses Lokal übernommen, weil man hier besser auf die Frau seines Lebens warten kann als in einem Sinfonieorchester. Ich habe immer auf Helena gewartet, um mich ihr zu überreichen. Und nun scheint sie tatsächlich da zu sein.«

Er ging zum Klavier, schlug den Deckel hoch und begann zu spielen. Ein Impromptu von Chopin. Er spielte es wunderbar, sentimental und dennoch präzise. Dabei sah er mich lange und prüfend an. In diesem Augenblick ging die Tür auf, und Veronika Meister trat ein. Sie sah völlig anders aus, als ich sie in Erinnerung hatte. Dezent geschminkt, ein eng anliegendes, tief ausgeschnittenes, blaues Kleid unter dem beigen Mantel, die Haare rötlich getönt. Keine Spur mehr von Heilsarmee.

»Welch Glanz in meiner Hütte«, sagte Yves und schob die Sonnenbrille auf die Nase. Dann ging er zum Tresen und schenkte ein drittes Glas voll. Er brachte es an unseren Tisch, setzte es vor Veronika Meister ab und verschwand diskret in der Küche.

Eine Weile sahen wir uns an. Ich überlegte, wie ich am besten erklären konnte, dass ich noch nichts über Fritz herausgefunden hatte. Sie hob ihr Glas, um mit mir anzustoßen. Dann sagte sie: »Doktor Hieronymus. Ich bin aus zwei Gründen hier. Einmal habe ich den Auftrag, Ihnen dieses Kuvert zu übergeben.« Sie reichte mir einen Umschlag. »Und dann wollte ich Ihnen sagen, dass ich die Firma Immob verlassen werde. Ich habe gekündigt, und ich wollte nicht, dass Sie es vom Chef oder der Chefin erfahren. Ich habe meine Gründe für diesen Schritt. Vielleicht werde ich sie Ihnen später mitteilen.«

Sie nippte an ihrem Wein. Yves erschien, immer noch ganz Diskretion, und legte die Speisekarten auf unseren Tisch. Während er ging, drehte er sich um und zwinkerte mir aufmunternd zu.

»Es gibt noch einen dritten Grund meines Hierseins«, sagte Fräulein Meister. Ihre Stimme klang wie auf einem Lehrgang für Führungskräfte.

»Sie sind mir sympathisch, sehr sympathisch sogar. Wären Sie jünger, hätte ich mich bestimmt in Sie verliebt.«

Ich nahm einen Schluck, der ein wenig zu groß geriet, denn das Glas war nun leer.

»Sie haben so etwas Kluges und zugleich Trauriges an sich, verzeihen Sie, dass ich das so direkt formuliere, wie ich es noch nie an einem Menschen erlebt habe. Ich muss sagen, das Verschwinden von Fritz hat mir die Augen geöffnet. Ich habe seitdem stärker auf das geachtet, was in der Firma Immob vorgeht. Meine Kündigung hat damit zu tun. Ich kann es nicht länger ertragen, mit Menschen zusammenzuarbeiten, die mir, wie ich zugeben muss, eine lukrative Stellung gegeben haben, bei denen jedoch das Geld, von dem sie mich bezahlen, nicht immer sauber ist.«

»Der Geldfluss, der durch Immobilien bewegt wird, ist nie ganz sauber. Er ist gewissermassen von Schwermetallen belastet, wie Sie natürlich besser wissen als ich«, sagte ich. Ich hatte die metaphorische Formulierung gewählt, um ihr zu imponieren.

Sie nahm meine Hand und drückte sie sanft. »Nein, das ist es nicht. Jedenfalls nicht allein.«

Sie blickte sich um. Ein Gast erschien. Ein unscheinbarer Mann in einem grauen Anzug. Veronika Meister senkte ihre Stimme: »Ich muss Ihnen noch etwas sagen. Ich glaube, dieser Fritz ist viel mehr gewesen als ein einfacher Informant.«

Auch ich senkte die Stimme. Der unscheinbare Mann hatte sich zwei Tische weiter niedergelassen und studierte die Speisekarte.

»Inwiefern?«

Sie legte ihre Hand auf meinen Unterarm, ähnlich wie es Ivonne Bree bei unserer ersten Begegnung getan hatte. Ich bemerkte, dass sie einen ziemlich teuren Brillanten am Finger trug. »Ich vermute, er war sehr wichtig für meine ehemaligen Arbeitgeber. Sie haben ihn anders behandelt als die übrigen Informanten. Sein Verschwinden hat außerdem große Unruhe bei ihnen ausgelöst.«

»Wie hat sich das geäußert, Frau Meister?«

»Bitte Veronika. Ich mag meinen Nachnamen nicht besonders. Es ist schöner, wenn Sie mich mit dem Vornamen anreden.« Sie seufzte. Dann streichelte sie mir sanft über die Hand. »Es war so. Ich sollte dem Informanten Fritz eine bestimmte Geldsumme übergeben. Sie war ziemlich hoch. Doch er erschien nicht zur Verabredung. Herr Wels und Frau Bree waren tagelang mit dem Auto unterwegs, um ihn zu suchen. Das hätten sie bei keinem anderen Informanten gemacht. Und dann sind sie auf die Idee gekommen, Sie zu engagieren.«

»Und was soll ich damit zu tun haben?«

Sie hatte wieder meine Hand genommen. »Wenn ich mit meinen Vermutungen recht habe, ist die Sache nicht ungefährlich für Sie, Piet. Nehmen Sie sich besser in Acht. Vor allem vor Ivonne Bree. Sie gehört zu den Schlangen, deren Biss giftig ist.«

»Mir ist das alles viel zu vage. Was gibt es noch an Seltsamkeiten in Bezug auf diesen Fritz?«

»Das Gemälde. Sie haben es vermutlich auch bemerkt. Dieser schwarze Sonnenuntergang am Meer. An genau dem Tag, an dem Fritz verschwand, hing es plötzlich mit der Bildseite gegen die Wand. Jemand hatte es umgedreht. Ich habe es Herrn Wels gesagt, und er hat sich sehr darüber aufgeregt. Dann hat er das Bild wieder richtig aufhängen lassen.«

Sie sah mich mit einem unsicheren Blick an, als wollte sie einschätzen, wie ich diese Mitteilung beurteilen würde. »Es kann auch reiner Zufall sein oder irgendein Scherz«, sagte ich. Wir hatten beide Lammcarré bestellt. Jetzt aßen wir schweigend und tranken dazu einen französischen Rotwein aus dem Languedoc. Inzwischen war das Lokal gut gefüllt. Yves setzte sich mal an diesen, mal an jenen Tisch und redete ein paar Takte mit seinen Gästen. So erzeugte er bei ihnen das wohlige Gefühl, mehr als nur Kunden zu sein.

»Und Sie, Veronika? Was wollen Sie jetzt machen?«, nahm ich das Gespräch wieder auf.

»Ich habe langfristig noch eine andere Perspektive, an der ich schon eine ganze Weile arbeite«, sagte sie.

»Und die wäre?« Es gelang mir immer besser, so etwas wie väterliche Ruhe auszustrahlen.

»Interessieren Sie sich fürs Theater?«

»Natürlich. Sehr sogar. Theater und Wirklichkeit unterscheiden sich meiner Erfahrung nach weniger als man denkt.« Mein Satz klang so hölzern wie ein alter Melkschemel.

»Es freut mich, dass Sie das sagen. Ich schreibe Stücke. Und ich spiele ein wenig. Ich habe Kurse an der UDK belegt, der Universität der Künste. Wir treten übermorgen auf. Auf den Theatertagen der UDK. Wir spielen im Haus der Berliner Festspiele in der Schaperstraße. Um sechs Uhr. Unser Regisseur ist ein sehr bekannter Schauspieler. Der, dem Sie so verblüffend ähnlich sehen.«

»Otto Rühl?«

»Ja. Wenn Sie wollen, kommen Sie doch.«

»Was spielen Sie denn?«

»King Lear. Ich bin Cordelia. Die nette Tochter.«

Sie stand auf. Ich half ihr in den Mantel und brachte sie zur Tür. Draußen auf der Straße umarmte sie mich. »Passen

Sie gut auf sich auf. Wenn Sie in Schwierigkeiten sind, Piet, Sie wissen, wo Sie Unterschlupf finden können. Hier ist meine Karte.«

Sie löste sich von mir, und ich sah ihr nach, als sie um die Ecke bog, Richtung S-Bahnhof. Sie hatte sich noch einmal umgedreht und mir zugewunken. Es sah aus, als ginge sie in einen Tunnel hinein, an dessen Ende kein Licht war.

18

Später lief ich durch die Straßen und dachte darüber nach, was Veronika Meister erzählt hatte. Es klang künstlich, teils ungereimt, teils viel zu sehr gereimt. Irgendetwas war dahinter, das ich nicht verstand. Vielleicht eine codierte Botschaft, zu der mir der Schlüssel fehlte.

Selten war mir eine Stadt so trostlos vorgekommen. Das Wetter war umgeschlagen. Ein nasskalter Wind wehte um die Ecken. Er schien schon aus dem aufgesperrten Rachen des nahenden Winters zu kommen. Ich ging durch die Unterführung zum russischen Supermarkt, der rund um die Uhr geöffnet war, und kaufte eine Flasche Wodka, eine Dose Lachskaviar und salzigen Speck. Dann saß ich in meiner Wohnung, aß und trank bis zum Morgengrauen und überlegte, wie ich aus dieser Sackgasse herausfinden konnte, ohne rückwärtszugehen. Ich betrachtete meine rechte Hand, wie sie vor mir auf dem Tisch lag. Sie glich mit ihren blauen hervortretenden Adern auf dem Rücken und den ungepflegten Fingernägeln einem Tier, das unter der Erde lebte. Ich bewegte die Finger. Sie schienen davonkriechen zu wollen, um die Hand mitzunehmen, weg vom Gelenk, das sie mit einem alternden Körper verband.

Als es endlich hell wurde, stand ich vor dem Spiegel und starrte den Kerl dort an. Ich empfand so etwas wie eine Mischung aus Abneigung, Verachtung und Mitleid mit ihm. Auf keinen Fall hatte er etwas mit mir zu tun. Dieses verquollene Gesicht, diese schiefen Zähne, dieser beginnende Haarausfall, diese unruhigen, trüben Augen! Sie gehörten nicht zu mir. Das war eine Maske, die sich ein anderer über den Kopf gestülpt hatte, um mich zu foppen.

Wenn ich ehrlich war, ging es mir hier in Berlin nicht besser als in Groningen. Eher sogar noch schlechter. Ich war dabei zu verwahrlosen. »Verwahrlosen«, ein seltsames Wort. War nicht von ungefähr der Begriff »wahr« in ihm enthalten? Vorerst ging es mir noch in erster Linie seelisch schlecht, aber das Physische würde folgen. Und dass es mir nicht gut ging, lag nicht daran, dass ich mit meinem Auftrag zu scheitern drohte. Vielmehr lag es daran, dass ich mehr und mehr mein eigener Gast wurde, ein Fremder, der sich selbst nicht kennt. Mit anderen Worten, ich war xenozön, wie man es in der Biologie nennt, xenozön mir selbst gegenüber. Ein Fremder, der hin und wieder bei sich vorbeischaut und sich wundert, mit wem er es da zu tun hat, welch fremde Sitten hier herrschen, welch unsinnige Vorlieben, welch alberne Vorurteile. Konnte sich aus diesen Umständen so etwas wie Selbsthass entwickeln? Eine Art – ich suchte nach einem passenden Wort – Autoxenophobie? Ja, das war es wahrscheinlich: Ich war dabei, einen gediegenen Fremdenhass gegen mich selbst zu entwickeln.

Ich rief bei der Firma Immob an. Nur der Anrufbeantworter meldete sich. Dann machte ich mich auf in die Wilmersdorferstraße in ein großes Kaufhaus, kaufte mir einen Laptop und spielte in meinem Zimmer stundenlang Tetris.

Die Erotik der weiblichen Stimme, die aus dem Lautsprecher tönte und sagte: »Ihr Akku ist jetzt vollständig aufgeladen«, animierte mich dazu, das Gerät über den Akku so lange zu betreiben, bis er wieder leer war. Dann konnte ich ihn erneut laden und auf die schöne Stimme warten. Tiefer konnte man wohl nicht sinken, was die Hoffnung auf Liebe anbelangt.

Es war klar, dass etwas geschehen musste. Dieser Zustand war nicht mehr lange haltbar. Das war mehr als Autoxenophobie. Das Tragische an meiner Situation war wohl, dass ich mich selber abstieß. Wie in einer Art Immunreaktion. Ich begann, mich nach den Gründen zu fragen. Lag es an meiner Mutter? An ihrer Art von Affenliebe zu mir? Lag es an meinem Vater, daran, dass er sich nie um mich gekümmert hatte? Ich dachte in letzter Zeit immer häufiger an meine Eltern, die beide tot waren. Ich träumte auch von ihnen. Meine Mutter war auf ihre Weise dominant gewesen. Sie hatte es bis zum Schluss verstanden, mich zu kontrollieren, tat sie es auch über ihren Tod hinaus? Vermutlich war sie auch die Urheberin meines Don-Juanismus, dieser seelischen Form der Impotenz. Sie duldete einfach keine ernstzunehmende Nebenbuhlerin.

Es wurde wirklich höchste Zeit, dass sich Frau Aventuire um mich kümmerte. Es wurde höchste Zeit, dass sie ihre Hand auf meinen Unterarm legte und mich aufforderte, ihr zu folgen.

Kurz darauf fand ich zufällig eine Visitenkarte in meiner Tasche. Ein Name, eine Adresse und als Graphik ein kleines Faltrad. Ich sah ihn sofort wieder vor mir, diesen buckligen Gnom mit dem schwarzen Hut, der mich zu sich eingeladen hatte, als ich in dieser Stadt angekommen war. Ich wusste in diesem Augenblick auch, was mir fehlte: ein Fahrrad. Ein Niederländer ohne Fahrrad ist so etwas wie ein Invalide ohne Krücken. Und in dieser flachen, von der Geschichte wie ein Pizzateig breitgewalzten Stadt war ein solches Gefährt auf jeden Fall höchst sinnvoll. Ich machte mich also auf den Weg.

Ich traf ihn in seinem Laden an. Das Wort Laden war im Grunde irreführend. Es war ein kleiner, komplizierter Kosmos aus Rädern, Fahrradteilen und Zubehör. Überall lagen, standen und hingen die seltsamsten Konstruktionen. Und hinter einem Tresen, neben einem dampfenden Samowar, saß er, den schwarzen Hut auf dem Kopf, die kleinen Augen in ständiger Bewegung, den Brustkorb vorgewölbt. »Setz dich und nimm einen Tee. Das beruhigt. Du siehst gehetzt aus. Ich fürchte, deinem Karma geht es nicht gut.«

Das Gespräch entfaltete sich schnell, wobei meistens er redete. Er erzählte von seiner Krankheit. »Ich habe OI, Osteogenesis imperfecta, unvollkommene Knochenbildung, wie du sicherlich schon wahrgenommen hast. Die Unbetroffenen sagen gerne Glasknochenkrankheit dazu, wir Betroffenen mögen diesen Ausdruck nicht. Es ist keine Krankheit, es ist ein Konstruktionsfehler der Natur. Wir haben zu wenig Kollagen in unseren Knochen. Früher sagte man auch Lobstein'sche Krankheit dazu, nach einem gewissen Straßburger Anatomen Lobstein, der diesen Defekt zum ersten Mal beschrieben hat. Ich bin übrigens Typ III. Das bedeutet, meine Knochen brechen nicht nur sehr leicht, ich bin auch kleinwüchsig, wie du siehst, und habe Probleme mit der Atmung. Ich bin schon mit Knochenbrüchen zur Welt gekommen. Ein klarer Fall für den Rollstuhl. Die Ärzte haben mir keine Chance gegeben, aber ich habe es geschafft. Mein Geheimnis: das Fahrrad. Genau das, was man mir in der Kindheit verboten hat. Es ist mein persönliches gutes Karma, das das schlechte aufhebt und dadurch die Wiedergeburt als gesunder Mensch garantiert. Hier, was hältst du davon?«

Er zeigte auf ein kompliziertes Gerät, dem man seine Funktionen auf den ersten Blick nicht ansehen konnte. »Der schnellste Rollstuhl der Welt. Das erste Falt-Liege-Dreirad, das es gibt. Eine Konstruktion von mir. Ich habe eine hübsche Menge Preise dafür eingeheimst.«

»Ist das Fahrradfahren nicht gefährlich für dich?«

»Was heißt schon gefährlich. Obwohl eines schon stimmt, wir tragen unseren eigenen Abgrund in uns. Wenn wir stürzen, können wir an uns selbst zerschellen, an unserem eigenen Gewicht sozusagen, wie ein herunterfallendes Glas. Insofern fahre ich immer am Abgrund entlang. Aber wer tut das nicht? Soll ich etwa laufen? Oder Rollstuhl fahren? Ich mache mit meinem Faltrad große Touren. Manchmal bis nach Paris. Ich habe sein Gewicht optimiert. Ein leichteres Faltrad gibt es nirgendwo auf der Welt. Ich kann nämlich nichts Schweres tragen. Aber ich rede hier die ganze Zeit wie ein Bekloppter. Sag du doch mal was. Was führt dich in unsere Gegend? Du bist doch Ausländer, wart mal, lass mich raten. Du bist kein Franzose, du bist kein Engländer. Du hast einen leicht norddeutschen Akzent. Ich hab's, du bist entweder Däne oder Niederländer. Auf jeden Fall bist du aus einer Fahrradgegend, sonst wärst du mir nämlich damals nicht aufgefallen, und ich hätte dich nicht eingeladen.«

»Und woran erkennt man Leute aus einer Fahrradgegend?«

»Am schwankenden Gang. Sie wirken wie Seeleute an Land.«

»Und Autofahrer? Wie gehen die?«

»Eher hastig, weil sie möglichst schnell hinters Lenkrad zurückwollen.«

»Du hast recht. Ich bin Niederländer, und mir fehlt tatsächlich ein Fahrrad. Ich bin in dieser Stadt, weil ich einen Landsmann von mir suche. Diesen hier. Leider habe ich kein besseres Bild.«

Ich zeigte ihm das Foto des Informanten. Er betrachtete es lange, wobei er es in verschiedene Positionen brachte, mal ganz nahe an seine hervorquellenden Augen, mal mit gestrecktem Arm, mal auf den Kopf gestellt.

»Du wirst lachen, ich kenne den Mann«, sagte er schließlich. »Er war vor zwei Wochen hier und hat ein Faltrad gekauft. Er sagte, er habe manchmal Lust, mit der S-Bahn an die Peripherie der Stadt zu fahren und dann mit dem Rad weiter aufs Land hinaus. Er sei Niederländer, und er liebe das Fietsen, wie er es nannte.«

»Hat er noch mehr von sich und seiner Heimat erzählt?«

»Er sagte, er sei aus den Bergen, und er wolle bald wieder zurück nach Hause.«

»Es gibt aber keine Berge in den Niederlanden.«

»Er hat es jedenfalls behauptet. Sein Karma war übrigens erstaunlich gut.«

»Hat er noch mehr von sich erzählt?«

»Nur, dass er gerne male. Aber leider käme er viel zu selten dazu, seinem Hobby zu frönen.«

Ich sah mich im Laden um. »Ich hätte auch gerne ein

Fahrrad. Zu Hause in Groningen habe ich ein Peddersen«, sagte ich.

»Dann kommt für dich nur ein Moulton in Frage. Nimm das da.« Er wies auf ein feuerrotes, kleines Rad. »Das ist noch besser als das Pedersen. Ähnliche Konstruktion, Triangulation.«

»Ich weiß.«

»Herr Pedersen und Sir Moulton waren Freunde. Beide hatten das gleiche Karma. Komm«, sagte er, »machen wir eine kleine Probefahrt.«

Er fuhr auf seinem Spezial-Faltrad voran, und ich folgte dem schwarzen Hut wie einem Seezeichen. »Wir fahren jetzt nach Midgard, den Garten der Mitte«, rief er. »Man sagt auch Tiergarten dazu, weil die Berliner für alles einen Spitznamen haben. Es ist wirklich ein Dschungel mitten in der Stadt. Flüsse, Sumpfgebiete, alles was ein Entdeckerherz begehrt. Jeder wird dort automatisch zum Gartenzwerg, die grillenden Türken genauso wie die Politiker, die am Rande in ihren Gewächshäusern leben, im Kanzleramt zum Beispiel. Es gibt auch Tiger und Panther, aber die hat man vorsichtshalber eingesperrt. Midgard ist die Erdenwelt, das Wohngebiet der Menschen.«

Er hielt vor einem mächtigen Baum, der sich mitten auf einer Lichtung erhob. »Das hier ist die Weltesche Yggdrasil, ihre Wurzeln reichen bis nach Nebelheim hinab und ihre Krone bis zur äußeren Welt. Wenn die Welt untergeht, wird sie fallen. Gezittert hat sie schon mehrmals, beim Untergang des Dritten Reichs zum Beispiel und zuletzt beim Fall der Mauer.«

Immer wieder stießen wir auf Wasser. »Das ist die Spree«,

erläuterte mein Führer. »Ein seltsamer Fluss. Die Wenigsten wissen, dass er im Kreis fließt. Er ist nämlich die Midgardschlange, die sich selber in den Schwanz beißt und Midgard zu einer Insel macht.«

So ging es weiter. Als wir den Prenzlauer Berg hochfuhren, änderte sich die Mythologie. Mein Freund war plötzlich griechisch orientiert. »Der Olymp von Berlin«, sagte er. »Du weißt, dass die Griechen die seltsame Vorstellung hatten, die Götter würden auf dem Olympos die ganze Zeit über nur fressen und saufen. So ist das heute noch beim Griechen. Der Ouzo, den es umsonst gibt, ist ein Überbleibsel dieser Götterwelt.«

Die Stadtrundfahrt dauerte drei Stunden. Als wir zurück waren, kaufte ich das Moulton. Es ging mir gut. Ich hatte endlich eine Spur. Und ich würde ihr bald nachgehen, was bedeuten würde, in meine Heimat zu reisen.

19

Ich fuhr mit meinem neuen Rad zum Haus der Berliner Festspiele. Das Stück wurde in einem Saal mit steil ansteigenden Sitzreihen gespielt. Es gab kein Bühnenbild, keinen Vorhang, nur Scheinwerfer und nacktes Parkett. Um mich herum saßen hauptsächlich junge Leute, die meisten wohl Schüler der nahe gelegenen Universität der Künste.

Lear wurde von einem jungen Mann in Jeans gespielt. Er bemühte sich, den Wahnsinn der Hauptfigur indirekt auszudrücken, indem er schlampig sprach und sich wie ein Autist bewegte. Gleich nachdem er seinen drei Töchtern jene verhängnisvolle, die Erbschaft bestimmende Frage gestellt hatte, die das Drama einleitet und dann so erfolgreich und quälend in Gang hält – »Welche von euch liebt Uns nun wohl am meisten?« – und die erstgeborene Tochter Goneril, gespielt von einer sehr attraktiven Blondine, mit einem Schwall schwülstiger Beteuerungen ihrer Liebe geantwortet hat, ist Cordelia an der Reihe. Der Vater hat sie zwar noch nicht gefragt, aber sie soll nur für das Publikum hörbar Position beziehen. Veronika Meister trug einen engen schwarzen Anzug. Man sah ihr an, wie aufgeregt sie war. Rote Flecken bedeckten ihre Wangen und ihren Hals.

Sie blieb stumm, schlug die Augen auf und sah zur Decke, als sei dort der Text zu lesen. Einige Zuschauer begannen zu tuscheln. Ich spürte, wie ich feuchte Handflächen bekam. Dann endlich sprach sie. Leise, unsicher, brüchig intonierend: »Was sagt Cordelia nun? Sie liebt und schweigt.« Dann entstand eine tiefe Stille, in die plötzlich Szenenapplaus brandete. Auch Lear schien beeindruckt. Er ließ sich Zeit, bis er die zweitälteste Tochter Reagan fragte, der nichts Besseres einfiel, als die Liebesschwüre Gonerils auch für sich zu reklamieren. Dann war Cordelia, die jüngste, an der Reihe, die vom Vater gestellte Frage zu beantworten: »Was sagst du, dir zu gewinnen ein reichres Drittteil, als die Schwestern?«

Wieder schien Veronika Meister der Text nicht einzufallen. Doch dann erklang ein einzelnes Wort. Es schien aus dem kaum geöffneten Mund der Schauspielerin geschlüpft zu sein wie ein grauer, unscheinbarer Vogel aus dem Loch des Vogelhäuschens, und nun schwebte es flatternd über unseren Köpfen: »Nichts.«

Ich hatte noch nie ein solches Nichts gehört, derart niederschmetternd, derart sinnentleert. Ein wahrhaft Beckett'sches Nichts. Auch Lear schien von diesem einsilbigen Wort wie von einer Kugel getroffen. »Nichts?«, antwortete er. Es klang wie der Hilferuf eines Ertrinkenden. Und Cordelia anwortet noch einmal ungerührt: »Nichts.«

Wieder gab es Szenenapplaus. Lear verneigte sich, während Veronika Meister verlegen ihre schwarzen Turnschuhe betrachtete.

Nach der Aufführung ging ich in den Garten des Theaters. Es war immer noch sommerlich warm. Holzbänke und Tische waren aufgestellt. An den meisten saßen junge Leute, Enthusiasten, Studenten der Kunsthochschule.

Einer fiel auf, durch seine Größe und durch sein Alter. Ich hatte ihn bereits einmal gesehen, damals, als ich aus dem Fenster des Hecker's geblickt hatte. Man sah ihm den Trinker an. Und er war einer der wenigen, der rauchte. Er drehte sich seine Zigaretten selbst. Genauso wie ich es früher getan hatte, und er rauchte sogar meine alte Marke. Irgendwie sah er abwesend aus. Seine grauen Locken umrahmten ein schmales Gesicht mit blauen Augen. Es waren meine Augen. Ich fixierte ihn. Er schien es nicht zu bemerken. Ich setzte mich eine Bank näher. Einmal sah er auf und lächelte. Er stieß den Rauch von sich wie das Rauchzeichen eines Indianers: »Gefahr droht. Der Feind ist nahe«.

Ich setzte mich ihm gegenüber. Er sah mir wirklich enorm ähnlich, bis auf ein Muttermal über dem linken Auge. Er stieß den Rauch jetzt gegen mich und lächelte. Nahm er mich überhaupt wahr? Sein Blick ging durch mich hindurch. Dann sagte er mit einer wirklich eindrucksvollen, sonoren Stimme: »Hallo, soll ich Du zu mir sagen?«

»Gerne«, sagte ich und reichte ihm die Hand über den Tisch. Er drückte sie leicht. Dann wischte er sich die Hand an einer Papierserviette ab und sagte: »Ist dir schon mal aufgefallen, dass alle Schauspieler unerträgliche Schwätzer sind? Das liegt daran, dass sie von Berufs wegen ihr ganzes Arbeitsleben lang fremde Sätze aufsagen, kluge wie dumme. Das führt zu einer Art künstlicher Meningitis, Hirnerweichung. Wie hat dir die Aufführung gefallen?«

»Außerordentlich gut. Erstaunlich, was Sie aus Amateurschauspielern herausholen. Warum machen Sie das?«

»Ich gönne mir die Arbeit mit Amateuren, weil sie unverbraucht sind. Es ist wie das Stimmen eines Klaviers. Mein eigenes inneres Klavier, auf dem ich spiele, wenn ich auf der Bühne bin. Außerdem gibt es streng genommen keine Amateure. Wir sind alle auf einer Bühne. Der Bühne des Lebens. Wir spielen ein schlechtes, langweiliges Stück, und jeder macht mit. Ich gebe morgen Abend übrigens Richard III. An einer der besten Bühnen des Landes, einem Haus, an dem einst ein gewisser Bert Brecht seine falsche Theatertheorie auf geniale Weise ad absurdum geführt hat. Richard, der englische König, dieser wunderbare Bösewicht. Er hat es mir angetan. Echte Bösewichte gibt es selten auf der Bühne.«

Er blickte um sich. Noch nie hatte ich einen solchen Blick gesehen. Er wirkte verzweifelt, leer und doch voller Sehnsucht. Dann begann er zu flüstern. »Das Licht brennt blau. Ist's nicht um Mitternacht? Mein schauerndes Gebein deckt kalter Schweiß. Was fürcht ich denn? Mich selbst? Sonst ist hier niemand. – Übrigens, ist dir schon aufgefallen, dass Richard III. und Goebbels etwas gemeinsam haben? Der verkrüppelte Fuß. Auch der letzte deutsche Kaiser war verkrüppelt. Allerdings am Arm. Behinderungen haben einen Vorteil: Sie können eine Person so beherrschen, dass sie dadurch leichter spielbar wird.«

»Ja«, sagte ich. »Genau dasselbe habe ich auch schon gedacht. Manchmal wünsche ich mir, ich hätte Probleme mit dem Knie und müsse humpeln.«

»Wir sehen uns also keineswegs nur äußerlich ähnlich. Wir sind auch wesensverwandt. Wobei das Wesen eines Menschen vielleicht nur der faule Kern im Inneren seines gesunden Fleisches ist.«

Je länger er sprach, desto mehr vergaß ich, wo ich war. Er fasste meine Hand und presste sie so stark, dass meine Fingerknöchel schmerzten. »Richard liebt Richard: das heißt, ich bin ich. Ist hier ein Mörder? Nein, ich, ich bin hier. So flieh! Wie? Vor dir selbst? Mit gutem Grund: Ich möchte rächen. Wie? Mich an mir selbst? Ich liebe ja mich selbst. Wofür? Für Gutes, das je ich selbst hätt an mir selbst getan? O leider nein! Vielmehr hass ich mich selbst, Verhasster Taten halb durch mich verübt. Ich bin ein Schurke, – doch ich lüg, ich bin es nicht.«

Ich hatte so eine Stimme noch nie gehört. Sie war leise und doch zugleich überdeutlich, nah und fern in einem, eindringlich und dabei von einer seltsamen Gleichgültigkeit.

»Hast du bemerkt, wie genial dieses Mäuschen das Wörtchen ›Nichts‹ gesprochen hat? Eine Artikulation, die auf meinem Mist gewachsen ist. Ich habe lange an ihrem Nichts gearbeitet. Ich habe erreicht, dass die Dame nicht mehr verstand, was Nichts bedeutet, jedenfalls in ihrem Kopf. Erst dadurch war sie in der Lage, nichts zu sprechen.«

»Ich war sehr beeindruckt. Es klang wie eine Absage an alles, was die Menschheit je gedacht und empfunden hat.«

Er lächelte und drehte sich eine neue Zigarette. Dann packte er mich wieder, diesmal am Oberarm. »Die Kleine kann noch mehr. Sie kann auch schreiben. Sie hat ein Stück verfasst, das ich auf die Bühne bringen werde. Ich habe es beim Intendanten durchgesetzt. Ich glaube, sie wird Karriere machen, wenn sie nicht den Fehler begeht, eitel zu werden. Und jetzt zu dir. Sprich mir nach. ›Tor, rede gut von dir! Tor, schmeichle nicht!‹ «

Ich tat, wie er befohlen hatte. Er hörte zu und schüttelte

den Kopf. »Wir sind zwar gleich groß und haben beide mit Sicherheit die gleiche Stimmlage. Allerdings klingt deine Stimme ziemlich gepresst. Das liegt daran, dass sich dein Kehlkopf beim Sprechen zu hoch befindet. Also, schließe die Augen und konzentriere dich auf deinen Kehlkopf. Lass ihn in dir tiefer sinken wie einen Ball, der in der Luftröhre schwebt.«

Ich versuchte mein Bestes. Er berührte meinen Hals mit der Kuppe seines linken Zeigefingers. »Gut so, und jetzt sprich folgenden Satz: ›Hat mein Gewissen doch viel tausend Zungen, und jede Zunge bringt verschiednes Zeugnis. Und jedes Zeugnis straft mich einen Schurken.‹«

Ich versuchte wieder mein Glück, und diesmal schien er weniger unzufrieden. »Schon besser, aber noch nicht optimal.« Er trank sein Bierglas leer. Dann legte er die Stirn auf die Tischkante und sprach so, dass seine Stimme aus dem Boden unter uns zu wachsen schien:

»Mord, grauser Mord, im fürchterlichsten Grad, Jedwede Sünd, in jedem Grad geübt, Stürmt an die Schranken, rufend: Schuldig! schuldig!«

Er hob den Kopf, stöhnte auf, und nun sprach er mit eisiger Klarheit:

»Ich muss verzweifeln. Kein Geschöpfe liebt mich, Und sterb ich, wird sich keine Seel erbarmen. Ja, warum sollten's andre? Find ich selbst in mir doch kein Erbarmen mit mir selbst.«

Er setzte sich abrupt kerzengerade auf und fixierte mich mit Augen voller Spott. »Gefällt dir das? Du musst dir Folgendes merken: Wenn du auf der Bühne stehst, versuche niemals zu verstehen, was du sagst. Denn das würde deiner Stimme sofort die Natürlichkeit nehmen. Tue lieber so, als würdest du nichts verstehen von dem, was dir gerade über die Lippen kommt. Ein guter Schauspieler ist in der Lage, Intelligenz zu simulieren, obwohl er seinen Text aufsagt wie ein Analphabet. Wann fangen wir also an?«

»Womit?«

»Mit dem Unterricht. Ich habe mir gerade eben in den Kopf gesetzt, aus dir einen akzeptablen Schauspieler zu machen.«

»Ich habe vor bald zu verreisen. Aber in einer Woche bin ich wahrscheinlich wieder zurück.«

»Gut. Dann ruf mich an, wenn du wieder da bist. Unter dieser Nummer. Es gibt wenige, denen ich sie gebe.« Er schrieb eine lange Zahl auf eine Papierserviette und gab sie mir. Ich meinte, die Nummer unter der gläsernen Tischplatte im Cassambalis wiederzuerkennen.

Er stand auf und reichte mir die Hand. »Freut mich, dich kennen gelernt zu haben. Komm doch morgen Abend nach der Vorstellung in die Kantine, dann können wir uns sehen. Oder bist du dann schon weg. Ich lasse auf jeden Fall eine Karte für dich an der Kasse hinterlegen. Die Vorstellung ist ausverkauft.«

Er ging. Ich sah seine schlanke, große Gestalt zwischen den rauchenden Studenten verschwinden, die ehrerbietig Platz machten. Er setzte also voraus, dass ich seiner Einladung Folge leisten würde. Und in der Tat, das Angebot war verlockend.

Ich blieb sitzen und wartete auf Veronika Meister. Als sie nicht kam, empfand ich dies als gerechte Strafe für meine pubertären Rückfälle. »Hör endlich auf, dich und andere zu belügen«, murmelte ich. Dann stand ich auf, zahlte und ging.

Ich machte mich auf den Weg. Vor dem Theater sah ich sie inmitten einer Gruppe junger Leute. Als sie mich bemerkte, winkte sie mich heran. »Das ist Piet«, stellte sie mich vor. »Ein alter Freund von mir aus Holland. Die Ähnlichkeit mit Otto ist verblüffend, findet ihr nicht?« Sie lachten und nickten, und einer stieß seine Faust leicht gegen meine Brust. »Du könntest ihn doubeln, wenn er mal ausfällt. Mann, du bist echt sein perfekter Doppelgänger.«

Obwohl ich alle um Haupteslänge überragte, kam ich mir klein vor und zur Schau gestellt. Ich wollte mich verabschieden, doch Veronika Meister hakte sich bei mir ein. »Wir gehen noch zum Spanier um die Ecke. Schließlich haben wir etwas zu feiern«.

Dann saßen wir alle draußen vor dem Lokal an einem langen Tisch, von Gasbrennern notdürftig gewärmt. Der Wein floss in Strömen. Diese Jugend, die mich umgab, kam mir vor wie Fleisch gewordene Blasphemie. Blasphemisch war diese offenbare Selbstverständlichkeit, mit der eine sinnentleerte Welt als Spielwiese von Selbstverwirklichung angesehen wurde. Ich saß neben Veronika Meister und spürte ihren Körper, den sie an mich drängte, wobei sie sich mit ihrem anderen Nebenmann angeregt über die Zukunft des Theaters unterhielt. Warum war ich in diesem Kindergarten gelandet, fragte ich mich.

Veronika Meister und ich waren die Letzten der Gesellschaft. »Kommst du mit zu mir?«, fragte sie unverblümt.

»Besser nicht. Ich bin zu betrunken. Außerdem zu alt für dich«, sagte ich wahrheitsgemäß.

»Dann sehen wir uns morgen nach der Vorstellung. Ich habe dank Otto eine Stelle bekommen, als Regieassistentin. Der Meister kommt sicher auch.«

Sie nahm ein Taxi nach Hause, während ich zu meiner Wohnung fuhr. Diesmal widerstand ich der Verlockung, mich im russischen Supermarkt mit neuem Stoff für eine depressive Trunkenheit zu versorgen.

20

Am nächsten Abend war ich pünktlich im Theater. An der Kasse lag tatsächlich eine Karte für mich. Ein sehr guter, sehr teurer Platz in der dritten Reihe. Es war tatsächlich ausverkauft. Nur neben mir war noch ein Stuhl frei. Kurz vor Beginn der Vorstellung schob sich eine Person die Reihe entlang. Sie sah wieder atemberaubend aus. Ein tief ausgeschnittenes, dunkelrotes Abendkleid. Sie setzte sich neben mich und starrte in das Programmheft. Ich roch ihr Männerparfüm. Als ich sie flüsternd ansprach, schüttelte sie kaum merklich den Kopf. Es war offensichtlich: Ivonne wollte nicht, dass man eine Verbindung zwischen uns feststellen konnte.

Mein Herz klopfte. Das konnte unmöglich ein Zufall sein. Doch wer hatte hier Regie geführt? In diesem Moment hob sich der Vorhang. Ein Mann humpelte über die Bühne. Er bewegte sich wie eine verrenkte Holzfigur. Sein Klumpfuß war kaum zu sehen, aber er schien die ganze Person zu beherrschen. Wenn je das Böse pantomimischen Ausdruck gefunden hatte, dann hier. Wie er die dünnen, langen Beine, die in schwarzen Seidenstrümpfen steckten, vorstieß, das eine dabei nachschleifte, wie er die Arme krümmte und den

Kopf mit offenem Mund in den Nacken warf und stöhnte und brummte, wie der Geifer auf seinen Lippen glänzte und seine Augen unstet und durchbohrend blickten, ohne etwas zu sehen, all das war mehr als Hässlichkeit, gemischt mit Wut und Verzweiflung. Das war der Auftritt eines mordlüsternen Teufels, eines Scheusals, das an ein Insekt erinnerte. Mir fielen die Fliegen ein, denen wir als Kinder Flügel und Beine ausrissen bis auf zwei, und die danach wie betrunken taumelten. Man spürte förmlich, wie sich im Publikum Entsetzen ausbreitete. Ivonne Bree hatte die Augen geschlossen. Sie fächelte sich mit dem Programmheft Luft zu. Plötzlich war da eine Stimme. Sie war kalt und scharf wie Stahl und von einer ungeheuer präzisen Artikulation: »Nun ward der Winter unsers Missvergnügens Glorreicher Sommer durch die Sonne Yorks. Die Wolken all, die unser Haus bedräut, Sind in des Weltmeers tiefem Schoß begraben.« Sein Schweigen nach diesem Satz wirkte wie ein Kälteschock, der das Publikum erstarren ließ. Dann sprach er weiter, diesmal mit veränderter Stimme. Sie klang plötzlich fröhlich und leicht: »Nun zieren unsre Brauen Siegeskränze, Die schart'gen Waffen hängen als Trophä'n; Aus rauem Feldlärm wurden muntre Feste, Aus furchtbarn Märschen holde Tanzmusiken.«

Noch nie hatte ich eine solche Intensität des Spielens erlebt. Ich glaube, wir alle tanzten nach der Pfeife seiner Stimme und seiner Gesten. Mal erzeugte er Angst, mal Abneigung, mal Mitleid. Die Gefühle wechselten so schnell, dass man sich irgendwann vorkam wie betäubt, wie der eigenen Identität beraubt.

In der Pause suchte ich Ivonne Bree. Ich fand sie an der Garderobe, als sie sich gerade ihren kostbaren Pelzmantel geben ließ. Ich nahm ihn und hielt ihn auf, damit sie in die Ärmel schlüpfen konnte. Dabei kam ich mir wie ein suizidaler Stierkämpfer vor, der die Capa absichtlich nicht seitlich, sondern genau vor sich hielt. Nachdem sie den Mantel anhatte, drehte sie sich um und schenkte mir ihr Lächeln. »Warum gehen Sie schon?«, fragte ich. »Gefällt Ihnen die Vorstellung nicht?« Obwohl wir damals im Wuppke zum Du übergegangen waren, fiel ich jetzt automatisch ins »Sie« zurück, und Ivonne Bree ging darauf ein.

»Doch, doch. Er ist wirklich gut. Es hat wahrscheinlich noch nie einen besseren Richard gegeben. Aber er macht mir Angst. Ich ertrage sein Spiel nicht. Es ist zu intensiv. Das ist doch keine Schauspielerei mehr. Ich finde, Otto überschreitet eine Grenze. Kommen Sie. Wir gehen noch irgendwo etwas trinken.«

Sie hatte eine solche Macht über mich, dass ich nicht protestierte. Dabei hatte ich mich eigentlich auf das Treffen in der Theaterkantine gefreut.

Wir landeten in einer kleinen Weinbar. Während wir tranken, starrte sie vor sich hin. Plötzlich sah ich Tränen in ihren großen Mandelaugen. »Dieses Schwein«, flüsterte sie. »Er hat mich reingelegt. Er geht über Leichen, wenn es um seine Interessen geht. Sein Ego ist maßlos.«

»Ich ahne, vom wem du redest. Hast du ein Verhältnis mit ihm?«

Sie sah mich hilfesuchend an. Dann nickte sie ganz leicht mit dem Kopf. »Denk bitte nicht schlecht von mir. Helmut weiß Bescheid. Er war damit einverstanden. Ich war ein ganzes Jahr seine Geliebte. Vor ein paar Tagen hat er mir mitgeteilt, dass er sich im Bett mit mir langweilen würde. Es sei nun Schluss damit.«

Sie wischte sich die Tränen mit einer Papierserviette weg und verschmierte dabei das Augen-Make-up. Jetzt sah sie aus wie ein kleines, frierendes Mädchen. »Ich muss etwas Stärkeres trinken«, murmelte sie. »Aber du musst mittrinken. Magst du Calvados?«

»Ja. Das Loch der Normandie.«

Sie sah mich verständnislos an. »Zwei doppelte Calvados«, rief sie zur Theke. Das Getränk kam und wir tranken. Sie nahm meine Hand. »Es geht mir nicht gut. Ich muss hier weg. Bitte leiste mir noch ein bisschen Gesellschaft. Mein Wagen steht im Parkhaus.«

Wir gingen über die Spreebrücke, oder war es der Rücken der Midgardschlange? Ivonne Bree blieb am Geländer stehen und sah hinunter ins ölig glänzende Wasser. Sie lehnte sich weit vor, und einen Augenblick lang dachte ich, sie würde sich hinunterfallen lassen.

Dann saßen wir in ihrem Wagen. Ein Zehnzylinder-Diesel. Wir fuhren mit 200 km/h über die Autobahn nach Norden. Es war ein Gefühl, als schlichen wir mit 50 durch die Gegend.

Irgendwann bogen wir ab in einen dichten Wald. Die Straße war jetzt schmal und voller Schlaglöcher. Nach einiger Zeit landeten wir an einem See. Draußen rauschten die Bäume im Wind. Plötzlich prasselte Regen aufs Autodach. Die Heizung lief, und aus dem Radio kam klassische Musik. Wir schwiegen. Einmal fiel das rote Licht der Glühspirale des Zigarettenanzünders auf ihr Gesicht. Es wirkte wie eine Karnevalsmaske. Sie atmete tief den Rauch der Zigarette ein und schaltete das Fernlicht an. Im Lichtkegel waren die weißen Mauern eines niedrigen Gebäudes zu sehen.

»Dort drüben hat Goebbels über die Lösung der Judenfrage nachgedacht«, sagte sie. »Er hat an seinem Flügel gesessen und Wagner gespielt. Er hatte seine Mätresse dabei. Eine Schauspielerin. Ihre Nähe hat ihn vermutlich inspiriert. Oder es war Magda, seine Frau. Auch sie war zuweilen seine Mätresse. Sonst hätte sie wohl kaum so viele Kinder bekommen. Die Lust ist offenbar ein Stimulans der Unmoral.«

Ich erzählte ihr von meinem Vorhaben, für einige Tage in die Niederlande zu fahren. »Ich glaube, ich habe endlich eine Spur gefunden, die zu diesem Fritz führt, zumindest in seine Vergangenheit. Vielleicht kann ich sogar seine wahre Identität herausfinden.«

»Ich denke manchmal, dieser Fritz hat einfach aufgehört zu existieren, wie Nebel, der sich auflöst. Helmut ist stärker an der Sache interessiert als ich. Die Firma hat inzwischen andere Sorgen.«

»Welche zum Beispiel?«

»Zum Beispiel Veronika Meister. Dieses kleine Biest. Erst haben wir sie von der Straße aufgelesen und ihr einen guten Job verschafft. Dann ist sie einfach weggelaufen. Natürlich nicht ohne etliche Dateien aus unserem Firmencomputer zu kopieren. Ich würde ihr an deiner Stelle kein Wort glauben.«

Trotz der intimen Situation redete sie wie in einem Büro. »Übrigens, Otto ist häufig hierhergefahren. Vielleicht war er sogar heute vor der Vorstellung hier. Wegen der unüberbietbaren negativen Energie des Ortes, hat er mir einmal gesagt. ›Wie soll ich Richard III., den größten Bösewicht des Theaters, denn glaubhaft spielen, ohne vorher negative Energie getankt zu haben?‹, waren seine

Worte. Spürst du als sein Ebenbild auch etwas von dieser negativen Energie?«

Sie schmiegte sich an mich und begann, mich zu streicheln. Ich kam mir vor wie eine Fliege im Bernstein. Aber es war eine Fliege, die immer noch zappeln konnte.

21

Am nächsten Tag ging es mir schlecht. Ivonne Bree hatte mit mir gespielt wie ein Erwachsener mit einem Kinderspielzeug, so kam es mir jedenfalls vor. Wenn sich Erwachsene mit Stoffhunden, Modelleisenbahnen, Puppentheatern oder Ähnlichem beschäftigen, dann tun sie das ohne die naive Begeisterungsfähigkeit von Kindern, sondern mit der Souveränität und Ironie eines Wissenden, der bewusst einen Ausflug in die Vergangenheit macht. Sie hatte mich nach zwei Stunden Liebe im Auto nach Berlin zurückgefahren und vor meiner Wohnung abgesetzt mit dem Versprechen, sich bald wieder mit mir zu treffen.

Ich telefonierte mit Einar und benutzte ihn als Beichtvater. Seine Stimme klang sehr fern, wie von einem anderen Stern: »Sex im Auto? Bist du dafür nicht vierzig Jahre zu alt?«

»Ja. Es ist unbequem und unerotisch. Aber die Frau fasziniert mich einfach.«

»Das gefällt mir alles nicht besonders. Ich weiß, dass du in diesem Bereich ziemlich infantil geblieben bist, aber diesmal scheint dein Rückfall extremer zu sein als sonst. Du bist auf einer pränatalen Reise.«

Ich nickte, was mein Freund am Telefon natürlich nicht wahrnehmen konnte. Dann berichtete ich von meiner Absicht, auf Fritz' Spuren nach Holland zu fahren. »Er ist eigentlich Kunstmaler und kommt irgendwo aus den Bergen. Und das in einem Land, in dem es keine Berge gibt. Aber es gibt drei Orte mit dem Namen Bergen. Ich habe den Auftrag von der Firma Immob, ihn zu finden. Aber ich vermute, dass es da noch mehr zu entdecken gibt.«

»Das hört sich schon besser an. Vielleicht tut dir ja der räumliche Abstand zu dieser Frau gut.«

»Es gibt noch etwas. Ich habe hier in Berlin einen Doppelgänger, und der steht in enger Beziehung zu Ivonne Bree. Er war ihr Liebhaber und hat sie inzwischen wieder verlassen.«

»Und jetzt bietest du dem Teufelsweib die Möglichkeit, ihn glaubhaft zu ersetzen. Erzähl mir mehr von dem Doppelgänger!«

»Er ist ein bekannter Schauspieler. Wenn ich mit ihm zusammen bin, denke ich, ich bin sein Klon. Obwohl wir uns in manchem stark unterscheiden, vor allem was die Selbstsicherheit anbelangt.«

»Schade, dass wir jetzt nicht in der Sauna sitzen, Piet. Wir könnten über alles in Ruhe reden. Über Gott und die Welt.«

»Meinst du mit Welt etwa dieses trübe Jammertal und mit Gott diesen kosmischen Drückeberger?«

»Wenn du so weiterredest, mein Freund, dann zwingst du mich vorbeizukommen.«

»Das wäre schön. Ich übernehme die Spesen.«

»Ich werde es mir überlegen. Als dein treues Kindermädchen.«

Die Vorstellung, dass Einar eventuell kommen würde, beruhigte mich. Ich ging zum Bahnhof und kaufte eine Fahrkarte nach Groningen. Dann ging ich in die Blueskneipe. Harry Verschärft war da. Er lehnte neben seinem Namensschild und zeigte seine Zahnlücken. »Ich habe verschärft was für dich. Du suchst doch diesen Kerl, von dem du mir das verschärft unscharfe Foto gezeigt hast. Ich habe da etwas gefunden, was dich interessieren müsste.«

Er leerte sein Bier in einem Zug und rutschte vom Barhocker. Ich folgte ihm. Zu Hause in seinem Zimmer zeigte er auf seine Bilder. »Guck mal, das hier ist neu. Es erinnert mich verschärft an die Sonnenuntergänge auf Rhodos. Rat mal, wo ich es gefunden habe. Auf einem Bauernmarkt im Norden von Berlin. Ich habe einen Ausflug gemacht. Das mach ich manchmal, wenn mir die Decke verschärft auf den Kopf fällt. Ich bin mit der Regionalbahn hingefahren. Du weißt, ich habe aus beruflichen Gründen eine verschärfte Dauerkarte. Und stell dir vor, die haben da nicht nur tolle Wurst, Superfleisch und verschärfte Kartoffeln verkauft, sondern auch Cowboystiefel, Fransenjacken aus Leder, Westernhüte und Bilder. Ich hatte zufällig ein bisschen Kohle dabei, und da habe ich mir diese verschärften Stiefel hier gekauft und den Sonnenuntergang. Ich habe gefragt, wie der Maler heißt. Das wisse er nicht, hat der Verkäufer gesagt. Und dann hat er mir einen Zeitungsartikel über den Maler gezeigt. Und ich habe deinen Kerl verschärft auf dem Foto erkannt.«

Ich sah mir das Gemälde genauer an. Es war sehr gut gemalt, wenn auch der reinste Kitsch. Zwischen von Bäumen bewachsenen hohen Dünen ging über dem Meer die Sonne unter. So eine Gegend gab es in den Niederlanden nur in den Nationaldünen, einem Naturschutzgebiet, an dessen Rand die kleine Stadt Bergen liegt. Ich war einst mit Ingrid, meiner ersten großen Liebe dort gewesen. Die Spur zu Fritz hatte Konturen bekommen.

Einen Tag später fuhr ich mit dem Zug Richtung Heimat. In Wirklichkeit war es eher, als würde ich in die Fremde fahren. Draußen herrschte typisches Spätherbstwetter, grau und neblig. Die Äste der Bäume sahen aus wie Garderobenhaken, an denen graue Mäntel hingen.

Als wir über die Grenze fuhren, änderte sich die Reihenfolge der Stationsansagen von »erst Deutsch, dann Niederländisch« in »erst Niederländisch, dann Deutsch«. Das blieb aber auch das einzige Indiz für den Wechsel des Landes. Oder doch nicht? Wirkte das Grau draußen nicht plötzlich ein wenig heller? Die niederländischen Siedlungshäuser wenigstens hatte man nicht ganz so monoton gebaut wie die deutschen.

In den Niederlanden waren in letzter Zeit schreckliche politische Morde geschehen, und ich hatte bereits erlebt, dass sich die Atmosphäre des Landes dadurch zum Negativen verändert hatte. Während ich aus dem Zugfenster starrte, wurde mir klar, dass ich mich mit keiner Nation mehr identifizierte, auch mit keiner Sprache und keiner Kultur. Ich war so etwas wie ein Weltenbummler geworden, jedoch in einer Welt, die nicht viel größer war als die, die ich jeweils hören und sehen konnte.

In Groningen nahm ich ein Zimmer. Natürlich im Tiffany. Dann ging ich in die Espressobar. Die Barista sah aus, als könne ihr die Zeit nichts anhaben. Eine Ikone ewiger Jugend.

»Und? Wie hat Ihnen meine Heimatstadt gefallen?«

»Sie ist wirklich schön. Schön wie Sie.« Sie sah mich belustigt an, während sie mir den Espresso hinschob. Seine Crema war wie immer perfekt. »In Ihrem Alter wirken Komplimente wie Hilferufe«, sagte sie und zeigte dabei ihre ebenmäßigen Zähne.

Am nächsten Morgen fielen mir zwei Leute ein, die in meinem Leben eine große Rolle gespielt haben: Jan van Delft und Ingrid, meine ehemalige Freundin. Ich hatte offenbar Sehnsucht nach Vergangenheit.

Beide wohnten noch in der Stadt, wie ich dem Telefonbuch entnahm. Van Delft war Psychologieprofessor im Ruhestand. Er war mein Lehrer an der Uni gewesen. Mit Ingrid hatte ich eine Weile zusammengelebt. Das war eine Ewigkeit her. Sie hatte mich mit einer Begründung verlassen, die mich bis heute innerlich beschäftigte.

Beide erreichte ich am Telefon, und beide schienen sich zu freuen. Ingrid hatte erst morgen Zeit, Jan schon heute. Er schlug als Treffpunkt eine Cafeteria vor, die ich kannte.

Bei van Delft hatte ich vor etlichen Jahrzehnten meine Lehranalyse gemacht. Niemand kannte mich so gut wie dieser Mann. Vielleicht war das der Grund dafür, dass ich ihn praktisch gänzlich aus meinem Leben verdrängt hatte. Er hatte einen schönen Namen, und er war auch ein schöner Mann. Eine hohe Stirn, einen eisgrauen, mächtigen Bart, einen ausdrucksvollen Mund und einen vertrauenerweckenden Blick aus klaren, blauen Augen. Ein bisschen konnte man sich Moses so vorstellen.

Das kleine Ecklokal war schäbig und anheimelnd zugleich. Wie immer traf ich zu früh zur Verabredung ein. Normalerweise sah ich darin eine Tugend. Jetzt kam es mir eher vor wie Ungeduld, die einer generellen Unzufriedenheit mit meinem Leben entsprang.

Ich setzte mich in eine Ecke. Ein fast wohliges Gefühl von Leere erfüllte mich, ungefähr wie bei einer Puppe, aus der der Sand oder das Stroh herausgerieselt ist. Endlich sah ich ihn kommen. Der Wind blähte seinen langen Staubmantel. Jan hatte sich kaum verändert, seit wir uns das letzte Mal gesehen hatten, und das war über zwanzig Jahre her. Er war ein wenig dicker, und sein Bart war nicht mehr eisgrau, sondern schneeweiß.

Er umarmte mich und drückte dabei seine Stirn an meine. »Piet, du alter Halunke«, sagte er mit seiner wunderbar klaren Bassstimme. »Schön, dich zu sehen.«

Wir bestellten beide das Gleiche. Bier und Hühnchenspieß mit Saté. Dann sprang er mitten ins Gespräch, wie es schon immer seine Art gewesen war. »Ich habe zu meiner Freude gehört, dass du bei der Polizei aufgehört hast. Ich habe immer gedacht, das ist nichts für dich. Du gehörst ja zu den ewigen kleinen Jungen, die Angst haben, sich schmutzig zu machen und genau deshalb immer so bekleckert aussehen. Deshalb solltest du auch möglichst wenig mit realer Kriminalität zu tun haben, höchstens mit deren Theorie.«

Verdammt, dachte ich, du kennst mich immer noch viel zu gut. Laut sagte ich: »Die Arbeit hat mir eigentlich Spaß gemacht. Ich habe viel über die Menschen und über mich gelernt. Ich denke heute übrigens anders über Kriminalität als früher. Mir scheint, es ist eine bestimmte, existenzielle

Ausdrucksform wie viele andere auch. Die, die sich ihrer bedienen, wollen sich allerdings auf eine Weise verständlich machen, die die Gesellschaft nicht goutieren kann.«

»Das hört sich ganz nach Anarchie an. Ein ziemlich veralteter Standpunkt, jedenfalls neuerdings.«

»Ich weiß, worauf du anspielst, auf die Morde an Fortuyn und van Gogh. Sie haben das gesellschaftliche Klima bei uns verändert, nicht wahr?«

»Und wie! Wir sind seitdem viel deutscher geworden. Ich hoffe nur, dass die Deutschen inzwischen ein bisschen niederländischer geworden sind. Als Neuberliner wirst du es beurteilen können.«

Er lehnte sich zurück und starrte hinaus auf die Gracht, die der Wind mit einer silbrigen Haut überzogen hatte. »Wie du weißt, sind wir nicht nur ein Schwemmland im geologischen Sinne. Wir sind auch ein Schwemmland der Individuen. Unsere große Zeit als Kolonialmacht hat uns viele Fremde ins Land gespült. Sie haben sich abgelagert, ohne fruchtbaren Boden zu bilden, und wir haben sie nach unserer Tradition einfach mit eingedeicht. Das konnte nicht gut gehen. Wir waren einfach zu fremdenfreundlich, und das auf eine viel zu unverbindliche Art. Du weißt, dass man auch durch Zuwendung verunsichern kann, vor allem wenn sie profillos ist. Und genau das hat in den letzten Jahrzehnten stattgefunden. Unsicherheit bei den Eingewanderten und als Folge davon Fanatismus bei einzelnen von ihnen. Das sieht man an Kerlen wie dem, der im Namen der Tiere Pim Fortuyn erschossen hat, weil der Pelzmäntel trug und schwul war, und dem, der Theo van Gogh abgeschlachtet hat, weil der die Frauenfeindlichkeit des Islam anprangerte. Beide Mörder waren höchst unsichere

Menschen. Fortuyn und van Gogh hingegen waren zwar sehr verschieden, was sie jedoch vergleichbar macht, war ihre provozierende Selbstsicherheit. Insofern bist du vor solchen Tätern sicher.« Er lächelte und sah mich an mit diesem Blick, wie ich ihn nur von ihm kannte. Liebe und Kritik waren in ihm ununterscheidbar miteinander verschmolzen.

»Ich weiß. Ich kannte Pim aus Groninger Studententagen. Er war immer besser gekleidet als wir, sehr elegant, sehr eloquent und sehr selbstbewusst.«

»Das reizt natürlich alle, die über einen schwachen Narzissmus verfügen. Dann muss nur noch ein kleiner ideologischer Wahn hinzukommen, und es gibt eine Katastrophe. Hast du dir mal ein einjähriges Kind genau angesehen? Diese extrem verletzlichen und unsicheren Wesen haben einen wahnsinnigen Blick. Wie Greise unter Speed. Und die Droge? Der Grund des Wahnsinns? Nichts anderes, als die intuitiv erfasste Gewissheit, ein ganzes Leben voller Enttäuschungen vor sich zu haben. Diese Mischung aus Angst und Vorunfreude prägt die Physiognomie von Kleinkindern. Sie ahnen, dass sie laufen lernen, um erst zu stolpern und dann einst an Krücken zu gehen. Das spüren diese Kerlchen von dreizehn Monaten ganz genau. Deshalb dieses irre Grinsen. Ein bisschen von diesem Grinsen hast du dir übrigens erhalten. Aber erzähle von dir.«

»Ich habe in letzter Zeit das Gefühl, mir selber fremd geworden zu sein. Manchmal empfinde ich fast so etwas wie Abneigung gegen mich. Autoxenophobie nenne ich das bei mir.«

»Wunderbar. Das Wort trifft es genau. Darf ich es in Zukunft als Fachterminus benutzen, natürlich immer unter

Verweis auf seinen Erfinder? Ich wusste übrigens schon immer, dass du autoxenophob bist. Als du zum ersten Mal in meinem Seminar aufgetaucht bist, hast du dich wie ein Autist benommen. Du hast kein Wort gesagt, keine Fragen beantwortet. Dabei hast du es geschafft, den Eindruck eines hochintelligenten Menschen zu machen, der nur leider seine Umwelt für unfähig hält, ihn zu verstehen. Du hast mich an einen verschrobenen Künstler erinnert, der nichts produziert, weil er Angst hat, dadurch bereits seinen kreativen Status zu verlieren. Wie gesagt, ein Fremder im eigenen Leib. Irgendwie ist das unmenschlich.«

»Du weißt, dass ich die Menschheit für ein Auslaufmodell halte. Wir sind die Saurier der Zukunft. Zu viel Körper, zu wenig Hirn. Oder vielleicht ist es auch umgekehrt: zu viel Hirn und zu wenig Körper. Und die Seele dazwischen als eine Art Zweikomponentenkleber, der allmählich an Kraft verliert.«

Jan van Delft schlürfte genüsslich sein kleines Gläschen Heineken leer. »Piet, mein Guter. Du magst zwar autoxenophob sein, aber du bist doch immerhin ziemlich kommunikativ geworden. Sonst würdest du hier wohl nicht sitzen. Erzähl was von deinem Leben in Berlin.«

Die ganze Zeit über leerte und füllte jemand im Raum lautstark den Zigarettenautomaten. Das schmutzige Wasser der Gracht glitzerte trügerisch schön. Ich aß meinen Hühnchenspieß, diese niederländische Spielart der Currywurst. Er schmeckte widerlich gut. Während ich das in Glutamat marinierte weiche Fleisch kaute, sagte ich: »Ich habe einmal den Satz formuliert ›Jeder Mensch braucht seine Wüste‹. Ich habe meine Wüste nie gefunden, obwohl ich mir redlich Mühe gegeben habe. Heute glaube ich eher, dass ich einen Sandkasten brauche, mit einer Schaufel und zwei Förmchen, eines für das Sein und eines für das Nichtsein.«

»Du bist eben unverbesserlich naiv. Kein Mensch braucht seine Wüste. Es muss vielmehr heißen: Jeder Mensch braucht sein Sandkorn, an dem er sich festhalten kann, wenn es stürmt. Kann es sein, dass du dich in letzter Zeit zu viel mit deutscher Philosophie beschäftigt hast? Das verwirrt natürlich.«

»Woher weißt du das?«

Er schmunzelte zufrieden. »Ich bin eben auch kein schlechter Kriminalist, mein Lieber. Ganz einfach, ich sehe dir an, dass es dir gerade nicht besonders gut geht, und ich weiß, dass du dann viel liest, und zwar möglichst schwierige Lektüre. Es tröstet nämlich in einer solchen Lage, sich mit Dingen zu beschäftigen, von denen man nicht viel versteht. Aus deiner Manteltasche ragt außerdem ein Buch. Es hat einen grünen Pappeinband und ist voller roter Flecken und unaufgeschnitten. Solche Exemplare gibt es nur noch antiquarisch. Ich habe übrigens die gleiche Ausgabe in meiner Bücherwand. Hegels ›Phänomenologie des Geistes‹. Du liest sie nicht zu Hause im bequemen Sessel, sondern im Stehen an einem Schnellimbiss. So groß ist deine Unruhe, in so depressiver Stimmung bist du.«

»Du bist ein besserer Profiler als ich, Jan. Ich möchte noch etwas zur Autoxenophobie sagen.«

Er unterbrach mich grob. Ich kannte das an ihm aus der Zeit, in der er mein Lehrer war. Es gehörte zu seinen Techniken, ein Gespräch in die richtige Richtung zu steuern, indem er es abrupt zum Stillstand brachte. »Piet. Nichts mehr von Fremdenhass, von politischen Thesen, von mangeIndem Selbstwertgefühl. Ich finde, wir haben genug Allgemeinplätze überquert. Wir wollen jetzt endlich zum Kern der Sache vordringen. Es muss neben dem Alter und der allgemeinen Weltlage noch einen realen Grund für deine Depressionen geben. Irgendeine konkrete Sache, die als Kristallisationskern für deine Kümmernisse dient.«

»Ich bin auf meinen Doppelgänger gestoßen.« Ich stieß den Satz förmlich heraus, ohne genau zu wissen, warum er mir in diesem Moment eingefallen war. »Er ist Schauspieler. Vor allem seine Bösewichte sind genial. Ich habe ihn als Richard III. gesehen. Unsere Ähnlichkeit ist so frappant, dass ich ständig mit ihm verwechselt werde.«

»Interessant. Du hast dich in deiner Doktorarbeit, soviel ich mich erinnere, ziemlich detailliert mit Schizophrenie beschäftigt und in diesem Zusammenhang auch mit Stevensons ›Doktor Jekyll und Mister Hyde‹ und außerdem mit diesem Schauerroman des deutschen Schriftstellers E.T.A. Hoffmann, wie heißt er noch …«

»Die Elixiere des Teufels.«

»Genau. In beiden Fällen spielt eine Droge beim Persönlichkeitswandel eine große Rolle. Bei Hoffmann ist es, soviel ich weiß, ein geheimnisvoller Wein, klar, er war Weintrinker, und bei Stevenson ist es ein mysteriöses Gebräu, das Doktor Jekyll in seinem Labor zusammenbastelt, um mit seiner Hilfe in die Persönlichkeit Hydes zu schlüpfen, der böse ist. So kann Jekyll durch die Spaltung seiner Person beides verwirklichen: das bürgerliche Leben mit seiner langweiligen Wohlanständigkeit und das unbürgerliche Leben, das keine Moral anerkennt, mit seinen perversen Freuden. Du hast damals besonders viel und gerne vom Motiv des Doppelgängers geredet. Du hast, soweit ich mich erinnere, den bekannten Slogan ›Zwei Seelen wohnen ach in meiner Brust‹ umgewandelt in ›Zwei Personen wohnen ach in meinem Kopf‹. Du hast Freuds These vertreten, dass der Doppelgänger der vom bewussten, kritischen Ich ins Unbewusste verdrängte Anteil des lustbetonten Ichs sei, der sich hin und wieder heftig wenn nicht zu Wort, dann zur Tat melde. Du hast sogar damit geliebäugelt, dass du selbst in dieser Form moralisch gespalten bist, etwas, was man schwer nachvollziehen konnte auf Grund deiner freundlichen Art und mangelnden Aggressivität. Außerdem warst du tief beeindruckt von den Thesen der Laing-Schule, die die Persönlichkeitsspaltung als Folge von Doublebind-Konstellationen interpretiert. Vor allem sind es die Mütter, die durch ihr zwiespältiges Verhalten von Liebe und Zurückweisung beim Kind die Anlagen zur Schizophrenie verursachen. Aber auch die Väter spielen eine Rolle. Im Zentrum der Lehranalyse, die du bei mir gemacht hast, standen damals zwei Faktoren: die enorme Dominanz deiner Mutter und die blasse Nebelhaftigkeit deines toten Vaters. Du hast damals behauptet, dass du durch diese polarisierende Tatsache innerlich gespalten seist. Auch du ein kleiner Doktor Jekyll und Mister Hyde. Eine vermutlich lebenslange Rotation deines Ich sei die Folge, es gliche einem Kreisel, den immer wieder eine Peitschenschnur trifft. In der Tat, du warst eine extrem sprunghafte Persönlichkeit. Vielleicht bist du es auch immer noch. Hast du eigentlich damals Drogen genommen?«

»Nur Joints, wie wir damals alle.«

»Unterschätze Haschisch nicht in Sachen Persönlichkeitsspaltung. Du hast auch gesagt, dass deine Mutter dir oft erzählt hat, dass sie mit Zwillingen schwanger war und sich bei der Geburt nur der eine Embryo als lebensfähig erwies. Der andere musste entfernt werden. Später hat deine Mutter aus diesem Fötus eine fiktive Zwillingsschwester gemacht. Sie hatte sogar einen Namen für sie. Sabine. Du bist mit dieser Fiktion aufgewachsen. Die tote Sabine hat dich sehr belastet, denn es war offensichtlich, dass deine Mutter sie vorzog. Sie hätte lieber eine Tochter gehabt, einen Spiegel ihrer selbst. Auch deine Beziehungen zu Frauen wurden durch Sabine beeinflusst. Du warst ein sehr schöner, junger Mann, und du hattest eine starke androgyne Komponente. Vielleicht hast du intuitiv versucht, deiner Mutter durch dich die Tochter zurückzugeben. Wir haben das damals jedenfalls diskutiert.«

»Ich entsinne mich genau an die Worte meiner Mutter: ›Mein armer Sohn, dass du so weich, so schwach, so zart besaitet bist, hat einen Grund. Du hattest das große Pech, dein Erbgut mit einer anderen teilen zu müssen. Als du per Kaiserschnitt zur Welt kamst, warst du so schwach, dass man dich in einen Brutkasten legen musste. Deiner Schwester ging es noch schlechter. Die Ärztin hat gesagt, sie sei nicht lebensfähig gewesen.‹ Es stimmt: Ich hatte immer Schuldgefühle dieser ungeborenen Person gegenüber, die mein Spiegel war. Es kann wirklich sein, dass meine Bindungsunfähigkeit mit einer idealisierten Toten zusammenhängt. Sie war Ophelia oder die Unbekannte aus der Seine. Und jede wirkliche Frau kam dagegen nicht an.«

Der Mann hatte seine Arbeit am Zigarettenautomaten beendet und verließ den Raum. Wir waren allein. Van Delft berührte mich leicht an der Schulter. »Hast du dich mal gefragt, Piet, ob diese fiktive Schwester nicht ein realer Zwillingsbruder sein kann? Vielleicht ist er gar nicht gestorben sondern gestohlen worden. Es gibt solche Fälle immer wieder. Geh der Sache doch mal nach. Vielleicht gibt es noch irgendwelche Unterlagen in dem Krankenhaus, in dem du zur Welt gekommen bist. Vielleicht lebt die Ärztin noch, die dich damals entbunden hat. Vielleicht findest du so einen Weg, dich von deiner Autoxenophobie zu heilen. Aber stirb bitte nicht dabei wie dieser mörderische Mönch Medardus. Dein Doppelgänger in Berlin ist jedenfalls zumindest ein Fingerzeig. Mister Hyde als Richard III. Übrigens, deine Lehranalyse hat damals ergeben, dass du keineswegs besonders schizoid bist, eher im Gegenteil. Schizophrenie ist auch nicht, wie Laing und seine Schüler meinten, durchweg familienbedingt. Ich neige heute eher zu der Ansicht, dass es eine ganz natürliche Reaktion auf zwei antagonistische Kräfte ist, die unser Leben gewaltig unter Druck setzen: die Verlogenheit der Gesellschaft und die innere Sehnsucht nach einem identischen Leben. Wir waren damals nach der Lehranalyse zu dem Schluss gekommen, dass du im Grunde im Kern deines Wesens seelisch gesund bist und nur leicht schizoide Züge hast. Dies hat sich meinem Eindruck nach bis heute erhalten. Und dazu beglückwünsche ich dich. Wehe denen, die vollkommen normal sind. Sie müssen auf den Druck der Verhältnisse auf eine Weise reagieren, die uns allen nicht bekommt. Als Fanatiker, als Kriminelle zum Beispiel. Wobei wir wieder bei den Mördern von Pim und Theo sind. Vielleicht ist dein Berliner Doppelgänger auch so jemand, der zu wenig schizoide Ventile hat.«

Ehe ich etwas antworten konnte, brach er das Gespräch abrupt ab, indem er aufstand und mich umarmte. »Piet«, sagte er, »es war schön, mit dir zu reden. Mach keine Fehler, oder höchstens solche, aus denen du lernst.«

Ich sah ihm nach, wie er trotz seines Alters mit elastischem Schritt die Brücke über die Gracht überquerte. Er war bestimmt immer noch unverheiratet, und Kinder hatte er vermutlich auch keine. Einen Vater wie ihn hätte ich gerne gehabt.

22

In dieser Nacht hatte ich Alpträume. Ich war ein wahnsinniger Kapuziner, der eine Frau umbrachte. Sie war seine Schwester und sah aus wie Ivonne Bree. Jan van Delft war der Prior, der mir die Absolution erteilte. Als ich starb, zerfiel ich in zwei gleiche Teile.

Ich fuhr zum Grab meiner Mutter. Diesmal roch ich keinen Zigarettenqualm. Ich saß neben dem Grabstein und beobachtete eine Ameise, die sich durch den frisch geharkten Weg quälte. Die Furchen hatten für sie Dimensionen wie der Grand Canyon für uns.

Abends traf ich mich mit Ingrid am Marktplatz. Ich hatte sie nicht gleich erkannt, obwohl auch sie alterslos wirkte. Immer noch ein Mädchen, auch wenn ein feines Netz von Falten ihr Gesicht bedeckte wie ein altmodischer Hutschleier.

Ingrid wollte nicht in der Stadt bleiben, sondern zu einem außerhalb gelegenen Restaurant fahren. Während ich neben ihr im Auto saß, betrachtete ich sie aus den Augenwinkeln. Sie lächelte: »Ist das nicht komisch, Piet? Als ob all die vielen Jahre verschwunden sind, irgendwie verdunstet oder weggeweht.«

Ich ertappte mich bei dem Reflex, meine Hand auf ihren Oberschenkel legen zu wollen.

»Vielleicht war es ein Fehler, dass ich dich damals verlassen habe«, sagte Ingrid. »Weißt du noch, warum ich abgehauen bin? »

»Natürlich. Du warst der felsenfesten Meinung, Zweierbeziehungen würden prinzipiell Gefängnischarakter haben.«

»Das stimmt. Du sahst zwar wie ein Hippie aus, aber du warst im Grunde ein ganz konventioneller Typ, der gerne ein Leben lang Händchen halten wollte. Das hat mir damals Angst gemacht. Inzwischen bin ich längst geheilt von den alten Freiheitsträumen. Was gibt es Schöneres, als zusammen alt zu werden!«

Wir landeten vor einem Gasthof. Hier stiegen wir aus und umarmten uns, umgeben von feuchtkaltem Nebel. Die Straßenlaterne hatte einen Heiligenschein. Wir aßen jeder eine große Portion gebackene Muscheln. Es war wie früher, nur viel weniger verkrampft. Ich erzählte Ingrid von Berlin, von Harry Verschärft, vom Fahrradgnom, von Helmut Wels, Ivonne Bree, Veronika Meister und meinem Auftrag. Nur Otto Rühl sparte ich aus. Es hörte sich an, als ob ein Astronaut vom Mond erzählt. »Wie immer in alle möglichen Unmöglichkeiten verwickelt, mein Guter«, sagte sie ohne Spott. »Wann kommst du endlich zur Ruhe?«

»Ruhe ist etwas Gefährliches«, sagte ich hilflos. »Wir haben davon sowieso genug auf dem Konto.«

»Was hast du vor?«

»Ich muss nach Bergen. Es ist dienstlich. Ich verfolge eine Spur, die dorthin führt.«

»Soll ich dich fahren?«

Das Angebot überraschte mich so sehr, dass ich sie angestarrt haben muss wie ein Vollidiot.

»Keine Angst, Piet. Das ist kein Heiratsantrag. Ich bin ganz egostisch. Ich möchte einfach jetzt im Spätherbst mit einem vertrauten Menschen durch die Nationaldünen laufen.«

Tags darauf holte sie mich ab. Die Fältchen in ihrem Gesicht erinnerten mich nicht mehr an Hutschleier, wie sie meine Mutter noch manchmal getragen hatte, sondern eher an jene Weichzeichner, mit denen man ein Bild in seinen Konturen sanfter macht. Ich sagte unbeholfen: »Es macht Spaß, neben dir zu sitzen. Du bist auch damals meistens gefahren.«

»Kein Wunder. Du hattest ja gar keinen Führerschein.«

»Hast du einen Freund?«

»Piet. Was für eine indiskrete Frage! Du scheinst deinen Beruf wirklich sehr ernst zu nehmen. Ich war zweimal verheiratet. Beides waren Katastrophen. Jetzt bin ich wieder solo.«

»Schön.«

Sie streifte mich mit einem belustigten Blick. »Du willst mich heute Abend im Bett haben, fürchte ich, du unverbesserlicher Nostalgiker!«

»Ja, wenn es dir nichts ausmacht. Ingrid, du musst mir übrigens helfen. Du warst doch einmal Krankenschwester. Kannst du für mich herausfinden, in welchem Krankenhaus ich zur Welt gekommen bin und welche Ärztin die Geburt geleitet hat? Ich bin durch einen Kaiserschnitt zur Welt gekommen.«

»Du bist doch Polizist. Über dich existieren doch bestimmt auch Papiere, deinen Werdegang betreffend, die Taufurkunde zum Beispiel.«

»Ich möchte aber in diesem Fall nicht den offiziellen Weg gehen. Es gibt Gründe dafür. Die Sache ist nämlich ziemlich dunkel und möglicherweise gefährlich. Ich bin angeblich ein Zwilling. Der andere soll schon bei der Geburt tot gewesen sein. Die Entbindung hat, wie ich meine Mutter kenne, in einer Privatklinik stattgefunden. Vielleicht auch nur in einer privaten Praxis. Erkundige dich doch einfach, was in Groningen damals kurz nach Kriegsende möglich war. Vielleicht hat der andere Zwilling ja noch gelebt. Vielleicht wollte sich jemand auf illegale Weise seinen Kinderwunsch erfüllen. Angeblich hatte ich ja eine Zwillingsschwester. Aber ich habe in Berlin jemanden getroffen, der mein perfekter Doppelgänger ist. Er könnte mein Zwillingsbruder sein.«

»Verrückte Idee«, sagte Ingrid. »Ich werde versuchen, der Sache nachzugehen.«

Wir schwiegen lange. Die flache Landschaft draußen wirkte wie ein riesiges Laken, das man über eine verflossene Zeit gebreitet hatte. Wir fuhren über den Abschlussdeich und erreichten am Nachmittag Schoorl. Hier, in diesem gemütlichen Nest hatten wir uns einst in einem Restaurant kennen gelernt, und zwar beim Pfannkuchenessen. Das Lokal existierte immer noch, und wir bestellten wieder Pfannkuchen. Wie einst wählte Ingrid die süße Version mit Sirup und ich die süß-salzige mit Speckscheiben unter dem Sirup. »Weißt du, warum ich mich damals in dich verliebt habe?«, fragte sie plötzlich. Und dann ließ sie gleich auch die Antwort folgen: »Nicht weil du so groß und so schön warst, und außerdem intelligent und noch dazu die Ansichten zum

Leben vertratst, die mich damals aus meiner spießigen Heimat Deutschland in die Niederlande gelockt haben. Nein. Es lag daran, dass du den richtigen Vornamen hattest. Piet. Wie du hieß nämlich die männliche Figur auf meinem Niederländisch-Schallplattenkurs. Piet de Vrieß en sin Süster Trüß. Ich bin nie über die ersten Lektionen hinausgekommen. Ich kenne noch einzelne Stellen des absurd banalen Dialogs zwischen Piet und seiner Schwester. Zum Beispiel: ›Holland is een regenachtig Land.‹ Jaja, es gibt wirklich viel Regen hier. Oder ›Donkere Wouken trecken over de hemel‹. Das sind dann die Wolken, aus denen der niederländische Regen fällt. Aber am besten gefiel mir der Satz ›Mach ik een Ervtesup.‹ Es dauerte ziemlich lange, bis ich kapierte, dass das nicht hieß, ich mache eine Erbsensuppe, sondern ich möchte eine Erbsensuppe. Aber inzwischen hattest du leibhaftig den Sprachkurs übernommen, und ich machte schnell Fortschritte. Genauso, wie du schnell Fortschritte machtest, was dein Deutsch anging. Du konntest bald ziemlich akzentfrei sagen ›Holland ist ein regnerisches Land‹ oder ›Dunkle Wolken ziehen über den Himmel‹.«

Sie nahm meine Hand. »Aber trotzdem nehmen wir für heute Abend getrennte Zimmer, mein lieber Piet. Das sagt dir deine Zwillingsschwester Trüß.«

Am nächsten Tag gingen wir in den Nationaldünen spazieren. Ein dichter Teppich golden verfärbten Laubes lag auf dem Sand, und die Sonne schien. Beim Gehen knisterte es unter unseren Schuhen. »Verrückt, diese Gegend«, sagte ich. »Ein Gebirge aus Sand. Hier haben wir uns damals ineinander verliebt. Wer würde eine solche Gegend in unserem angeschwemmten Land vermuten! Eine Landschaft, wie sie sonst nur an der Ostsee zu finden ist und wie sie Fontane in ›Effi Briest‹ beschreibt.«

»Und du bist dir bis heute nicht sicher, ob du lieber der Mann, wie heißt er doch noch…«

»Innstetten.«

»…oder der Liebhaber sein willst.«

»Er heißt Crampas. Am liebsten wäre ich beide in einem.«

Auf dem Gipfel einer der Aussichtsdünen, von dem aus man das Meer sehen konnte, umarmten und küssten wir uns. »Mit dir hätte ich glücklich sein können«, sagte ich leise, ohne Ingrid zu verraten, dass ich Samuel Beckett zitierte, in dessen Stück »Das letzte Band« dieser Satz an Effi gerichtet wird.

23

Es gibt in den Niederlanden drei Orte mit dem Namen Bergen. Bergen op Zoom im Süden, und die beiden nahe beieinanderliegenden Orte Bergen aan Zee und Bergen-Binnen an der Westküste. Da Fritz jedoch ein Dünenbild gemalt hatte, kam Bergen op Zoom nicht in Frage. Bergen-Binnen ist eine Art Künstlerkolonie. Es gibt dort viele Galerien und Ateliers. Also war hier die Spur besonders heiß. Doch wir fuhren erst nach Bergen aan Zee. Wir gingen am Meer spazieren. Es wirkte kalt, und seine Wellen sahen wie am Strand antreibende tote Wale aus.

Wir aßen schlecht in einer der Fangstationen, die sich Restaurant nennen und nur auf der Jagd nach dem Geld der Touristen sind. Dann schlenderten wir diese Betonkästen entlang, Bausünden der sechziger Jahre, Hotels, deren vier Sterne für die Navigation im Urlaub höchst irreführende Himmelsmarken sind. Doch wir wurden durch einen herrlichen Sonnenuntergang entschädigt. Die Sonne ähnelte einem Eimer voller flüssigem Gold, den jemand am Horizont ausschüttete, und dessen gleißender Inhalt bis an den Strand spülte.

Es gab ein paar Läden, die noch offen waren und in denen neben Souvenirs auch Gemälde verkauft wurden. Alle gängigen maritimen Motive waren vertreten. Fischerboote, Möwen, Leuchttürme. Auch ein Abendhimmel am Meer mit Sonnenuntergang war dabei, doch er war viel dilettantischer gemalt als das Bild, dessen Foto ich besaß.

Wir fuhren nach Bergen-Binnen. Hier war die Atmosphäre wesentlich angenehmer. Es war schon spät, und die Galerien hatten bereits geschlossen. Wir nahmen ein Zimmer in einer kleinen Pension, und dann zogen wir durch die Lokale. Ich legte den Wirten und verschiedenen Gästen das unscharfe Konterfei von Fritz vor. Sie schüttelten den Kopf und beteuerten, den Mann nie gesehen zu haben. Doch dann sagte einer der Gaststättenbesitzer: »Den kenne ich. Das ist Willem. Er kommt manchmal noch spät hierher, um sein Bier zu trinken.« Er sah auf die Uhr. »Vielleicht kommt er heute noch. Wird er gesucht?«

»Ja. Eine Erbschaftsangelegenheit.«

Wir setzten uns in eine Ecke, tranken eine Menge Bier und warteten. Es war ein eigenartiges Gefühl. Bald waren wir mitten in einem jener sinnlosen Was-wäre-gewesen-wenn-Gespräche, die wohl zumeist der hilflose Versuch sind, den Abgrund zwischen Fremdheit und Vertrautsein zu überbrücken. Schließlich hatten wir eine ganze Weile als Paar gelebt und dann eigene Erfahrungen gemacht, die wir dem anderen unmöglich vermitteln konnten.

»Bist du eigentlich oft deprimiert?«, fragte Ingrid.

»Ja. In letzter Zeit bin ich es wohl. Ich habe das Gefühl, nicht wirklich vorhanden zu sein. Irgendwie betäubt. Keine Schmerzen, aber auch keine rechte Freude.«

»Das ist schrecklich«, flüsterte sie und nahm meine Hand. »Piet. Man müsste dir ja beinahe ein richtiges Unglück wünschen, damit du aus diesem Zustand erwachst. Oder ein richtiges Glück. Könntest du dich noch verlieben?«

»Ich weiß nicht. Im Augenblick tue ich so, als hätte ich mich in eine Berlinerin verliebt. Sie passt überhaupt nicht zu mir und ich nicht zu ihr.«

»Du Ärmster«, sagte sie. »Dann müssen deine Gefühle für sie echt sein. Du hast in solchen Dingen immer alles falsch verstanden. Ich glaube, bei uns war das anders. Wir haben zusammengepasst. Und genau deshalb haben wir es nicht miteinander ausgehalten.«

Wir hätten ewig so weitergeredet, wäre in diesem Moment nicht ein Mann mit einem ausdruckslosen Gesicht und grauen, welligen Haaren erschienen. Er war mittelgroß und hatte das, was man ein Pokerface nennt. Was seine Kleidung betraf, so war sie weniger unauffällig. Er trug ein schwarzes Cordhemd, ein rotes Seidentuch und eine enge Lederhose. Wenn das Fritz war, dann hatte er hier eine völlig andere Identität angenommen.

»Willem, du hast geerbt«, sagte der Wirt.

»Du machst Witze. Zapf mir lieber ein Kleines.«

»Die dahinten sagen, dass du geerbt hast.« Er deutete auf Ingrid und mich. Fritz musterte uns. Er tat es dezent, ohne echte Neugier zu verraten. Zweifellos war das ein Profi, der es verstand, durch die Art der Beobachtung nicht ihr Ergebnis zu zerstören. Fritz, oder Willem, wie er sich hier nannte, nahm sein Bier und setzte sich zu uns an unseren Tisch. »Auf meine Erbschaft«, sagte er. »Übrigens, meine Eltern sind beide gestorben, als ich fünf Jahre alt war. Bei einem Autounfall. Sie waren bettelarm. Ich habe keinen reichen Onkel in Amerika, keine vermögende Tante. Ich habe überhaupt keine Verwandtschaft, keine Frau, keine Kinder.

Was verschafft mir also das zweifelhafte Glück, geerbt zu haben?«

Ich war mir immer noch nicht ganz sicher, dass es sich bei diesem Mann um den gesuchten Informanten der Firma Immob handelte. Also entschloss ich mich, die Katze aus dem Sack zu lassen: »Sagt Ihnen der Name Wels etwas?«

In seine glatten Gesichtszüge kam Bewegung. Er sah plötzlich richtig menschlich aus. »Aha, daher weht der Wind. Die berühmte Berliner Luft. Häufig ein schneidender Ostwind, finden Sie nicht? Ich schlage vor, wir gehen auf einen letzten Schluck zu mir, da können wir ungestörter reden.«

Es war nicht weit bis zu seinem Häuschen, das aus zwei Zimmern, einem Bad und einer kleinen Küche bestand. Willem schien Wert darauf zu legen, uns alles zu zeigen. »Ich habe mir die Hütte von meinen Ersparnissen gekauft. Das meiste Geld stammt aus Tantiemen. Erfolgsbeteiligungen an Projekten, die meine ehemaligen Arbeitgeber auf Grund meiner Informationen abschließen konnten. Sie sehen, ich habe es nicht sehr weit gebracht. Im Grunde bin ich zu schlecht bezahlt worden für meine Arbeit, aber ich bin nicht unzufrieden.«

Wir saßen im Wohnzimmer, das auch als Atelier diente. Überall Leinwände, leere und bemalte. Sie stapelten sich auf Gestellen unter der Decke, lehnten an den Möbeln, türmten sich auf dem Boden. Außerdem mehrere Staffeleien, Vasen voller Pinsel, zahllose Kästchen voller Farbtuben, Flaschen mit Malmitteln und Fixativ. Es gab fast nirgendwo einen freien Platz. Auf vielen der Bilder ging die Sonne unter, in grellen Farben zumeist, aber in verschiedenen Stadien des Untergangs. Es gab aber auch andere Motive. Jagd- und

Waldszenen, konventionell, jedoch durchaus gut gemalt. Zwei Bilder standen abseits, mit der Vorderseite zur Wand gekehrt. Es waren die einzigen, die gerahmt waren.

Willem beobachtete uns unauffällig, aber, wie mir schien, sehr genau. Er hatte wirklich Routine in dieser Art der Inspektion seiner Umwelt. Dabei redete er mit halblauter, monotoner Stimme: »Ich male zur Zeit in Acryl. Die Farben sind zwar etwas schlechter, aber sie trocknen schneller. Dadurch kann ich mehr Bilder fertig stellen und verkaufen. Momentan läuft es ganz gut. Ich habe ja auch erst im Sommer angefangen. Es ist guter Kitsch, finden Sie nicht? Ich habe nichts gegen guten Kitsch. Er entspricht dem Gefühlsleben der meisten Menschen mehr als die sogenannte hohe Kunst.«

Mir war inzwischen ein Bild aufgefallen, das sich von allen anderen völlig unterschied. Es stand halb verdeckt in einer Ecke, hinter einem besonders feurigen Abendhimmel. Ich hatte es bereits einmal gesehen, und nun war ich sicher, dass es sich bei Fritz und Willem um ein und dieselbe Person handelte. Ich stand auf und ging hin. »Darf ich?« Er nickte. Ich stellte das Gemälde auf eine der Staffeleien. »Und das hier? Ist das nicht Kunst?«

Willem sagte: »Das denke ich auch. Es ist natürlich dadurch schwer verkäuflich. Und ich würde es auch nicht verkaufen. Selbst wenn es ein Eingeweihter haben möchte.«

Wir starrten alle drei das Gemälde an. Das Motiv war mehr als verwirrend. Eine merkwürdig suggestive Wirkung ging von ihm aus. Man konnte fast den Verstand verlieren, wenn man es zu lange ansah. Über einem pastellfarbenen Meer, das so perfekt gemalt war, dass man meinen konnte, die Wellen rauschen zu hören, ging eine Sonne auf. Dass sie auf- und nicht unterging, stand außer Frage, auch wenn es keinen echten Anhaltspunkt für diese Deutung gab. Der Himmel irisierte aus sich heraus wie ein riesiger Opal. Die Sonne aber war schwarz. Und nicht nur das. Sie schien ein Loch zu sein, in dem winzige schwarze Würmer durcheinanderwimmelten.

»Was ist ein Eingeweihter?«, fragte ich.

»Einer, der das Bild versteht. Seine Symbolik. Wenn Sie nicht wissen, was ich meine, hat es keinen Zweck, darüber zu reden.«

»Ich habe das Bild schon einmal gesehen. Und zwar im Foyer der Firma Immob. Eigentlich müsste es immer noch dort hängen. Ist dies eine Kopie?«

»Das hier ist das Original. Die Kopie gehört Herrn Wels.«

»Haben Sie damals, als Sie die Firma verließen, jenes Bild umgedreht, so dass die schwarze Sonne gegen die Wand schien?«

Er lachte kurz auf. »Ja, das war ein Sonnenuntergang der besonderen Art. Nicht nach unten sondern nach hinten weg. Ich wollte, dass sie ein Loch in seine Wand brennt. Hat sich Wels dazu geäußert? Es muss ihn tief getroffen haben.«

»Warum haben Sie in Berlin aufgehört, Willem. Oder sollte ich nicht besser Fritz sagen?«

»Es lag am letzten Projekt. Es barg Gefahren in sich, von denen ich nicht wusste, ob ich ihnen standhalten würde. Ich habe schließlich lange genug im sogenannten deutschen Arbeiter- und Bauernstaat gelebt. Es gibt dort ziemlich weit verbreitet eine seltsame Mesalliance. Eine Mischung von zwei Farben. Rot und Schwarz. Jeder, der sich mit Farben auskennt, weiß, dass diese Kombination Braun ergibt.«

Er stand auf und ging hinaus, vermutlich auf die Toilette. Ich nutzte die Gelegenheit, um einen Blick auf die beiden zur Wand gekehrten Werke zu werfen. Ich drehte sie um. Es waren zwei Porträts im Stile Rembrandts. Das eine zeigte eine alte Frau mit einem schwarzen Tuch um die Haare, das andere einen alten, weißhaarigen Mann, die Augen anklagend auf den Betrachter gerichtet, der Mund verbittert, voller Verachtung, und dennoch strahlte dieses Gesicht neben Härte und tiefer Skepsis Güte aus.

Als Willem zurück war und sah, was ich getan hatte, malte sich so etwas wie Ärger in seinen Zügen. »Was soll das?«, herrschte er mich an. »Finden Sie nicht, dass Sie zu weit gehen?«

»Warum? Ich finde, das sind wunderbare Bilder. Wie sind Sie zu ihnen gekommen?«

Er schien sich wieder im Griff zu haben. »Auch das sind Kopien. Ich habe sie gemacht. Beim Kopieren großer Meister lernt man ziemlich viel. Es sind Rembrandts Eltern. Sie sehen deutlich, er hat die Mutter sehr geliebt und den Vater eher gefürchtet. Kein Wunder. Denn Rembrandt hat den Wunsch seines Vaters, Gelehrter zu werden, durch seine Hinwendung zur Malerei tief enttäuscht. Der Vater hat es ihm nie verziehen, dass er Künstler geworden ist. Für einen Mann, der sein Leben lang als Müller hart gearbeitet hat und nun sein Geld in die Ausbildung des Sohnes an der Universität stecken möchte, damit aus ihm etwas Besseres wird, muss dessen Entscheidung, lieber Bilder zu malen, förmlich eine Beleidigung gewesen sein. Eine Art aggressive Tätlichkeit. Ich weiß, wovon ich rede. Mit meinem Vater war es ähnlich.«

»Sie sind gut. Wirklich gut. Ich verstehe nicht viel von

Malerei, aber so viel doch. Wenn Sie sich nicht kommerziellen Zwängen unterwerfen, sind Sie wirklich gut.«

»Was heißt schon gut, wenn es jemanden wie Rembrandt gibt. Er ist neben Caravaggio der größte Meister des Helldunklen. Der Unterschied: Caravaggio hat das Helle aus dem Dunklen entstehen lassen, bei Rembrandt ist es genau umgekehrt, das Dunkle entsteht aus dem Hellen. Sie könnten auch sagen, das Böse entsteht aus dem Guten. So ist es ja oft auch in der Politik. Was an bestimmten Ideen gut ist, verkehrt sich in der Praxis häufig ins Böse. Das sieht man gerade derzeit in diesem Land mit seiner misslungenen Integrationspolitik, und man hat es vor nicht allzu langer Zeit bilderbuchmäßig in der DDR gesehen. Gute Ansätze, miserable Umsetzung.«

Unser Gastgeber wirkte, als wolle er weiter politisieren. Ich sah auf meine Uhr. Es war nach Mitternacht. Meine Uhr war zwar inzwischen ein Original, aber sie ging weniger exakt als die Kopie. Dann sagte ich: »Darf ich Sie etwas fragen, Willem. Sind Kopien immer schlechter als die Originale?«

»Das kommt darauf an. Kopien schlechter oder mittelmäßiger Bilder können durchaus besser sein als das Original. Bei großen Werken ist das ausgeschlossen. Eine Kopie stellt immer eine Art Verflachung dar, so perfekt sie auch sein mag. Wieder anders ist es, wenn ein Maler seine eigenen Bilder kopiert. Dann kann er durchaus neue Originale schaffen, die den alten überlegen sind.«

»Warum sind Sie eigentlich damals in die DDR gegangen?«

»Weil ich an die Ideale des Sozialismus geglaubt habe. Ich wollte keine Kunst mehr machen, weil ich das für elitär hielt. Aber am Aufbau einer gerechten Gesellschaft mitzuhelfen, das reizte mich. Ich war an einer Kaderschule, zunächst als Schüler, dann als Lehrer, dann als Angestellter der Stasi. Es hat eine ganze Weile gedauert, bis ich begriff, dass in der DDR Realität und Ideal auf eine Weise auseinanderklafften, die jenen tiefen Abgrund zwischen ihnen entstehen ließ, in den dann die Menschlichkeit stürzte. Ich begann wieder zu malen, aber nur halbherzig. Nach dem Fall der Mauer habe ich für die Firma Immob gearbeitet. Ich habe meine Fähigkeiten als Spitzel kommerziell genutzt, wie Sie ja zu wissen scheinen. Ich vermute, Sie sind hier im Auftrag von diesen Leuten. Sie sollen mich verführen zurückzukehren. Wahrscheinlich haben Sie eine größere Geldsumme als Köder dabei. Diese Herrschaften fürchten sicher, ich könnte mein Insiderwissen gegen sie verwenden. Aber keine Angst. Ich will mit all dem nichts mehr zu tun haben. Behalten Sie das Geld, und sagen Sie diesen Leuten, sie sollen mich gefälligst in Ruhe lassen. Ich will nicht mehr betrügen. Mir reicht es völlig, die Träume und Sehnsüchte normaler Menschen zu illustrieren. Gehen Sie jetzt bitte. Ich bin müde, und ich will noch arbeiten. Ich habe einen Auftrag. Das Übliche. Sonnenuntergang mit Fischerbooten.«

Er brachte uns zur Tür.

24

Wir waren zurück in Groningen. Ich hatte meinen Auftrag erfüllt und Fritz gefunden. Jetzt konnte ich nach Berlin fahren, mein Honorar kassieren und meine Angelegenheiten ordnen. Mir war allerdings überhaupt nicht klar, was ich nun mit mir und meinem weiteren Leben anfangen sollte.

Mein ehemaliger Chef rief mich an und sagte, er müsse mich unbedingt vor meiner Abreise noch einmal sehen. Wir trafen uns abends, wie immer im Lokal mit dem heißen Stein. Er hatte es offenbar inzwischen aufgegeben, das Rauchen aufzugeben. Und es war nicht zu übersehen, dass er guter Dinge war. »Ein alter Freund von dir hat angerufen. Er will dich sehen. Ich komme mir langsam wie dein Telefonfräulein vor. Kannst du deinen Freunden nicht mal deine Handynummer geben?«

»Einar Berglund aus Rovaniemi?«

»Nein. Nicht dieser Saunapolyp. Der Neue heißt Hardy und ist Amerikaner.«

»Ist er hier?«

»Nein. Er ist in Berlin auf einer Tagung. Es geht um Profiling. Hardy sagte mir, dass er als Fachmann für die amerikanische Variante eingeladen ist. Ich nehme an, die arbeiten dort drüben immer noch mit den klassischen Techniken. Einschüchterung, Folter, gefälschte Geständnisse.«

Er lachte, hustete und steckte sich eine Zigarette an. Dann fuhr er mit geradezu sanfter Stimme fort: »Hier ist Hardys Handynummer.« Er reichte mir einen Zettel. »Piet. Ich erneuere hiermit mein Angebot. Komm wieder zurück zu uns. Du bekommst mehr Geld und Sonderkonditionen. Querulanten wie du fehlen mir, ehrlich. Deine Fehler, deine Arroganz, deine Uneinsichtigkeit, all das fehlt mir wie das Salz in der Suppe.«

»Ich werde es mir überlegen. Aber erst mal muss ich zurück nach Berlin und meine Angelegenheiten zu Ende bringen.«

»Ich weiß nicht, ob ich das zulassen kann, mein Lieber. Wir haben hier nämlich wieder einen mysteriösen Mordfall, in dem du irgendwie mit drinzuhängen scheinst. Ich weiß also gar nicht, ob ich dich überhaupt gehen lassen kann. Vielleicht gehörst du besser in Untersuchungshaft.« Er hustete diesmal so ergiebig, dass er sich eine neue Zigarette anzünden musste, um seine Bronchien zu beruhigen.

Ich hatte mein Fleisch zu lange auf dem heißen Stein gelassen. Jetzt war es angebrannt und schmeckte scharf und bitter. »Kannst du dich bitte etwas weniger sibyllinisch ausdrücken?«

»In Bergen-Binnen ist heute Vormittag die Leiche eines Mannes gefunden worden. Genauer gesagt, es war die Putzfrau, die sie gefunden hat. Es ist oder, besser gesagt, war offenbar ein Kunstmaler. Er saß vor einem unvollendeten Bild, den Pinsel in der Hand. Ein Messer steckte in seinem Rücken. Sein Kopf war auf die Leinwand gesunken. Die Stirn war blutrot. Es war aber keine Verletzung, sondern die Farbe, mit der er wohl gerade eine Sonne gemalt hatte. Es gab übrigens Folterspuren an der Leiche. Die dortige Polizei hat sehr schnell gearbeitet. Es gibt Zeugenaussagen, die ein Pärchen als tatverdächtig erscheinen lassen. Ein ziemlich großer Mann und eine ältere Frau. Sie waren die Letzten, mit denen der Maler zusammen in einer Kneipe gesehen worden war. Sie haben ein Phantombild des Paares sofort an alle Polizeistellen des Landes geschickt. Und jetzt kommt der Clou.«

Mein ehemaliger Chef öffnete umständlich eine neue Schachtel Zigaretten. Nach einer langen Pause, in der er sich eine Zigarette anzündete und genüsslich den Rauch in meine Richtung von sich stieß, fuhr er fort: »Das Bild und die Beschreibung des nach Zeugenaussagen ungewöhnlich großen Mannes passen genau auf dich, mein lieber Piet. Willst du auch eine?« Er hielt mir die Schachtel hin. »Warst du zufällig in Bergen-Binnen?«

»Ja. Und ich war auch bei diesem Kunstmaler. Als ich ihn verließ, erfreute er sich allerdings bester Gesundheit. Ich habe eine Zeugin. Ein besseres Alibi gibt es nicht.«

»Naja. Es gibt schon noch bessere. Diese Frau scheint eine enge Freundin von dir zu sein und ist deshalb vielleicht nicht ganz unparteiisch.«

»Ich war einmal mit Ingrid zusammen, aber wir haben uns vor vielen Jahren getrennt. Wir haben uns jetzt zufällig wiedergesehen und einen Ausflug in die Nationaldünen gemacht. Außerdem wollte ich den Maler suchen, weil ich Interesse an seinen Bildern habe. Er hat in Berlin gelebt und ist zurück in seine Heimat gegangen. Ich hatte keine genaue Adresse von ihm. Ich war in der Nacht mit Ingrid in einer kleinen Pension. Ich habe sie überredet, mit mir ein Doppelzimmer zu nehmen. Am Morgen sind wir nach Groningen zurück, in Ingrids Auto.«

»Wir wissen das alles, mein Guter. Wir haben bereits die Personalien deiner Exfreundin und werden sie morgen persönlich befragen. Aber es gibt noch einen weiteren Clou. Jemand will dich noch am Vormittag in Bergen gesehen haben. Du bist in einen Bus nach Alkmaar eingestiegen, und du hast ein großes Paket dabeigehabt. Wir haben der Polizei ein Foto von dir gemailt. Man hat dich eindeutig darauf erkannt. Wie kannst du dir das erklären?«

»Dafür, dass ich schon seit heute Mittag in Groningen bin, gibt es genügend weitere Zeugen. Du brauchst nur ins Tiffany zu gehen. Ich kann bei der Entfernung unmöglich noch am Vormittag in Bergen gewesen sein.

»Und wieso kann man dich dann trotzdem dort gesehen haben? Das Foto hat auch dem Busfahrer vorgelegen und einigen anderen Businsassen. Alle waren sich einig, dass du im Bus nach Alkmaar gesesessen hast und dort am Bahnhof ausgestiegen bist.«

»Es gibt dafür nur eine Erklärung. Der Mann war mein Doppelgänger. Und ich war eine Art Spürhund oder Lockente, der er nur zu folgen brauchte, denn ich war ja gekommen, um diesen Maler ausfindig zu machen. Dass es mir gelungen ist, war leider zu seinem Schaden.«

»Lockente gefällt mir gut. Ich finde, du siehst diesem Tier wirklich ähnlich. Ein wenig schillernd und ein großer Schnabel zum Schnattern.«

»Du solltest übrigens deine Kollegen in Bergen bitten, sich in der Wohnung des Malers nach einem Bild umzusehen. Es zeigt eine schwarze Sonne, die über dem Meer aufgeht. Ich bin mir sicher, sie werden es nicht finden, und ich bin mir auch sicher, dass es in jenem Paket war, das der Mörder bei sich hatte. Vielleicht fehlen noch zwei andere Gemälde. Ein Laie würde sie für sehr wertvoll halten. Aber es sind nur Kopien. Rembrandts Eltern. Ich habe übrigens noch einen weiteren Grund, nach Berlin zu fahren. Denn es gibt jetzt eine heiße Spur in diesem Mordfall. Einar und Officer Hardy werden mir sicher helfen.«

Mein ehemaliger Chef sah mich fragend an. »Diesmal bist du es, der sich ziemlich sibyllinisch ausdrückt. Kannst du vielleicht ein bisschen deutlicher werden?«

»Ich bin in Berlin einer Person begegnet, die mir zum Verwechseln ähnlich ist. Sie könnte also in den Fall verwickelt sein. Aber gib mir bitte etwas Zeit. Ich rufe dich an, wenn ich etwas herausgefunden habe. Übrigens solltest du weiter versuchen, das Rauchen aufzugeben.«

Er starrte mich an wie jemand, der nicht weiß, ob er einen Wutausbruch haben oder ihn unterdrücken soll. Das verlieh seinem gelblichen, faltigen Gesicht einen sympathischen Zug von Kindlichkeit.

25

Ingrid brachte mich zum Bahnhof. Der Abschied war unsentimental, und gerade das machte ihn schwerer, als ich es mir gewünscht hätte. »Ich habe dich beim Laufen in den Dünen beobachtet«, sagte sie. »Du hältst dich schlecht, bei deiner Größe ist das kein Wunder. Und du ziehst das eine Bein ein wenig nach. Das kann irgendwann böse Auswirkungen haben. Vielleicht solltest du mal zu einem Orthopäden gehen.«

»Mir tut in letzter Zeit das linke Knie manchmal weh. Ich vermute, eine Alterserscheinung.«

»Ach Piet«, sagte sie mit mütterlichem Ton. »Fang bloß nicht damit an, schon jetzt mit deinem Alter zu kokettieren. Was willst du dann machen, wenn du wirklich alt bist.«

Ich kaufte mir eine Zeitung mit einem Artikel über den Mord in Bergen. Der Journalist vermutete einen politischen Hintergrund, ohne Indizien dafür zu nennen. Der Artikel enthielt auch ein Foto des Opfers, dessen vollständiger Name Willem de Jongh lautete. Diesmal war es scharf. Jetzt hatte ich meinen Arbeitgebern gegenüber einen Beleg, dass ich meinen Auftrag erfüllt hatte.

Ich fuhr nach Berlin. Es war eine ganz andere Fahrt als beim ersten Mal. Die Landschaft und die Städte zogen ruhig draußen vorbei wie auf einem Laufband. Auch ich war ruhig. Egal, was mich erwartete, es würde in mein Leben passen wie ein Puzzleteil, das ich lange gesucht hatte. Und ich freute mich auf ein Wiedersehen mit Hardy und mit Einar, den ich nach Berlin einladen wollte. Dass ich nicht mehr bereit war, alles allein zu machen, kam mir vor wie ein Heilungsprozess.

Der Hauptbahnhof kam mir weniger kalt vor als beim ersten Mal. Ich fuhr mit der S-Bahn weiter bis zum Bahnhof Charlottenburg. Dort stieg ich aus. Als ich an der »Klause« vorbeikam, sah ich Jack hinter dem Fenster. Sein Blick traf mich und ging durch mich hindurch.

Dann war ich in meiner Straße. Die erste Person, die ich im Treppenhaus traf, war die Frau des Polizisten. Sie trug einen schicken Mantel aus Kunstpelz und sah blendend aus. Die frisch ondulierten, rötlich getönten Dauerwellen standen ihr.

»Hallo, wieder im Lande?«, sagte sie.

»Wie geht es Ihrem Mann?«

»Vermutlich ausgezeichnet, wenn es ein Wasserhäuschen in der Hölle gibt. Nein. Im Ernst. Der arme Kerl ist letzte Woche gestorben. Nicht zu Hause, sondern um die Ecke in seinem Stammlokal.«

»In der Klause?«

»Sie kennen diese Spelunke? Dann sind Sie schon ganz schön heimisch hier. Mein Mann hielt diese Bude zuletzt anscheinend für seine alte Wache. Er hatte dort einen Herzinfarkt. Jetzt ist er schon unter der Erde. Im Grunde hat er Glück gehabt. Er wäre ungern in seiner Wohnung abgetreten.«

In meinem Apartment lag überall Staub, und es roch nach Schimmel; ich hatte vergessen, abzuwaschen, ehe ich gefahren war. Ich öffnete die Fenster und machte sauber. Dann schob ich einen Stuhl an die Scheibe und sah auf die Straße hinaus. Menschen gingen vorüber. Sie glichen Schlafwandlern, die niemals erwachen würden.

Ich rief meinen früheren Chef in Groningen an. »Habt ihr die Bilder gefunden? Die schwarze Sonne und die Rembrandtkopien?«

»Weder, noch«, sagte er. »Und bei dir? Gibt es bei dir etwas Neues? Hast du deinen Doppelgänger schon wiedergesehen? Übrigens, sollen wir jemand von uns nach Berlin schicken?«

»Nein. Ich bin doch da. Betrachtet mich als unbezahlten Hilfssheriff.«

»Vielleicht bist du so gütig, mich auf dem Laufenden zu halten, mein Guter. Sonst musst du deinen Sheriffstern zurückgeben.«

Ich versprach es. Irgendwelche Dinge zu versprechen, fiel mir neuerdings leicht. Vielleicht war auch dies ein Zeichen moralischer Genesung. Dann rief ich Einar an und bat ihn, nach Berlin zu kommen.

»Wann?«

»Am besten gleich. Da braut sich einiges zusammen. Am Telefon möchte ich aber nicht darüber reden.«

Schon am nächsten Nachmittag meldete sich Einar. »Ich bin gerade in Berlin-Tegel gelandet. Ich suche mir jetzt irgendein Hotel. Wann und wo wollen wir uns treffen?«

»Ich bin froh«, dass du da bist«, sagte ich. »Komm heute

abend in die Elsässische Weinstube am Savignyplatz. So gegen neun.« Dann wählte ich Hardys Nummer und lud ihn ebenfalls ein.

Als ich in der Weinstube ankam, diesmal nicht zu früh, war Einar schon da. Wir umarmten uns wie alte Freunde. Ich spürte dabei wieder die seelische Wärme, die von diesem Mann ausging. Wenig später traf Officer Hardy ein. Er trug einen hellen Sommeranzug und war dicker als ich ihn in Erinnerung hatte. Mit seinen listigen Augen und dem vorspringenden Kinn wirkte er wie ein Double des gleichnamigen Filmkomikers.

Wir saßen in der Ecke des Lokals, aßen Lammfilets auf Linsengemüse und tranken Rotwein. Niemand redete. Wir genossen das gute Essen und die von gegenseitiger Sympathie getragene Situation. Hardy und Einar schienen sich blendend zu verstehen, auch ohne Worte. Allein wie sie die Weingläser hoben, um sich zuzutrinken: ein Ballett der Hände, das Einigkeit vermittelte. Ich fühlte mich seit langer Zeit zum ersten Mal richtig geborgen. Hardy wirkte wie ein Buddha, der friedlich in seiner Körperfülle hockte, in einem Tempel aus Fleisch und Blut. Einar strahlte eine ruhige Spannung aus, so etwas wie gebremsten Tatendrang. Warum waren beide nur so viel überzeugender als ich, obwohl sie kaum älter waren? Wahrscheinlich waren sie nie ihrer Jugend nachgerannt oder gar ihrem Alter. Sie waren einfach mit den Jahren gewachsen, hatten ihre Jahresringe nie in dem Maße gezählt oder vermessen wie ich.

Ich vermisste den Wirt. Als ich den Kellner nach ihm fragte, sagte er, dass er nicht mehr in Berlin sei. Die Leitung des Lokals sei nun eine andere, aber man würde sich

Mühe geben, es in alter Manier fortzuführen. Yves war also tatsächlich dem Ruf seines Herzens gefolgt, ein wahrhaft mutiger Mann, den ich in diesem Moment um seine Entschlusskraft beneidete.

Schließlich hatten wir unsere Teller geleert und die Gläser neu füllen lassen. Der Moment des Redens war gekommen. Einar forderte mich auf, die Lage zu erläutern. Sie hörten mir aufmerksam zu, während ich von Helmut Wels, von Ivonne Bree, von Veronika Meister, von Oskar Brenner, von Otto Rühl und von Harry Verschärft erzählte. Und natürlich von Willem alias Fritz und von seinem Tod.

»Nach welchen kriminaltheoretischen Prinzipien sollen wir in diesem Fall vorgehen? Induktiv, deduktiv oder intuitiv?«, fragte Hardy. Wir starrten ihn an. »Ihr müsst entschuldigen«, sagte er. »Ich bin hier auf einem kriminologischen Kongress. Den ganzen Tag nur Vorträge. Ich weiß bereits nicht mehr, wie man eine Schusswaffe bedient oder Handschellen anlegt.« Er leerte sein Glas Bordeaux als enthalte es Bier. Dann fuhr er, an mich gewandt, fort: »Wie ich dich in Amerika kennen gelernt habe, würdest du am liebsten nach der katalytischen Methode vorgehen. Also nicht kombinieren, keine Statistiken, keine Täterprofile sondern einfach persönliche Anwesenheit, dadurch erzeugte Beschleunigung der Abläufe bis zur Lösung des Falles, so wie es ein Katalysator bei chemischen Reaktionen durch simple Nähe zum Geschehen tut. In diesem Fall halte ich eine solche Vorgehensweise für viel zu gefährlich.«

Ich nickte.

»Ich bin ich ein Anhänger Morellis«, bemerkte Einar. »Morelli ist überhaupt eine völlig unterschätzte Figur in der abendländischen Geistesgeschichte.«

»Wer war Morelli?«, fragte Hardy. »Ein italienischer Massenmörder?«

»Morelli war Kunsthistoriker. Er stellte die Regeln der Bildzuschreibung auf den Kopf. Nicht die Art, wie er den Heiligenschein malt, ist charakteristisch für einen Maler, sondern wie er das Ohrläppchen der Heiligen gestaltet. Der Heiligenschein ist eher nach dem gängigen Zeitgeschmack gemalt. Die Individualität des Malers findet sich in den Nebensächlichkeiten. Auf unseren Fall übertragen heißt das, der Täter lässt sich nicht durch ein allgemeines, statistisch untermauertes Täterprofil ermitteln, sondern durch die Beobachtung von Nebensächlichkeiten.«

»Ich mag Sam Spade und Philip Marlowe, auch wenn es nur literarische Figuren sind«, sagte ich. »Sie mischen sich in die Verhältnisse ein, aber nicht nur passiv oder katalytisch. Sie wirbeln Staub auf, erzählen sich und anderen alle möglichen haarsträubenden Geschichten, verrückte Hypothesen, von denen eine schließlich der Lösung des Falles nahe kommt. Das wird auch diesmal der richtige Weg sein. Versteht ihr, was ich meine?«

Hardy nickte: »Abduktion nennt man das neuerdings. Ich habe darüber gerade heute einen Vortrag gehört und ziemlich wenig dabei verstanden. Es ist offenbar eine Vorgehensweise, die die induktive Analyse mit der deduktiven Interpretation nach dem Muster eines mythischen Modellfalls verbindet. Anders gesagt, die Abduktion geht vom Zufälligen aus, aber sie berücksichtigt dabei, dass der Zufall alles andere als zufällig ist. Deshalb ist sie in der Lage, durch spontane Hypothesen der Lösung eines Rätsels näher zu kommen. Bei einer anschließenden Überprüfung mit Hilfe induktiver und deduktiver Methoden kann die spontane Hypothese jeweils korrigiert werden. Aber sie ist der entscheidende Anfang. Der Geistesblitz, der die dunkle Situation erhellt.«

»Und was wäre der Geistesblitz in unserem Fall? Ich fürchte, im Faraday'schen Käfig dieses gemütlichen Lokals wird er kaum in unsere Köpfe einschlagen«, bemerkte ich.

»Wenigstens haben wir einen Hauptverdächtigen«, sagte Einar. »Wir wissen allerdings nicht genau, wie man ihn einschätzen soll. Ist er ein organisierter oder ein desorganisierter Täter? Handelt er spontan oder aus Berechnung? Ist er Psychopath, was bei seinem Beruf naheliegen könnte? Oder ist er nur exaltiert, was ebenfalls zum Schauspieler passen würde. Wir wissen also nicht genau, wie wir weiter vorgehen sollen. Was haltet ihr übrigens von Sherlock Holmes und seiner genialen Methode des Kombinierens?«

»Auch ein literarischer Mythos«, sagte ich. »Die Realität ist aber leider nicht oder nur schwach logisch strukturiert. Wie gesagt, meine Helden sind keine Kombinierer, sondern Einmischer wie Marlowe und Spade. Sie betrachten zu Recht die Welt als Dschungel und einen Kriminalfall als besonders unzugängliche Stelle im Unterholz. Sie gehen mitten hinein und warten darauf, dass das wilde Tier sie anspringt oder dass es davonschleicht. Und plötzlich haben sie einen zündenden Einfall, der es ihnen ermöglicht, die Spur des Tieres zu erkennen und aufzunehmen.«

Einar sah mich lächelnd an: »Spiel du nur weiter Sam Spade nach der katalytischen Methode. Vielleicht verstärkst du sie noch, indem du einfach zu Hause bleibst. Sollte dein Doppelgänger mit dir Kontakt aufnehmen, musst du natürlich darauf eingehen. Wir werden im Hintergrund deine Schutzengel spielen. Uns kennt hier noch niemand, und wir können daher in aller Ruhe Nachforschungen anstellen«

Hardy war aufgestanden. Er stand da in seinem Trenchcoat wie ein Kommissar aus einem Film der schwarzen Serie. »Ich schaue mir ein bisschen die Umgebung an. Vor allem den Norden. Da, wo dieser Fritz seine Datscha gehabt hat.«

»Und ich knöpfe mir zuerst Wels und seine Firma vor«, sagte Einar. »Wie du weißt, Piet, bin ich immun gegen schöne Frauen.«

»Eigentlich müsste ich Wels informieren, dass ich Fritz gefunden habe. Schließlich könnte ich jetzt mein Erfolgshonorar kassieren.«

»Warte damit noch ein paar Tage«, bat Einar. »Wels läuft dir nicht weg.«

»Wie finde ich euch, wenn ich euch brauche? Kann ich eure Adressen haben?«

»Ich wohne in einem sogenannten Arthotel in der Nähe. Die Gäste sind fast alles Amerikaner. Zum Frühstück gibt es dicke Pfannkuchen. Es ist wie zu Hause. Das geht mir auf die Nerven. Ich werde das Hotel wechseln. Am besten rufst du mich auf dem Mobiltelefon an«, sagte Officer Hardy.

»Das Gleiche gilt für mich. Auch ich werde nicht in meinem Hotel Wurzeln schlagen«, ergänzte Einar. »Ich werde mir eine Wohnung suchen, vielleicht im Osten der Stadt. Ruf mich einfach an. Und noch etwas: Halte dich nach Möglichkeit von diesem Rühl fern. Wir wissen noch nicht, wie gefährlich er wirklich ist.«

Ich rief den Kellner an den Tisch und zahlte. Dann gingen wir in die nasskalte Nacht hinaus. Die Straße war um diese Zeit menschenleer. Es fuhren auch keine Autos. Nur die Straßenlaternen und die Neonschriften der Schaufenster spiegelten sich im Asphalt und täuschten vor, dass wir uns auf einem bewohnten Planeten befanden. Trotz des Weines, des guten Essens und der Nähe zweier Menschen, die ich mochte, befiel mich eine tiefe Traurigkeit. Mir fiel der Titel eines bekannten deutschen Stummfilms aus den zwanziger Jahren ein: Die freudlose Gasse. In ihm wurde die Verquickung von Armut und Reichtum, Mord und Verzweiflung, Geschäft und Hoffnung auf ein besseres Leben auf eine Weise gezeigt, die bis heute gültig ist. Auch in dieser freudlosen Gasse hier gab es alle Spielarten menschlicher Schicksale, nur waren sie hinter kalten Betonfassaden versteckt.

26

Seit Tagen herrschte eine stabile Ostlage. Eiskalter Wind pfiff durch die Straßen. Sibiren schien näher gerückt, und Berlin machte seinem Ruf als eine ungemütliche Herbststadt alle Ehre. Einar Berglund und Officer Hardy waren irgendwo da draußen unterwegs. Ich hatte mich dazu durchgerungen, ihren Rat zu befolgen und vorerst selbst keine weiteren Ermittlungen anzustellen. Es machte mir sogar Spaß, nichts zu tun, in meinem Apartment zu sitzen und aus dem Fenster zu starren. Diese übergroßen Theatermöbel waren die richtigen Requisiten für ein Kammerspiel, in dem ein gescheiterter Held über sein Leben nachdenkt. Ich redete laut mit mir, manchmal sah ich dabei in den Spiegel und rezitierte einen albernen Monolog, in dem es um vergangene Glücksgefühle und das Scheitern von Hoffnungen ging.

Nach zwei Tagen hielt ich es nicht mehr aus. Ich musste sowieso einkaufen gehen. Und ich nutzte dies, um ziellos durch die Straßen zu laufen, Schaufensterauslagen zu mustern, den Kudamm entlangzuflanieren. Mein Knie tat stärker weh als sonst, und ich blieb mehrfach stehen, um es zu massieren.

Als ich mich dem berühmten Currywurststand 195 näherte, sah ich dort Jan Boysen und Oskar Brenner. Es war wie ein Déjà-vu-Erlebnis und zugleich doch Realität. Ich wechselte die Straßenseite, denn ich wollte ein Gespräch voller Fragen vermeiden.

Plötzlich klingelte mein Mobiltelefon. Es war Ingrid. »Wie geht es deinem Knie?«

»Nicht allzu gut.«

»Warst du schon beim Arzt?«

»Ingrid. Wir sind nicht mehr zusammen. Es ist trotzdem lieb von dir, wie du dich um meine Zipperlein kümmerst. Hast du für mich Neuigkeiten?«

»Ich habe mich ein bisschen bei Ärztinnen und Hebammen durchgefragt. Und tatsächlich bin ich fündig geworden. Sie heißt Berg und hatte kurz nach dem Krieg eine Privatklinik. Dort bist du zur Welt gekommen. In den fünfziger Jahren ist sie nach Berlin gegangen. Sie hat die Patientenakten offenbar mitgenommen. Aber die alte Kollegin von ihr, mit der ich gesprochen habe, wusste, dass sie damals einen ungefähr zehnjährigen Sohn gehabt hat, obwohl sie unverheiratet war. Das ist doch interessant für dich, oder?«

»Sehr interessant. Weißt du sonst noch etwas? Den Vornamen vielleicht?«

»Den wusste die ehemalige Kollegin von Doktor Berg nicht. Man habe immer nur ›die Berg‹ gesagt. Aber sie hat sie beschrieben. Sie muss sehr attraktiv gewesen sein, dabei psychisch labil. Manisch-depressiv. Es gab Gerüchte über einen Selbstmordversuch. Vielleicht war das der Grund, warum sie ihre Klinik aufgegeben hat und ins Ausland gegangen ist.«

»Und warum heißt mein potentieller Zwillingsbruder dann Rühl?«

»Ganz einfach, sie wird noch einmal geheiratet haben.«

»Ich danke dir, Ingrid. Womit kann ich dich für deine Mühe belohnen?«

»Indem du dir so schnell wie möglich einen Termin bei einem Sportarzt geben lässt.«

Ich musste dieser neuen Spur unbedingt nachgehen. Es gab nur eine Möglichkeit dazu: Ich musste meine Quarantäne aufgeben und Kontakt mit Otto Rühl aufnehmen. Am besten würde das wohl über Veronika Meister gehen. Ich suchte und fand ihre Karte mit ihrer Adresse. Vielleicht war es am besten, nicht anzurufen, sondern es mit einem Überraschungsbesuch zu probieren.

Es war noch kälter geworden. Ich zog meinen schweren Lammfellmantel an, den ich in einem Pelzgeschäft am Kudamm erstanden hatte. Dann betrat ich das Treppenhaus. Mein Knie tat so weh, dass ich mich mit beiden Händen am Treppengeländer abstützte, um es zu entlasten. Ich war schon halb unten, als ich plötzlich schnelle Schritte hinter mir hörte. Ich drehte mich um. Es war die Frau des verstorbenen Polizisten. »Ich habe Sie zufällig durch den Spion weggehen sehen«, sagte sie. »Sie erinnern mich immer mehr an meinen Mann. Er hatte es auch am Knie. Hier, nehmen Sie sie. Ich schenke sie Ihnen. Sie werden sie gut gebrauchen können.« Sie reichte mir zwei Krücken. Dann verschwand sie wieder nach oben, leichtfüßig wie ein junges Mädchen.

Spontan entschied ich mich, anstatt zu Veronika Meister sofort zu einem Orthopäden zu gehen. Im Wartezimmer las ich die Zeitung. Im Feuilleton war ein Artikel über Otto Rühl. Eine Mischung aus Verehrung und Kritik. Er wurde wegen seiner Interpretation des Richard in höchsten Tönen gelobt. Aber er wurde auch kritisiert, weil er wieder einmal, vermutlich wegen Trunkenheit, eine Abendveranstaltung hatte platzen lassen. Das Datum passte. Ich wusste, dass Rühl nicht betrunken gewesen war, sondern unterwegs in den Niederlanden.

Endlich wurde mein Name über einen Lautsprecher aufgerufen. Ich schilderte dem jungen, alerten Arzt mein Problem. Mein Knie wurde geröntgt. Dann musste ich die Hose ausziehen und mich in eine der vielen kleinen Kabinen begeben. Der Arzt betastete mein Knie. Schließlich sagte er: Die Röntgenaufnahme ist zu schlecht. Ich muss sie zur MRT nach Spandau schicken, damit wir Gewissheit haben.«

»Welche Gewissheit?!«

»Es besteht Verdacht auf Knochenkrebs.«

Der Satz traf mich wie ein Keulenschlag. »Aber …«

»Nun regen Sie sich nicht gleich auf«, sagte der Arzt. »Vorerst ist es nur ein Verdacht. Wenn wir bessere Aufnahmen haben, können wir Genaueres sagen.«

Ich humpelte an meinen Krücken davon wie ein zum Tode Verurteilter.

In den nun folgenden Tagen befand ich mich in einem Zustand zwischen Verzweiflung und Apathie. »Knochenkrebs«, murmelte ich immer wieder, »das ist natürlich auch eine Lösung, aber, weiß der Henker, keine schöne.«

Endlich war der Termin da, den man mir am Spandauer Krankenhaus gegeben hatte. Ich fuhr mit dem Taxi hin.

Man fragte mich, ob ich einen Herzschrittmacher hätte. Dann musste ich alles Metallische ablegen, das ich am Körper trug. Schließlich lag ich in der Röhre, einen Kopfhörer auf mit dumpfer, verzerrter Musik, durch die hindurch ich das laute Klopfgeräusch des Apparates hörte. Als ob jemand hartnäckig Einlass in die Unterwelt begehrte.

Mit den Aufnahmen, deren komplexe Strukturen wie Kunst aussahen, ging ich zu meinem Orthopäden. Er klemmte sie an eine hintergrundbeleuchtete Milchglasscheibe und studierte sie eine Weile. Dann schüttelte er den Kopf. »Mein Verdacht ist weder bestätigt noch ausgeräumt«, sagte er mit Grabesstimme. »Ich muss Sie an die Kollegen der Charité überweisen. Das sind sehr kompetente Experten. Lassen Sie sich einen Termin geben.« Dann verschwand er in der nächsten Behandlungskabine und ließ mich allein mit meinen Ängsten.

Während ich auf den neuen Termin wartete, verließ ich meine Wohnung nur, um Nachschub an Essen und Trinken zu holen. Die Schmerzen im Knie waren kaum zu ertragen. Ich bekämpfte sie mit Hilfe starker Medikamente. Von meinen Freunden hörte ich nichts. Vermutlich kamen sie nicht weiter. Dann wieder befürchtete ich, dass sie vielleicht gar nicht mehr in Berlin waren. Ich ertappte mich dabei, stundenlang stocksteif vor dem Fernseher zu sitzen in einem Zustand katatonischer Hysterie.

Doch wie sehr die Dinge unterschwellig in Bewegung gekommen waren, wurde deutlich, als ich einen Anruf von Veronika Meister bekam. »Wie geht es dir«, fragte sie. Mir schien, dass ihre Stimme ziemlich zufrieden klang. »Mir? Mir geht es überhaupt nicht. Was soll die Frage«, sagte ich grob.

»Piet, wir müssen unbedingt miteinander reden. Ich möchte dich sehen. Übrigens gibt es eine fantastische Gelegenheit dazu. Ich habe ein Theaterstück geschrieben. Die Premiere ist nächste Woche. Auf der Probebühne des Hauses. Otto Rühl ist der Regisseur.«

»Schön für dich. Du machst also Karriere.«

»Was ist nur los mit dir. Du klingst so verbittert. Übrigens, der Firma Immob geht es nicht besonders gut. Sie sind anscheinend über ein Großprojekt in Mallorca gestolpert. Ein Luxushotel. Es war schon fast fertig. Dann wurden auf der Insel neue Umweltbestimmungen durchgesetzt. Der Rohbau muss wieder abgerissen werden. Du kannst dir die Höhe der Regressforderungen vorstellen! Aber das interessiert mich alles nicht mehr. Wichtig ist, dass du kommst. Am Freitag, um zwanzig Uhr. Ich lasse eine Karte für dich zurücklegen.«

27

Genau an diesem Freitag hatte ich nachmittags meinen Termin in der Charité. Diese berühmte Berliner Institution ist ein weitläufer Gebäudekomplex am nördlichen Spreeufer, fast eine Stadt in der Stadt. Ich fand mich in einem düsteren, kafkaesken Gebäude ein, das die orthopädische Abteilung enthielt. Die Atmosphäre war niederdrückend. Im Dämmerlicht der breiten Flure krochen Gestalten umher, deren Gebrechen sie als Leidensgenossen auswiesen. Krücken, eingegipste Gliedmaßen, bandagierte Gelenke, Kopfstützen, die ganze Palette der Knochenkrankheiten in einer Leidensprozession. Irgendwann wurde mein Name aufgerufen. Ich wurde wieder in eine enge Kabine geschickt, mit der Anweisung, mir die Hose auszuziehen. Dann hörte ich durch die Holztür den dumpfen Befehl einzutreten. Das Sprechzimmer mit seinen hohen Wänden, den trüben Fenstern und den massigen Möbeln wirkte wie ein Gerichtssaal. Und wirklich, hier wurden wichtige Urteile gefällt. In meinem Fall, wie ich zu ahnen meinte, kam nichts anderes in Frage als die Todesstrafe.

Der Mann hinter dem Schreibtisch glich einer Karikatur, wie ich sie in alten Berliner Büchern gesehen hatte.

Glatze, Monokel. Ein typischer Regimentsarzt, der Rekruten mustert. Abseits saß eine martialisch wirkende, schwarzgekleidete Dame an einer Schreibmaschine. Die Ausstattung musste aus den fünziger Jahren stammen. Auch die Stimme des Arztes entsprach ganz seinem Erscheinungsbild. Sie schnarrte in Richtung Sekretärin, nachdem er die jämmerliche Gestalt kurz betrachtet hatte, die dort ohne Hose und Schuhe und ohne Zukunft auf dem Linoleumboden stand wie ein Storch, der das Fliegen verlernt hat: »Schreiben Sie. Diagnose…« Er machte eine kleine Pause, in der ich das Fallbeil zischen hörte »…zwei verschiedene Socken.«

Ich sah an meinen langen Beinen hinab, und wirklich, die eine Socke war schwarz, die andere blau. Dann sah ich diesen Mann an, der dort mit breitem Lächeln thronte. Ich hätte ihn umarmen und küssen können. Die ganze Angst war weg, der Alptraum verflogen.

Die Aufnamen von der MRT hingen bereits an der Wand. Der Arzt rief mich heran und zeigte mir die topographische Karte meines Knies. »Eindeutig altersbedingte Arthrose«, sagte er. »Ich verstehe den Kollegen nicht, der hier so schwarze Vermutungen hatte. Wir können die Entzündung konventionell behandeln. Ich schreibe Ihnen das Medikament auf. Ein Schmerzmittel auf Codeinbasis. Es wird mit Hilfe von Elektrophorese an die entzündeten Stellen transportiert. Ich gebe Ihnen eine Überweisung an unsere physiotherapeutische Abteilung. Ich denke, zehn Sitzungen werden reichen.«

Er gab mir die Hand. Ich hätte ihn immer noch am liebsten umarmt. Die ganze Last war von mir abgefallen. Dieser Mensch hatte mit seiner Sockendiagnose ein psychologisches Meisterstück vollbracht.

Ich fuhr nach Hause und zog mich um, wobei ich die Socken nicht wechselte. Erstaunlicherweise hatten meine Knieschmerzen bereits deutlich nachgelassen, so dass ich die Krücken zu Hause ließ. Ich war pünktlich im Theater. Vor dem Eingang zur Probebühne hatte sich eine Schlange gebildet. Die Leute warteten geduldig auf den Einlass. Einige hatten Bierflaschen in der Hand. Einmal huschte eine Gestalt vorbei, ein großer Mann mit einem Gesicht, das gequält schien von der eigenen Wichtigkeit. Ein Schatten, der von sich glaubte, die Lichtquelle zu sein. Ich erkannte ihn, da ich ihn schon einige Male im Fernsehen und in der Zeitung gesehen hatte: Es war der Intendant.

Dann bemerkte ich Veronika Meister. Sie war von Freunden und Freundinnen umgeben, und wieder war sie alles andere als eine graue Maus. Sorgfältig geschminkt und frisiert, trug sie ein enges, tief ausgeschnittenes, auberginenfarbenes Kleid mit Rüschen. Als sie mich sah, schwebte sie auf mich zu. »Schön, dass du gekommen bist«, sagte sie. »Du bleibst doch zur Premierenfeier?«

»Natürlich bleibe ich.«

»Das ist schön von dir.« Ihre grauen Augen ruhten auf mir, offenbar ohne mich wahrzunehmen. Auch wenn sie in andere Richtungen blickte, wirkte es, als sei sie von Blindheit befallen. Einmal, als sie kurz wieder neben mir stand, kniff sie mich in den Arm und flüsterte: »Piet, ich bin so froh, dass du da bist. Ich muss jetzt in den Schminkraum. Bis nachher also.«

Endlich, nach einer halben Stunde des Wartens, wurden wir eingelassen in einen nüchternen Saal mit ansteigenden Sitzreihen. Der Vorhang war ein Stück hochgezogen. Auf der Bühne lag ein großer, hellrosa Lappen. Dann erklang melancholische Flötenmusik, und der Vorhang verschwand. Das vordere Ende das Lappens hing schlaff über die Rampe herab. Dann füllte er sich mehr und mehr mit Luft. Man hörte trotz der Musik das Motorengeräusch eines Kompressors. Jetzt erkannte man, was es war. Ein riesiger rosa Dildo. Als er aufgeblasen war, ragte er bis in den Zuschauerraum hinein. Auf ihm tastete sich vorsichtig balancierend eine junge Frau nach vorne. Sie kniete nieder und begann mit einem langen Monolog, in dem es um sexuelle Obsessionen und enttäuschte Liebe ging. Trotz der Perücke aus roten Haaren und der stark geschminkten Gesichtszüge erkannte ich Veronika Meister. Sie erzählte mit leiser, zittriger Stimme von traumatischen Erlebnissen, dem sexuellen Missbrauch durch den Vater. Der Text wirkte reichlich pubertär. Es wimmelte von Klischees, und dennoch war der Gesamteindruck nicht schlecht. Als ein älterer Mann den Kunststoffpenis betrat, erkannte ich in ihm Oskar Brenner. Er gab den Vater des Mädchens, hatte eine Peitsche in der Hand und redete mal brutal, mal sanft. Die Mischung aus Autorität und Unsicherheit, das Schwanken zwischen Abgeklärtheit und Ängsten, das Devote und zugleich Böse war brillant dargestellt. Nach und nach traten verschiedene andere Personen auf, die Brüder des Mädchens, die Mutter, die Freundinnen, die erste Jugendliebe. Es geschah herzlich wenig Dramatisches. Eher hatte man das Gefühl, der szenischen Lesung eines Prosatextes beizuwohnen, in dem es um Sehnsüchte, Selbstbefriedigung, schwule und lesbische Handlungen, Selbstmordfantasien, Gefühlskälte und Einsamkeit ging. Einmal trug einer der Söhne mit dem Vater auf dem Dildo einen Fechtkampf aus, während die Mutter applaudierte. Die Hauptfigur monologisierte weiter und drohte dabei immer wieder vom Dildo herabzufallen. Komik und Absurdität verschmolzen, und die Tragik schied sich dabei ab wie ein unedles Metall. Am ehesten konnte man das Stück noch als Groteske bezeichnen. Nur Oskar Brenner gelang es immer wieder, echte Theatermomente zu schaffen, vor allem, als gegen Ende des Einakters langsam die Luft aus dem Dildo entwich und der Vater auf dem schwankenden Gummiboden in zynisch wirkender Verzweiflung vom Scheitern seiner Lebensträume redete. Es gab zu Recht Szenenapplaus.

Am Ende des Stückes wurde lange geklatscht und Bravo gerufen. Die Schauspieler verneigten sich immer wieder auf der inzwischen luftleeren Plastikhülle.

Bei der anschließenden Premierenfeier in einem Nebenraum der Probebühne flossen Sekt und Wodka in Strömen. Veronika Meisters Familie war da. Ihre Mutter, Geschwister, Onkel und Tanten. Es war, als fände das Stück eine Fortsetzung, in der es jedoch bieder und freundlich zuging. Ich beglückwünschte Veronika zu ihrem Erfolg.

»Warum ist Rühl nicht da?«, fragte ich.

»Er kommt nie zu Premierenfeiern«, sagte sie. Dann stellte sie mich ihrer Mutter vor, einer Frau von Anfang sechzig, die erheblich jünger wirkte. Ihre blonde Lockenpracht und ihr breiter, sprechender Mund waren von enormer Erotik. So sieht eine Göttin des Lebens aus, dachte ich.

Ich wurde von einer Journalistin interviewt, die mich offenbar für den Regisseur hielt. »Wie ist es Ihnen nur gelungen, ein offensichtlich doch ziemlich schwaches Stück derart zum Leben zu erwecken«, fragte sie mich.

»Ganz einfach«, sagte ich, »ich nehme die Schwäche

ernst und verwandele sie mit Hilfe der ihr innewohnenden Glaubwürdigkeit in Stärke.« Sie schrieb den Satz auf, und am folgenden Tag war er bereits in der Zeitung zu lesen.

Oskar Brenner gesellte sich mit einem Sektglas voller Wodka zu mir. Ich sagte ihm, wie brillant er diese Vaterrolle ausgefüllt hätte. »Der Grund ist ganz einfach«, sagte er. »Ich bin, wie du weißt, selber Vater. Ich konnte mich einfach auf meine Lebenserfahrung verlassen.«

»Aber das ist doch ein höchst negativer Vater gewesen, ein Kinderschänder.«

»Du bist vielleicht naiv. Glaubst du, ein guter Schauspieler ist nicht in der Lage, seine privaten Erfahrungen auf der Bühne ins Gegenteil zu verkehren?«

»Und Otto Rühl? Wie ist er als Regisseur?«

»Eine Katastrophe. Er nimmt jedem Schauspieler das Vertrauen in seine Fähigkeiten. Er demütigt alle auf den Proben fortwährend. Ein Wunder, dass ihn noch niemand von uns umgebracht hat.«

»Aber offensichtlich hat seine Regie dem Stück gutgetan.«

»Nun ja. Das stimmt schon. Auch Psychopathen haben ihre Verdienste.« Er bleckte sein tadelloses Kunstgebiss und schob sich durch die eng beieinanderstehenden Leute weiter zu einer besonders attraktiven Nebendarstellerin.

Ich ging nach draußen in die eiskalte Nacht. Während ich an der Spree entlanglief, in der Hoffnung, ein freies Taxi zu finden, hörte ich schnelle Schritte hinter mir. Dann hakte sich jemand bei mir unter. Es war Veronika Meister. Sie lenkte meine Schritte zum Geländer am Fluss. Beide standen wir nebeneinander und starrten ins schwarze Wasser.

Veronika hob ihr blasses Gesicht, dem man noch die Spuren der Schminke ansah. »Mein Stück ist nicht gut, nicht wahr, Piet?« Tränen standen ihr in den Augen.

»Es ist ein Anfang. Du wirst weitermachen und besser werden.«

Eine Welle von Väterlichkeit, von Beschützertum überflutete mich. Ich zog Veronika an mich. Wir küssten uns lange. Ein Kuss, der nichts Reales hatte. Ich weiß nicht, wie lange wir so standen. Plötzlich aber legte sich eine Hand auf meine Schulter. Als ich mich umdrehte, sah ich mir selbst ins Gesicht. Er trug meine Frisur, und selbst meinen Gesichtsausdruck höchster Verwirrung ahmte er so täuschend nach, dass ich glaubte, in einen Spiegel zu sehen.

»Ich weiß, ich habe kein Recht, Romeo und Julia bei ihrem Geschäft zu stören. Trotzdem bitte ich Julia, nach Hause in ihr Bettchen zu verschwinden. Die hat für heute genug erlebt. Und Romeo fordere ich auf, mir zu folgen. Wir müssen seine Rolle besprechen.«

Ich sah Veronika Meister davonrennen. Sie drehte sich nicht einmal mehr um, ehe sie um eine Ecke verschwand.

»Sie hat Talent«, sagte Otto Rühl. »Aber es fehlen doch jene entscheidenden zehn Prozent, die man nicht lernen kann.«

28

»Du weißt, dass wir Menschen aus drei Etagen bestehen, ähnlich wie ein gewöhnliches Einfamilienhaus. Die Gefühle im Keller, die Handlungen im Parterre und die Gedanken im Oberstübchen.«

»Bei Freud gibt es eine ähnliche Schematisierung. Das Es im Keller, das Ich im Erdgeschoß und im ersten Stock das Überich.«

»Lassen wir das Überich mal außer Acht. Es ist nur ein Produkt der bürgerlichen Verhältnisse um die vorletzte Jahrhundertwende. Eine bloße Beschwörung der Unterstellung, dass es so etwas gibt wie eine kollektive Moral. Wir können übrigens auch den Verstand außer Acht lassen. Er ist bei den meisten Menschen so schwach ausgebildet, dass er in einen Besenschrank passt. Bleiben also Keller und Parterre. Als Schauspieler bewege ich mich in beiden Ebenen gleichzeitig, wenn ich auf der Bühne agiere. Das macht das Hauptproblem unseres Berufes aus. Meine Gefühle sitzen im Soufflierkasten meiner Eingeweide. Mein Kopf ist ausgeschaltet, von irgendeinem unsichtbaren Fallbeil abgetrennt und in den Korb des Vergessens gefallen. Mein Gesicht besteht aus einer flexiblen Masse von Muskeln, Knochen und Haut, und meine Mimik wird nur aus zwei Quellen gesteuert, dem Gefühl und der Handlung. Ich spiele nicht selbst, sondern es spielt mich. Das ist übrigens das Hauptdilemma deines Freundes, des Kollegen Brenner. Er ist ein guter Techniker, aber er denkt zu viel während der Arbeit.«

Der Mann, der auf diese elaborierte Weise mit mir parlierte, saß in einem schwarzen Ledersessel in der Ecke eines großen Raumes. Mit einer Handbewegung hatte er mich aufgefordert, in dem zweiten Sessel Platz zu nehmen. Seine schlanken Hände unterstrichen jeden seiner Sätze. Der Saal war spartanisch eingerichtet. Er lag im obersten Stockwerk einer ehemaligen Fabrik und hatte hohe Eisenfenster mit kleinen, quadratischen Scheiben. An der Decke hing noch eine alte Laufkatze.

Wir tranken große Mengen schwarzen Kaffees, den er auf einem Kanonenofen in einem verbeulten Suppentopf gemacht hatte. Er schenkte ihn mit einer Kelle in große Porzellanbecher ein. Ich spürte, wie meine Müdigkeit einer angenehm wohligen Ermattung wich. Meine Knieschmerzen waren kaum mehr zu spüren. Hatte dieser Mensch hypnotische Kräfte? Er hatte Veronika Meister nach Hause geschickt und mich aufgefordert, ihm zu folgen, und ich hatte ihm willenlos gehorcht, obwohl ich ihn für einen Mörder hielt.

»Wo ist das Bild?«, fragte ich, um Rühl zu verwirren und auf diese Weise wenigstens psychologisch meine Position zu verbessern.

»Welches Bild meinst du?« Er wirkte völlig gelassen.

»Die schwarze Sonne.«

Er lächelte. »Du warst also in Holland.«

»Das weißt du doch ganz genau, da du mir gefolgt bist, um Fritz zu finden. Du hast Willem de Jongh umgebracht und versucht, mir mit Hilfe unserer Ähnlichkeit den Mord in die Schuhe zu schieben.«

Er lachte. »Wenn das wirklich so ist, dann wundert es mich, warum du meinen Kaffee zu trinken wagst. Ich könnte doch Gift hineingetan haben. Wusstest du, dass Giftmorde keineswegs aus der Mode gekommen sind? Ganz im Gegenteil. Die Dunkelziffer ist ungeheuer hoch. Übrigens gibt es einen natürlichen Zusammenhang zwischen dem Giftmord und meinem Beruf. Möchtest du nicht doch Zucker?«

Er erhob sich und brachte ein Döschen mit einer weißen, pulvrigen Substanz.

»Ich habe leider nur Puderzucker«, sagte er entschuldigend. Er gab zwei Löffel in meine Tasse, rührte um, lächelte freundlich und reichte sie mir.

»Welchen Zusammenhang meinst du?«

»Ganz einfach. Es geht um die perfekte Verstellung. Der Mime muss in der Lage sein, sich glaubhaft zu verstellen, mit seiner Mimik perfekt zu lügen, immer wenn es das Stück verlangt. Genau das tut auch der Giftmörder. Wenn er dem Opfer die tödliche Substanz verabreicht, dann lächelt er freundlich, dann sieht er aus wie ein Wohltäter.«

»Du bist wahnsinnig.«

»Na und? Wimmelt die Geschichte der Menschheit nicht von Wahnsinnigen, die es gut meinten? Die einfach zu ehrlich waren für die mittelmäßigen Lebenslügen, die ihr Dasein ihnen abverlangte? Denk nur an Hölderlin oder an Lenz, den unglücklichen Goethefreund. Die Liste ließe sich beliebig verlängern. Oder denk an die, die sich außerhalb der Moral stellten, um der Mittelmäßigkeit zu entkommen. Für den sogenannten Normalen sind sie deshalb ebenfalls wahnsinnig. Gilles de Rez war so jemand. Der Marquis de Sade und natürlich Richard III. Vielleicht auch Caligula und Nero. In der Politik ist dieser Typus eher selten anzutreffen. Politik zwingt zu Kompromissen und deshalb zur Durchschnittlichkeit. Ausnahmen waren Hitler und Goebbels. Beide meinten es gut, beide waren nicht mittelmäßig. Goebbels war ein sensibler, wohlmeinender, intelligenter, kulturell interessierter Mensch. Die von ihm veranlassten Gräueltaten, unter denen er übrigens selber litt, zeigen, welchen Mut es braucht, radikal zu sein. Ich glaube übrigens, er wäre auf der Bühne der ideale Richard III. gewesen. Seine eindringliche Stimme, von Zeitgenossen, auch Gegnern gerühmt, sein durch den gelähmten Fuß bedingter Bühnengang, seine dämonischen Augen, die von dem betrachteten Objekt förmlich Besitz ergriffen. Er gab sich als ein Frauenheld, ähnlich wie du. Das gehörte zu seiner Dramaturgie. In Wahrheit war er extrem schüchtern.«

Er trat ans Fenster. In einer eindrucksvollen Verzögerung seiner Armbewegung hob er die Hand, legte sie an die Stirn und sah hinaus auf den trostlosen Hinterhof der Fabrikanlage.

»Apropos Doppelgänger. Wenn ich ein guter Schauspieler sein will, muss ich notgedrungen mein eigener Doppelgänger sein. Stell dir vor, ich spiele einen einsamen Menschen, und das vor den glotzenden Augen Hunderter von Zuschauern. Das ist nur möglich, wenn ich mich spalte in eine innere Person, die wirklich einsam ist, und eine, die ihr zum Verwechseln ähnlich ist, jedoch die Nähe des Publikums nicht nur erträgt, sondern sie sich geradezu wünscht. Man ist völlig allein und gleichzeitig der Neugier von vielen ausgesetzt. Eine furchtbare Teilung des Ich ist die Folge. Um sie zu ertragen, muss der Kopf völlig ausgeschaltet sein. Das Problem dabei ist, dass wir Schauspieler gewöhnlich nicht besser sind als die anderen Menschen. Wir können weder unseren Kopf völlig ausschalten, noch unsere Gefühle. Wir lügen nach Kräften. Und wir reden mit dem Geist von Hamlets Vater wie mit einer wirklichen Erscheinung. Ist dir nicht schon aufgefallen, dass wir alle in dieser Hinsicht unentschieden sind? Selbst wenn wir Brötchen einkaufen, trennen wir zu wenig zwischen Dingen und ihrem Geist. Wir reden mit den Geistern in allen Dingen und mit den Dingen wie mit Geistern. Das macht alles so unwirklich. Im Grunde liegen wir dabei ganz richtig, denn gibt es etwas Unwirklicheres als die Realität? Ein Quantenphysiker würde mir beipflichten. Auch unsere gesamte Kommunikation ist auf Unwirklichkeit angelegt. Das gilt für Liebende genauso wie für Geschäftspartner. Doch unsere einzige Chance, dem ewigen Lügen zu entkommen, ist es, dem Geist von Hamlets Vater so zu begegnen, als sei er nicht wirklich, als sei er nicht einmal eine Phantasmagorie unserer Einbildung. Der wahre Geist ist Geist, weil er nicht existiert. Wenn wir ihn anreden, ist es wie ein Selbstgespräch mit unserem Doppelgänger. Auch die Moral ist nichts anderes als ein Gewand, das der Geist von Hamlets Vater trägt. Übrigens, wie steht es mit dir? Lebt dein Vater noch?«

Ich hatte seinen sprunghaften Gedanken kaum folgen können, jetzt war ich froh über die konkrete Frage.

»Nein. Er ist tot. Ich habe ihn sehr spät kennen gelernt und nur wenige Wochen mit ihm zu tun gehabt.«

»Also ist er ein echter Geist. Mein Vater ist noch perfekter. Er existiert überhaupt nicht. Meine liebe Frau Mutter hat mir nie verraten, von wem sie mich empfangen hat. Und deine Mutter?«

»Sie ist auch nicht mehr am Leben. Mit ihr habe ich allerdings sehr lange und sehr viel zu tun gehabt.«

»Auch solche Geister gibt es. Die penetrant gegenwärtigen Geister. Und sie sind leider viel schwerer zu bannen als die flüchtigen. Meinen Vater habe ich nie gesehen. Er gehört zu den leeren Geistern, den Luftwesen, mit denen man nur in Kontakt treten kann, wenn man sie ignoriert. Meine Mutter aber lebt noch. Sie ist hier in Berlin. Wir sehen uns häufig. Sie ist psychisch belastet, hochgradig depressiv und dabei extrem egozentrisch. Außerdem trinkt sie. Das allerdings macht sie zu einem besonders sympathischen Geist.«

Er erhob sich und ging zu einem kleinen Holzpodest in der Mitte des Raumes. »Komm. Stell dich neben mich.«

Ich tat was er verlangte. Er zog eine Fernbedienung aus der Tasche. Scheinwerfer über uns flammten auf und beleuchteten uns.

»Ich werde jetzt damit beginnen, dich zu einem Schauspieler zu machen. Das wird nicht einfach sein. Denn du bewegst dich schlecht, du hältst dich schlecht, du sprichst undeutlich. All das muss bearbeitet werden. Außerdem denkst du zu viel mit dem Kopf. Du wirst bei mir als Erstes lernen, mit dem Körper zu denken. Wir beginnen deshalb jetzt mit einem einfachen Entspannungstraining der Muskeln. Komm her.«

Er stieg vom Podest herunter und bückte sich nach zwei Griffen, die an dessen Seite befestigt waren. Er packte sie und zog daran. Das Podium war offenbar sehr schwer. Dennoch gelang es ihm, es bis zu den Knien hochzuziehen.

Dann zählte er laut bis zehn und ließ es wieder auf den Boden herunter. »Mach jetzt das Gleiche«, befahl er.

Ich packte die Griffe, zog und zerrte an ihnen, doch schaffte ich es nur, das Podest höchstens ein paar Zentimeter anzuheben.

»Schalte den Kopf aus. Schließ die Augen. Denk an nichts. Und jetzt noch mal.«

Diesmal zog ich das Podest bis auf Kniehöhe hoch.

»Halte es in dieser Position. Wie viel ist dreizehn mal sieben?«

»Ich weiß nicht. Fünfundachtzig?«

Ich ließ die Griffe los, und mit einem lauten Knall fiel das Podium auf den Boden.

»Wie viel ist dreizehn mal sieben?«

»Einundneunzig natürlich.«

»Siehst du, unter der Anspannung der Muskeln war dein Kopf bereits nicht mehr bei der Sache. Er hat sich verrechnet. Wir wollen erreichen, dass du das immer kannst, auch wenn du dir die Muskelanspannung nur einbildest.«

Wir gingen wieder zu den beiden Sesseln und setzten uns. Ich wartete darauf, dass das Gift zu wirken begann, doch ich fühlte mich wohl wie schon lange nicht mehr.

Gegen Mittag war ich wieder zu Hause. Ich war so müde, so ausgelaugt, dass ich beschloss, mich ins Bett zu legen. Als ich die Bettdecke anhob, sah ich sie daliegen, zusammengerollt wie eine schlafende Katze. Veronika Meister. Sie rieb sich schlaftrunken die Augen. »Piet. Ich hatte solche Angst um dich«, sagte sie.

»Wie bist du hereingekommen?«

»Oskar war zufällig hier. Er hat mich hereingelassen.

Bitte, schmeiß mich nicht raus. Ich traue mich nicht nach Hause.«

»Warum nicht?«

»Wegen Otto. Er ist unberechenbar. Vor allem, wenn er zu viel getrunken hat.«

29

Mir fiel auf, dass neuerdings alle möglichen Leute an mir herumerzogen. Ingrid ging es um meine Gesundheit, mein ehemaliger Chef wollte aus mir wieder einen Polizisten machen, Otto Rühl weihte mich in die Geheimnisse seines Berufs ein, Veronika Meister versuchte mir klarzumachen, was sie unter einem guten Liebhaber verstand. War ich wirklich trotz meiner sechzig Jahre ein derartig unfertiger Mensch?

Ich glaubte nicht, dass die Motive meiner Ratgeber uneigennützig waren. Otto Rühl zum Beispiel, warum gab er sich solche Mühe mit mir? Wollte er mich wirklich zum Double machen, oder wollte er mich demütigen, indem er mir meine Grenzen aufzeigte? Es war jedenfalls besser, die Herausforderung anzunehmen und möglichst sogar die Initiative zu ergreifen.

Es traf sich gut, dass ich am Mittag meinen ersten Therapietermin in der Charité hatte. Und es traf sich noch besser, dass in der psychiatrischen Abteilung dort am Nachmittag eine Vernissage stattfand, zu der auch gewöhnliche Besucher Zutritt hatten. Es ging um Bilder, die eine Malerin zusammen mit Geisteskranken geschaffen hatte.

Das Gebäude, in dem die Psychiatrie untergebracht war,

hatte eine angenehme, fast nostalgische Atmosphäre. Ein Klinkerbau aus der Zeit um die vorletzte Jahrhundertwende. Damals war es noch durchaus üblich gewesen, geistig Kranke wie Verbrecher wegzusperren. In der Charité hatte man jedoch bereits begonnen, in ihnen Menschen zu sehen, wobei es allerdings noch selbstverständlich gewesen war, weibliche und männliche Patienten getrennt unterzubringen, und so war das Gebäude axialsymmetrisch angelegt. Es gab zwei parallele Trakte, die völlig gleich ausgestattet waren. Ein Flügel für die Männer, einer für die Frauen. Die Vernissage fand in einem großen Raum statt, von dem aus Türen in die beiden Trakte führten. Jetzt hielt man sich natürlich nicht mehr an die strikte Geschlechtertrennung. Vielmehr waren beide Flügel gemischt belegt.

Verschiedene Reden wurden gehalten. Es ging dabei um die Geschichte der Psychiatrie und die revolutionäre Bedeutung, die der Charité dabei zukam. Natürlich ging es auch um Kunst und Wahnsinn. Die Künstlerin stand neben mir. Sie war als solche leicht zu erkennen, denn sie war schwarzgekleidet und trug einen großen, schwarzen Hut. Während der Reden bat sie mich, einen kleinen Aufnahmerecorder zu halten, so wichtig schienen ihr die Lobeshymnen auf ihre Arbeiten zu sein.

Mitten in der Veranstaltung wurde eine alte Frau auf einer Pritsche vorbeigeschoben. Sie hielt einen weißen Stoffhund umklammert und war offenbar nicht bei Bewusstsein, vermutlich wegen irgendwelcher Medikamente. Aber welche Liebe, welche Sehnsucht nach Berührung vermittelten diese welken Hände! Die Pfleger schoben sie mitten durch die Teilnehmer der Vernissage hindurch. Niemand ließ sich stören.

Der Redner beendete seinen Vortrag mit folgenden Worten: »Kunst und Wahnsinn, das sind ganz offensichtlich zwei Seiten einer Medaille. Das scheint auch der Grund dafür zu sein, dass uns die Bilder von Geisteskranken oft glaubhafter erscheinen als die von Malern, die sich allzu sehr an ihren Kopf, ihr erlerntes Wissen und ihre Erfahrung mit Farben und Pinsel halten, oder, fast schlimmer noch, die auf den Markt schielen, etwas, das ein Geisteskranker nie tun wird, denn er ist sich sein eigener Markt. Es ist deshalb nur zu hoffen, dass sich die Maler heute wieder an das erinnern, was in ihnen an latentem Wahnsinn steckt. Insofern können Sie von den sogenannten psychisch Kranken nur lernen. Diesen mutigen Schritt hat unsere Künstlerin auf überzeugende Weise getan. Ich möchte sie nun zu einem Glas Sekt hinüber in den Vorraum bitten. Die Schnittchen sind übrigens eine Spende des Staatssekretärs für Kultur. Herzlichen Dank.«

Nach dem Applaus gingen wir in einen anderen Raum, in dem es Prosecco, Säfte und Schnittchen gab. Die Künstlerin war umgeben von Verehrern und signierte immer wieder den Ausstellungskatalog. Neben mir stand ein junger Mann. Er gab mir die Hand. »Ihrer Mutter geht es viel besser«, sagte er. »Der Eindruck, den Sie vorhin von ihr bekommen haben, muss Sie nicht irritieren. Sie schläft viel in letzter Zeit. Wir sind schon dabei, die Dosis der Medikamente zu verringern. Es gibt kaum mehr die paranoiden Persönlichkeitsstörungen, die auftraten, als sie eingeliefert wurde. Ich glaube, wir können es verantworten, dass Sie sie noch einmal besuchen, ehe wir sie entlassen.«

Es war klar, dass der Arzt mich mit Otto Rühl verwechselte und dass die Frau mit dem Hündchen dessen Mutter war. Und es war seinen Worten auch zu entnehmen, dass die Besuche des Sohnes für die Patientin nicht einfach zu verkraften waren.

Ich nahm ein Taxi und war gerade noch rechtzeitig in der Fabrik. Otto Rühl erwartete mich schon. Er schien völlig verändert, sah schlecht aus, wirkte fahrig, unsicher, fast verzweifelt. Wir setzten uns, aber diesmal wählte er den anderen Sessel, den, von dem aus man die Fenster nicht sehen konnte. »Ich habe zu viel getrunken und schlecht geschlafen«, sagte er. »Ich habe Alpträume gehabt, und ich fürchte, es waren eigentlich deine Träume, die in mich eingedrungen sind. Verschränkung nennt man das. ›Ich bin mein Sohn, mein Vater, meine Mutter, und ich bin ich selbst‹, hat Artaud einmal geschrieben. Ich müsste hinzufügen: ›und ich bin mein Bruder‹.«

Neben Rühls Sessel stand eine halbleere Flasche. Er bot mir ein Glas an, aber ich schüttelte den Kopf. Ich wusste, dass der Mann berüchtigt war für seine Sauftouren. Es hieß, dass er manchmal bis zu drei Tage lang ununterbrochen trank. Man hatte mir auch erzählt, dass er es bis zum Delirium trieb und dann äußerst aggressiv werden konnte. Er zertrümmerte dann Flaschen, Gläser und anderes Inventar, doch da er ein Publikumsmagnet war, hatte er bisher nirgends Lokalverbot. Noch war jetzt nichts in dieser Richtung an ihm zu bemerken. Nicht einmal seine Artikulation war unsauber.

Rühl schenkte sich ein Glas mit einer klaren Flüssigkeit voll und leerte es in einem Zug. Dann verwickelte er mich in endlose Gespräche, zum Beispiel über die neuesten Erkenntnisse der Quantentheorie. Ich hatte kaum eine Ahnung, wovon er sprach, aber er schien sich ziemlich gut auszukennen. »Weißt du, dass es auch im atomaren Bereich eineiige Zwillinge gibt? Trennt man sie durch irgendeine gewaltige Kraft, die sie in entgegengesetzte Richtung auseinanderfliegen lässt, dann bleiben sie doch innerlich verbunden als seien sie ein einziges Wesen. Nimm zwei miteinander verschränkte Photonen. Im Moment der Geburt waren sie eins, danach sind sie getrennt worden. Eine brutale Kraft hat sie auseinandergetrieben, vielleicht viele Hunderte von Kilometern weit. Und doch gibt es eine spukhafte Fernwirkung, die sie miteinander immer noch verbindet. Ich habe oft Träume gehabt, von denen ich wusste, dass es nicht meine sind. Es könnten deine gewesen sein. Was der eine denkt, denkt auch der andere, vielleicht jedoch in der Umkehrung. Nach dem Motto: Wenn du etwas Gutes tust, tue ich etwas Schlechtes. Und zwar absolut zur gleichen Zeit. Ich werde es dir beweisen. Ich gehe jetzt nach nebenan und du denkst an eine Farbe, entweder an Rot oder an Grün. Denke ganz fest an sie und halte die Augen dabei geschlossen. Ich komme zurück und werde dir sagen, an welche Farbe du gedacht hast.«

Er verschwand nach nebenan in einen Raum, der als Küche diente. Ich schloss die Augen und dachte an meine Lieblingsfarbe, an jenes Grün, das die Nordsee manchmal annimmt, wenn Wind ihre Oberfläche aufwühlt.

Er kam zurück »Ich habe Rot gesehen, also hast du an Grün gedacht.« Ich nickte. »Das beweist aber die Verschränkung nicht. Du hattest fünfzig Prozent Wahrscheinlichkeit auf deiner Seite.«

»Dann wiederholen wir das Experiment.«

Wir probierten es fünfmal hintereinander, und jedes Mal

traf er die richtige Farbe, obwohl ich versucht hatte, mir möglichst willkürlich mal Rot, mal Grün vorzustellen. War er nur ein geschickter Psychologe, wie ein guter Pokerspieler etwa, der die jeweiligen Entscheidungen seines Mitspielers einzuschätzen gelernt hat?

Auf meinen Wunsch hin ging er ein sechstes Mal hinaus. Diesmal dachte ich an Schwarz. Als er zurückkam, lachte er mich aus. »So einfach kannst du mich nicht hinters Licht führen«, sagte er. »Ich habe eine weiße Sonne gesehen. Du hast also an eine schwarze gedacht.«

Er setzte sich wieder. Eine ganze Weile blieben wir stumm. Dabei entstand eine Stille von einer kaum zu ertragenden Spannung.

Endlich brach er unser Schweigen: »Du hast mir erzählt, dass du deinen Vater kaum gekannt hast. Ich habe dir erzählt, dass ich den meinen überhaupt nicht kenne. Das war lange ein großes Problem für mich. Bis ich auf die Idee gekommen bin, ihn per Verschränkung in mein Dasein zu holen. Es gab Momente, wo ich ihn plötzlich in mir hatte. Kein angenehmer Zeitgenosse. Aber jetzt wollen wir arbeiten. Komm.«

Wir gingen zur Tür. Neben ihr hing ein Mantel an einem Haken. Er war dunkelgrün und aus schwerem Leder. »Du wirst jetzt Folgendes tun. Du ziehst den Mantel dreimal hintereinander an und wieder aus. Dabei bist du jedes Mal in einer anderen inneren oder äußeren Lage. Mach also jedes Mal eine kleine Pause und versuche, dich in diese Lage hineinzuversetzen. Also pass auf: Du ziehst den Mantel an, weil es draußen Winter ist und du Angst hast, dich zu erkälten. Du ziehst ihn aus, weil du in der Wohnung deiner Geliebten angekommen bist. Du ziehst ihn an, weil du verreisen willst, du ziehst ihn aus, nachdem du von der Beerdigung deines Vaters gekommen bist, du ziehst ihn an, weil du weggehst, um einen Mord zu begehen, du ziehst ihn aus, um allein zu sein. Es steht dir übrigens frei, ob du den Mantel jeweils an den Haken hängst oder sonstwo ablegst. Also, fangen wir an.«

Er stellte sich ans Fenster und sah mir zu. Dann sagte er: »Du bist viel zu eifrig bei der Sache. Versuche nicht, dir die Szene vorzustellen. Versuche lieber, in ihr zu sein.«

Wir probten den Ablauf der verschiedenen Szenen mindestens zehnmal. Dann war er einigermaßen zufrieden. »Der Besuch der Geliebten ist dir sichtlich am schwersten gefallen«, sagte er. »Da bist du noch viel zu verkrampft. Es wirkt, als besuchtest du deine Mutter, und als wolltest du sie mit deiner Gegenwart beschenken, obwohl du weißt, dass du sie in Wirklichkeit störst. Machen wir diese Szene noch mal.«

Er hatte recht. Ich hatte jedes Mal an meine Mutter gedacht. Jetzt versuchte ich, an Ivonne Bree zu denken. »Sehr gut diesmal«, sagte Otto Rühl. »Das könnte selbst ich nicht besser machen. Weißt du übrigens, was das für ein Mantel ist? Ich habe ihn auf dem Flohmarkt gekauft. Es ist ein Originalmantel der Gestapo. Eine solche Qualität gibt es heute gar nicht mehr.«

30

Es war wie in einem Brutkasten. In einem Krankenstuhl saß eine Frau in einem geblümten Morgenrock. Ihre Augen waren trübe, kleine, hervorquellende Greisinnenaugen inmitten eines von Fettpolstern zu einer Maske verzerrten Gesichts. Sie zielte mit einem schwarzen Krückstock gegen meine Brust und sagte mit einer seltsam melodischen Stimme: »Bist du gekommen, mir endgültig Lebewohl zu sagen?«

Es war offensichtlich, dass sie mich für ihren Sohn hielt.

»Möchtest du etwas trinken, mein kleiner Junge?«

Ich nickte. Sie erhob sich mühsam, schlurfte ächzend zu einem Schrank und öffnete ihn. Eine ganze Batterie von Flaschen wurde sichtbar. Apfelsaft, Traubensaft, Orangensaft, Tomatensaft. Dann war sie wieder zurück. Ich half ihr, zwei Gläser auf den Tisch zu stellen und mit einer gelben Flüssigkeit zu füllen, die schrecklich schmeckte, wie Wein, der dabei war, sich in Essig zu verwandeln. Sie ließ sich auf ihren Stuhl fallen und starrte mich an.

»Mein Sohn hat mir die Getränke besorgt. Die Pfleger wissen nicht, dass sie Alkohol enthalten. Bist du wegen des Geldes gekommen? Keine Sorge, du wirst alles bekommen. Ich werde deinen Bruder enterben. Er hat es verdient.«

Sie hielt mich also doch nicht für meinen Bruder. »Und warum soll ich das ganze Geld bekommen? Du kannst es doch aufteilen, für beide die gleiche Summe.«

»Das könnte dir so passen. Er hat es verdient, nichts zu bekommen. Aber er kann die Möbel wiederhaben, wenn er will. Und die Bilder auch.«

Ich ließ meinen Blick durch den Raum schweifen. Sie beobachtete mich dabei. An der Wand hingen zwei Fotos direkt nebeneinander. Sie zeigten zwei junge Männer. Sie unterschieden sich nur durch die Frisur. Der eine trug einen Façonschnitt, der andere hatte schulterlanges Haar. »Na?«, fragte sie lauernd. »Was ist dein Eindruck? Ich finde, der eine ist wie der andere. Beide im Grunde Versager, er allerdings viel mehr als du. Ich habe damals Erkundigungen über dich einziehen lassen. Das war ganz einfach von der DDR aus, vor allem weil du bei der Studentenbewegung dabei warst. Aber deine politische Aktivität war auf das Rauchen von Joints und das Nachsingen von Bob-Dylan-Songs beschränkt. Dein Bruder galt da schon als ein gut geschulter Sozialist, aber seine politischen Aktivitäten beschränkten sich auf Mädchen, das heimliche Hören von Westsendern und das Organisieren von verbotenen Schallplatten. Er ist bis heute ein Scharlatan, trotz aller Erfolge am Theater. Er war nicht mal dazu fähig, mich umzubringen, obwohl er es versucht hat. Ich habe genügend Sachverstand, um zu wissen, was er mir in den Wein getan hat. Blausäure, Zyankali. Zyklon B. Er muss es sich aus alten Beständen beschafft haben.«

Sie nippte an ihrem Glas. »Dieser hier ist in Ordnung. Du kannst ruhig dein Glas austrinken. Bei dir habe ich noch Hoffnung. Vielleicht bist du dabei, langsam vernünftig zu werden. Mein Sohn hat mir erzählt, dass du in Berlin bist, um eine Karriere in der Immobilienbranche zu machen. Das ist ein vielversprechender Beruf. Hier gibt es viele Grundstücke, die unbebaut sind, viele Häuser und sogar Schlösser, die verfallen, weil sich niemand um sie kümmert. Fest steht, ich hätte damals lieber dich nehmen sollen als ihn. Ich habe später meinen Namen geändert. Du könntest deshalb eigentlich Rühl heißen. Schenk mir bitte noch etwas nach. Aus der dritten Flasche von rechts.« Sie zeigte mit ihrer Krücke auf eine Flasche mit grünem Inhalt. »Es ist Absinth«, sagte sie. »Von Otto. Er ist ein feiner Kerl, was das anbelangt. Aber wahrscheinlich hat er böse Absichten. Er möchte, dass ich mich mit dem Zeug umbringe.«

Ich schenkte ihr Glas voll, und sie trank es leer. Dann schloss sie die Augen und begann röchelnd zu atmen. Ich erhob mich und verließ leise den Raum.

Draußen im Flur lief ich dem jungen Arzt in die Arme. Der weiße Kittel verlieh ihm wie allen Ärzten die tröstliche Aura klinischer Sauberkeit. Er gab mir die Hand und sagte: »Haben Sie einen Moment Zeit? Ich möchte mit Ihnen über Ihre Mutter reden.«

Er geleitete mich in den Keller des Hauses. Wir gingen einen langen, trüben Gang entlang, an dessen Decke Heizungsrohre und andere Leitungen verlegt waren, zu seinem Büro. Die Einrichtung war spartanisch, eine karge Unterwelt, die im Gegensatz zu den Räumen der Patienten keinerlei Hoffnung vermittelte. Wer hier arbeitete, musste seelisch robust sein.

»Ihre Mutter ist jetzt fünf Wochen bei uns«, eröffnete er das Gespräch. »Das ist eine recht lange Zeit für einen stationären Aufenthalt. Sie hat außerdem gegen meinen Rat darauf bestanden, ein Einzelzimmer zu belegen. Ich halte sehr viel von der Kommunikation zwischen Kranken. Das kann durchaus ein nicht unbedeutender Heilfaktor sein, abgesehen davon, dass in kritischen Momenten schneller Hilfe zur Stelle ist. Aber Ihre Mutter war uneinsichtig, und als Privatversicherter steht ihr auch ein Einzelzimmer zu. Sie hat einen ungewöhnlich starken Willen. Wir haben eine gründliche Untersuchung durchgeführt, deren Ergebnis sie ja teilweise kennen. Jetzt kann ich die Diagnose noch vertiefen. Ihre Mutter hat, wie Sie ja selbst leidvoll erfahren mussten, stark paranoide Züge. Ihr Verfolgungswahn, ihre Angst, Sie würden ihr nach dem Leben trachten, ihre Unberechenbarkeit, ihre hohe Intelligenz, die sprunghaft in, ich möchte sagen, fast besessene Ignoranz umschlagen kann, all das hat mich dazu geführt, bei ihr BPS zu diagnostizieren. Ich erkläre Ihnen, was damit gemeint ist.« Er konnte nicht ahnen, dass ich mit dieser Terminologie bestens vertraut war. »BPS meint Borderline-Personality-Structure. Borderliner sind Grenzgänger zwischen Neurose und Psychose. Ich vermute, dass irgendein existenzieller Bruch im Leben Ihrer Mutter, vielleicht der Wechsel zwischen zwei Nationen oder eventuell sogar der Zusammenbruch der DDR, die Entwicklung von BPS bei ihr gefördert hat. Teilweise hat sie inzwischen eine echte schizoide Psychose entwickelt. Das hat übrigens nichts mit Schizophrenie zu tun oder gar mit Persönlichkeitsspaltung, wie der Laie meistens denkt. Eine schizoide Psychose ist eine gravierende Persönlichkeitsstörung, die mit Wahnvorstellungen, Ängsten, Depressionen und Suizidneigung einhergeht. All das trifft auf Ihre Mutter zu. Deshalb haben wir sie neben der üblichen Gesprächstherapie, die in ihrem Falle wenig ergiebig war, denn ...«, er lächelte an dieser Stelle, »... Ihre Mutter ist derart eleoquent und fähig, jedes Gespräch zu dominieren, dass wir auf diesem Weg nicht recht weitergekommen sind, in erster Linie mit Neuroleptika behandelt, die das Dopamin, den Botenstoff, der für den Informationsaustausch zwischen den Gehirnzellen verantwortlich ist, so weit in seiner Aktivität reduzieren, dass die psychotischen Symptome verschwinden. Ich bin im Falle Ihrer Mutter der Meinung, dass sie inzwischen über den Berg ist. Eine Art Selbstheilungsprozess ihrer aufgeregten Psyche scheint bereits eingesetzt zu haben. Und dies nach folgendem Vorfall, den ich allerdings immer noch nicht so recht zu deuten weiß: Sie kennen vermutlich den Stoffhund, den Ihre Mutter sehr liebte. Sie hat ihn überallhin mitgenommen, auch, wenn sie im Hof spazieren ging. Vor einer Woche nun ruft mich eine Schwester in ihr Zimmer. Ihre Mutter war gerade unterwegs. Auf dem Tisch lag der Hund. Er lag auf dem Rücken. Sein ganzer Bauch war aufgeschlitzt, die Wolle herausgequollen. Wie ihr das gelungen ist, ist uns allen hier ein Rätsel, denn wir haben strenge Sicherheitsvorschriften, was scharfe Gegenstände angeht. Merkwürdiger aber war Folgendes: Im Bauch lagen zwei kleine Figürchen aus Plastik. Solche, mit denen Kinder so gerne spielen, ich glaube, sie heißen Playmobilfiguren. Wir haben einen Laden im Haus, in dem es auch Spielzeug gibt. Da muss sie sich die Püppchen besorgt haben. Wie sie an das Messer gekommen ist, wissen wir nicht. Als ich mir die beiden blauen Playmobilmännchen näher ansah, bemerkte ich, dass das eine keinen Kopf mehr hatte. Und dem anderen fehlte ein Bein. Sonst waren sie vollkommen gleich. Während ich mit der Schwester noch herumrätselte, erschien Ihre Mutter in der Tür. Sie wirkte bestens gelaunt. Auf meine Frage, was mit dem Hund sei, sagte sie nur: ›Das Zeug können Sie in den Müll schmeißen. Der Kadaver interessiert mich nicht mehr.‹ Seit diesem Vorfall geht es ihr spürbar besser, so dass wir die Dosis der Medikamente reduzieren konnten. Ihr Zustand ist jetzt stabil, und ich denke, wir können sie in einer Woche entlassen, vorausgesetzt, Sie können sich ein wenig um sie kümmern und dafür sorgen, dass sie weiterhin ihre Medikamente einnimmt. Was es mit diesem Hund auf sich hat, fällt Ihnen dazu etwas ein?«

»Nein«, sagte ich unwahrheitsgemäß. »Ich weiß nur, dass es bei primitiven Völkern mit überwiegend magischem Denken ähnliche Formen von rituellen Ersatztötungen gibt.«

Ich lief durch den einsetzenden Regen zur nächsten S-Bahn-Station und fuhr zurück. Auf dem Nachhauseweg stieß ich auf Harry Verschärft. Er saß neben einem Postkasten auf dem Trottoir. Sein Oberkörper war nackt. Seine Haut glänzte vom Regenwasser. Er hatte den Körper eines erstaunlich jungen Mannes. Mehrere leere Bierflaschen lagen neben ihm. Sein Kopf war nach vorne gesunken. Harry Verschärft war betrunken.

»Hallo Harry? Wie geht's?«

Er reagierte nicht. Ich tippte ihn an. Er fiel zur Seite. Und dann sah ich das rote Loch in seiner Stirn. Zuerst dachte ich, er sei tot. Doch dann bewegten sich seine Augen und seine Lippen öffneten sich zitternd. Ich beugte mich zu ihm hinab und versuchte, ihn zu verstehen. »Das war verschärft knapp. Der Hund hat mich geschlagen.«

Ich half ihm auf die Beine. Er sammelte die leeren Bierflaschen ein und füllte damit seine Plastiktüte. Dann wankte er davon.

Zu Hause stellte ich mich erst einmal unter die Dusche. Mir war leicht übel. Dann griff ich zum Telefon und rief die Firma Immob an. Ich musste es eine ganze Weile klingeln lassen, bis endlich jemand abhob. »Ja?«, sagte eine barsche Männerstimme.

»Kann ich Herrn Wels sprechen?«

Ein kurzes Klicken. Das war alles. Er hatte einfach aufgelegt. Ich fand, das klang nicht gut. Obwohl ich am liebsten in der Wohnung geblieben wäre, raffte ich mich auf und fuhr nach Mitte. Vor dem Bürohaus am Gendarmenmarkt, in dem die Firma Immob International ein ganzes Stockwerk besaß, stand ein Möbelwagen. Ich fuhr in den dritten Stock. Die Tür zu den Büroräumen stand offen. Möbelpacker waren dabei, die Einrichtung zu demontieren und hinunterzutragen. An einem der Fenster stand ein Mann, der offensichtlich kein Arbeiter war. Er trug einen dunklen Anzug und musterte mich kritisch. »Was wollen Sie hier?«, fragte er. Es klang ziemlich unfreundlich.

»Ich habe einen Termin mit Herrn Wels.«

»Sie sehen aber nicht gerade wie ein Kunde aus. Haben Sie irgendwelche Regressforderungen?«

»Ja. Herr Wels schuldet mir ein Honorar, einen größeren Betrag.«

»Sicher für irgendeine krumme Tour. Also, kurz und gut, so viel darf ich Ihnen sagen. Die Firma gibt es nicht mehr. Sie ist pleite. Wo sich Herr Wels aufhält, weiß derzeit niemand. Genügt Ihnen das?«

Ich nickte und ging. Später rief ich die Nummer von Einar an. Ich erreichte nur seine Mailbox. Bei Hardy hatte ich mehr Glück. Er war dran. »Gut, dass du anrufst. Ich hätte mich heute auch noch bei dir gemeldet. Es gibt wichtige Neuigkeiten. Aber erzähl du erst mal.« Ich schilderte ihm die neuste Entwicklung. Dann fiel er mir ins Wort: »Dass Wels pleite ist, weiß ich bereits von Einar. Und auch, dass er abgetaucht ist.«

»Wie sollen wir ihn dann finden?«

»Wenn so ein Mann abtaucht, dann sicher an einer Stelle, wo er wieder auftauchen kann. Es ist gut, dass ich mich um die Gegend nördlich von Berlin gekümmert habe. Das ist ein ideales Revier für einen abgetauchten Immobilienhändler. Ich habe ihn dort tatsächlich ausfindig gemacht. In einer Stunde hole ich dich ab und bringe dich zu ihm.«

31

Wir fuhren in Hardys Leihwagen. Ein Pritschenwagen der Marke Ford. Hardy meinte dazu, man wisse nie, was man unterwegs so finde. Außerdem sei er im Ausland immer irgendwie besonders heimatverbunden. »Die Gegend hier gefällt mir übrigens. Ich habe schon einiges gesehen, was mich an die Staaten erinnert. Eine bestimmte Hässlichkeit der Landschaft und der Leute zum Beispiel. Sie ist keineswegs unangenehm, sondern wahrscheinlich eher die Folge mangelnder Eitelkeit des Schöpfers.«

Er schob eine Kassette mit Countrymusik ein und ließ das Fenster herunter. Draußen glitten brachliegende Äcker, sumpfige Wiesen und Wälder mit Birken und Fichten vorbei. Depressives Grün mit vereinzeltem Hoffnungsschimmer gemischt.

»Die Leute hier stehen auf Countrymusik«, sagte er. »Sie sind gar nicht so grau und muffig, wie man dem ersten Eindruck nach meint. Irgendwie sind hier alle kleine Pioniere, die ihre Maulwurfshügel im Garten für die Rocky Mountains halten und wie tapfere Rothäute gegen Eindringlinge wie reiche Immobilienhaie, Igel und Wühlmäuse kämpfen.«

Hinter einem Bahnübergang lag ein Hotel, ein großer, schlichter Bau mit überdachter Terasse. Wir betraten das Restaurant, in dem sich auch die Rezeption befand. Es war, als ginge es durch ein Wurmloch in eine vergangene Zeit. Pokale, Kuckucksuhren, Jagdtrophäen, Nussbaumbestuhlung, elektrifizierte Petroleumlampen, gediegene Kleinbürgerlichkeit, arrangiert zu einer leicht morbiden Gemütlichkeit, der man nirgends in den Räumen entrinnen konnte.

Wir fragten nach einem Gast namens Wels. Der Name war nicht bekannt. Als wir ihn beschrieben, rief die Frau von der Rezeption ein Zimmer an.

Kurze Zeit später kam Wels die Treppe herunter. Elastisch wie ein junger Mann. Er hatte deutlich abgenommen. Und er trug einen hellen Anzug, der weder zur Jahreszeit noch zum Interieur passte. In Mallorca wäre sein Outfit perfekt gewesen.

Wels gab uns die Hand. »Willkommen in Honeckerland«, sagte er. »Ich habe mir fast schon gedacht, dass Sie mich finden würden, Doktor Hieronymus.« Offenbar hatte er wieder vergessen, dass wir uns duzten. Vielleicht hing das mit seiner veränderten Lebenssituation zusammen. »Davor war das hier übrigens Goebbelsland. Es gibt keine Gegend in Deutschland, wo sich so viel neuere Geschichte angesammelt hat. Sie ist überall im Wald und in den Kellern und bildet unsichtbares Myzel im Boden.«

Ich stellte Wels Hardy vor. »Ein amerikanischer Freund von mir, der sich sehr für die Gegend hier interessiert.«

»Mit anderen Worten, ein potentieller Kunde für mich«, sagte Wels und lachte wie über einen derben Scherz. Hardy verabschiedete sich. Er wolle eine kleine Runde machen und sich die Gegend ansehen. Wels und ich nahmen in einer Ecke der Wirtschaft unter einem Bild Platz, das Willem gemalt haben könnte. Ein Waldmotiv. Wir bestellten Budweiser vom Faß und Hirschgoulasch.

»Ich habe Fritz gefunden. Er heißt in Wirklichkeit Willem de Jongh. Besser gesagt, er hieß so. Jetzt ist er tot. Ermordet.«

»Tot? Na, sehr lebendig hat er nie auf mich gewirkt. Gerade darum war er unser bester Mann. Gratuliere. Ich hätte nicht gedacht, dass Sie es schaffen. Politisch war Fritz nicht unbelastet. Aber dass er so gefährlich gelebt hat, hätte ich nicht gedacht. Und jetzt wollen Sie mit Fug und Recht Ihr Erfolgshonorar. Wie hoch war es noch?«

»Sechzigtausend.«

Wels zückte eine große Brieftasche und sah mit bekümmerter Miene hinein. »Tut mir leid, Doktor Hieronymus. So viel habe ich nicht bei mir. Im Augenblick komme ich auch nicht an meine Konten heran. Aber nehmen Sie wenigstens das hier als Vorschuss.« Er fingerte vier Fünfhunderterscheine heraus und legte sie neben meinen Teller.

»Der Rest folgt, wenn sich die Situation der Firma wieder stabilisiert hat. Geben Sie mir bitte Ihre Kontonummer.«

»Was ist eigentlich mit der Firma passiert? Ich war Zeuge, wie die Möbel abtransportiert wurden.«

»Eigentlich nichts weiter Schlimmes. Wir arbeiten in unserer Branche mit einem gewissen Risiko, das nicht immer kalkulierbar ist. Sie entsinnen sich an unser Mallorcaprojekt? Wir hatten alles im Griff und waren schon ziemlich weit mit den Baumaßnahmen vorangeschritten. Die Kommunalpolitiker waren alle auf unserer Seite. Das hat natürlich nicht wenig gekostet. Und plötzlich haben die Kerle im Parlament der Insel neue Umweltauflagen gemacht, und wir mussten die Sache stoppen. Unsere Kunden hatten schon gezahlt. Jetzt liegen natürlich Rückforderungen auf unserem Tisch. Es gab nur einen Weg aus diesem Dilemma: Konkurs der Firma Immob. Doch sie wird bald wieder unter einem neuen Namen auferstehen. Wie Phönix aus der Asche. Das verspreche ich Ihnen. Unser Netzwerk in Mallorca steht nach wie vor. Ivonne ist gerade dort, um es zu pflegen. Sie wissen ja selbst, wie begabt sie in dieser Hinsicht ist. Wollen Sie nicht bei uns einsteigen? Passen Sie auf, Doktor Hieronymus. Ich gebe Ihnen noch zwei Scheine mehr und sie fliegen nach Mallorca. Ivonne hat Ihre Handynummer. Ich informiere sie, und sie meldet sich bei Ihnen. Sie sind ein vielgereister, weltläufiger Mann. Wir haben viele holländische Kunden. Das passt doch alles zusammen. Sie könnten bis zum Teilhaber aufsteigen. Schlagen Sie ein, Doktor Hieronymus.« Er hielt mir seine große Hand hin.

»Ich möchte Bedenkzeit«, sagte ich.

»Aber nicht zu lange. Sagen wir eine Woche? Bedenkzeiten sind nach meiner Erfahrung der Tod jeder Tatkraft.«

»Warum sind Sie eigentlich nicht auch in Mallorca, sondern hier, in diesem Hotel, das Ihren Ansprüchen wohl kaum genügt?«

»Es gibt nicht weit von hier ein hochinteressantes Objekt, um das ich mich schon länger ein bisschen kümmere. Übrigens, es wimmelt in der Gegend nur so von herrlichen Dornröschenbauten, verborgen hinter dichten Hecken, die nur auf den Ritter warten, der die richtige Heckenschere hat und das schlafende Mädchen wachküsst.«

»Um welches Objekt handelt es sich?«

»Eigentlich sollte ich nicht zu viel darüber reden. Aber

da Sie ja mein Kompagnon in spe sind, werde ich es Ihnen zeigen.«

In diesem Moment kam Hardy herein. Er strahlte. »Ich war auf dem Bauernmarkt. Es muss der sein, wo dein Harry das Bild gekauft hat. Ich sage Euch, ein Paradies der Lebensfreude! Man darf es nicht mit amerikanischen oder französischen Märkten vergleichen. Aber wenn man die Vorurteile abstreift, die Fernsehköche und Lifestylemagazine schüren, dann ist es wirklich das Paradies. So eine Opulenz des schwer Verdaulichen! Da lacht einem der Magen! Das Ganze ist eine Welt im Kleinen. Es gibt nicht nur Ess- und Trinkbares. Auch Kunst, Bilder, Kleidung, Schuhe, Sonnenuntergänge, Waldlichtungen mit und ohne Viehzeug.«

»Darf mein Freund mit?«, fragte ich Wels.

»Nichts dagegen. Vielleicht hat er ja Interesse. Die Amerikaner sollten viel mehr in dieser Gegend investieren. Kommen Sie also, meine Herren. Machen wir einen kleinen Ausflug in die Vergangenheit. Ich verspreche Ihnen, da kommt keine Geisterbahn vom Jahrmarkt mit.«

Helmut Wels hatte sich verändert, aus meiner Sicht zum Positiven. Das betraf jedoch nicht seinen Fahrstil. Offenbar hatte er es verstanden, seinen Firmenwagen aus dem Konkursverfahren herauszuhalten. Die große, schwarze Limousine raste jetzt mit uns über schmale Landstraßen nach Norden. Dann bogen wir in ein Waldgebiet ab. »Wir sind hier am Rand der legendären Schorfheide«, erklärte Wels, der mit Lehrerstimme den Reiseführer gab. »Eines der größten zusammenhängenden Waldgebiete Deutschlands. Das ganze Gebiet wurde vor 15 000 Jahren von den Gletschern der letzten Eiszeit geschaffen. Sie haben den Sand geschaufelt, gehobelt und geschoben, bis Dünen, Wälle, Moränen und große Senken entstanden. Das Schmelzwasser in der beginnenden Warmzeit hat dann Flüsse, Moore und vor allem viele Seen, Tümpel und Täler gebildet. Die Wälder, die darauf entstanden, waren Eichenwälder, Hutewälder, in die die Bauern ihre Schafe trieben. Deshalb der Name Schorfheide von Schoof, was Schaf bedeutet. Erst die Preußen haben den Wald durch systematisches Abholzen der wertvollen, aber viel zu langsam wachsenden Eichen und durch Anpflanzen von schnellwachsenden Fichten und Kiefern zum Nutzholzwald umgemodelt. Man brauchte eben Geld für die Kriegsführung. Die Bäume stehen vielerorts bis heute in Reih und Glied wie Soldaten auf dem Kasernenhof. Nur noch ungefähr 2000 Eichen sind übrig. Wilde Tiere gab es hier in großer Fülle, und deshalb war die ganze Gegend immer schon ein Jagdgebiet der Mächtigen. Hier haben bereits die Fürsten im 16. Jahrhundert gejagt und Wildzäune gezogen. Dann haben es die preußischen Könige genauso gemacht und schließlich die Nazis und zuletzt die DDR-Bonzen. Man wird das Gefühl nicht los, dass sich alle Ideologien im Begriff des Jagens vereinigen lassen. Der Reichsjägermeister Göring hat in der Schorfheide sein berühmt-berüchtigtes Carinhall gebaut und von dort aus die Endlösung der Elche betrieben. Das Politbüro, vor allem der gute Erich und sein Freund Mielke, haben hier ihre langen Wildstrecken erzielt, und das auch noch, als die DDR bereits als Staat gewackelt hat. Als Jäger verstanden sie unter Anstand offensichtlich etwas anderes als das gemeine Volk. Vielleicht ist das Töten von Hirschen, Rehen und Hasen für solche Machtmenschen ja eine Art Training ihrer Killerinstinkte. Inzwischen soll sich der Wildbestand langsam wieder erholen. Jetzt nennt sich das Ganze Biosphärenreservat und ist dem Tourismus unterworfen. Vor allem wegen der vielen Seen. Es gibt übrigens viel zu wenig gute Hotels hier draußen, und die Gastronomie ist ziemlich erbärmlich. Und genau das würde ich gerne ändern. Wir kommen jetzt zu einem in dieser Hinsicht besonders interessanten Immobilienobjekt.«

Wir bogen in einen kopfsteingepflasterten Weg ein, fuhren an einer Art Torwärterhäuschen vorbei und hielten vor einem großen Gebäude. Es stand offenbar leer, ein Eindruck, der vor allem von den vorhanglosen Fenstern erzeugt wurde. Spuren des Verfalls waren überall zu sehen, obwohl das Ganze noch überwiegend intakt zu sein schien. Neben dem dreistöckigen Bau dehnte sich ein zweiter, ebenso großer. Wir gingen durch die Lücke zwischen den Gebäuden hindurch und landeten auf einem großen Platz. Er war von sechs Häuserblöcken umgeben. Alle machten den Eindruck, unbewohnt zu sein. Die strenge Symmetrie des gigantischen Komplexes, in dem ein leeres, gemauertes Teichbecken, verschiedene Statuen aus Zement, breite Treppen und Terrassen davon zeugten, dass es hier einmal Leben, ja sogar Prunk und Festlichkeit gegeben hatte, machte inmitten der Natur einen überwältigend surrealen Eindruck. Man kam sich vor wie in einem Cocteaufilm. Schon lange hatten hier keine Gärtner mehr für Ordnung gesorgt. Überall wucherten Pflanzen und probten den Aufstand gegen die wenigen, künstlich arrangierten Baumgruppen, das Mauerwerk und die gepflasterten Wege. Die Architektur war eine Mischung aus Renaissance, Barock, französischer Feudalarchitektur, Bauhaus und stalinistischem Klassizismus. Man konnte sich elegante Hofdamen vorstellen, uniformierte Soldaten, Günstlinge, Schattenkönige, Mätressen und livrierte Diener, die zu einem Geisterfest zusammengekommen waren. Die tief über das Karree hinziehenden Wolken und die in Wirbeln kreiselnden Herbstblätter verstärkten die traumartige Atmosphäre. Man glaubte fast, irgendwo Musik zu hören, Stimmen, eine plärrende Rede, in der eine heroische Zukunft der Menschheit prophezeit wurde, und gleich darauf bellten die Salven zum Salut abgeschossener Gewehre. Doch in Wirklichkeit knackten nur abgestorbene Zweige unter unseren Schuhsohlen und rauschten nur die Baumkronen im Wind. Nirgends war ein Mensch zu sehen. Außer uns natürlich. Vor allem Hardy war sichtlich beeindruckt. Er fotografierte fortwährend mit seiner kleinen Digitalkamera.

Wir schritten die Wege ab. Das Gelände stieg leicht an. An der höchsten Stelle wurde die ganze Schmalseite des Platzes von einem großen Gebäude beherrscht, dessen U-förmig vorspringende Seiten und breiter Haupttrakt mit dem architektonisch leicht betonten Mittelteil schlossartige Dimensionen hatten. »Das war das ehemalige Seminargebäude«, erklärte Wels. »Im zweigeschossigen Foyer hatten 600 Personen Platz für Filmvorführungen, Vorlesungen und Konzerte. Auch eine Bibliothek, Lesesäle und viele kleinere Seminarräume waren vorhanden.«

»Eine Universität der Nazis?«, fragte Hardy.

»Nein. Hier wurde ein anderer Sozialismus gepredigt. Die ganze Anlage stammt aus der Frühzeit der DDR, eine Kaderschule für den Nachwuchs, aber sie könnte architektonisch gesehen tatsächlich auch von Hitlers Architekten Speer entworfen sein.«

Wir gingen die breiten Treppen hoch und spähten durch

die Scheiben. Alles schien auch drinnen intakt. Die Garderobe, die Deckenleuchter, die Fliesen. »Leider habe ich keinen Schlüssel dabei«, sagte Wels. »Aber ich weiß, dass alles in Ordnung ist. Sogar die Filmprojektoren und die Lautsprecheranlagen.«

»Soll ich die Tür aufmachen?«, fragte Hardy.

»Lieber nicht. Das Objekt gehört dem Land Berlin und steht unter Denkmalschutz. Als ein einmaliger Ort der Geschichte. Er wird von einer Wachdienstgesellschaft vor Vandalismus geschützt. Das Land Berlin sucht einen Käufer. Denn die Erhaltungskosten gehen in die Hunderttausende. Es beginnt außerdem, durch die Dächer zu regnen. Der Verfall muss bald aufgehalten werden. Sie können sich vorstellen, wie hoch allein die Heizungskosten sind.«

»Was ist Ihre Vision einer modernen Nutzung?«, fragte ich. »Eine Klinik? Ein Erziehungsheim für kriminelle Jugendliche? Eine Irrenansalt?«

»Das rechnet sich alles nicht. Hier kommt nur eine touristische Nutzung in Frage. Und die Voraussetzungen dafür sind keineswegs schlecht. Wir haben die unmittelbare Nähe eines attraktiven Biosphärenreservats mit einer für deutsche Verhältnisse sehr dünnen Besiedlung, und wir haben die Nähe einer Großstadt vom Rang Berlins. Das Zentrum der Metropole ist nur 60 Kilometer entfernt. Das ist nichts. Ich könnte mir also vorstellen, dass man hier Naturerlebnis, Gastronomie und Freizeitgestaltung zu einer attraktiven Einheit verschmilzt. Stellen Sie sich Sportanlagen vor, Tennishalle, Bowling, Eiskunstlauf, Thermalbad, Hallenski, und gleich daneben Kino, Theater, Freilichtbühne, Konzertsaal, Hörsäle für ornithologische Vorträge, Räume für Kurse in Malen, Töpfern, Schreiben, Blumenbinden, ergänzt um verschiedene Esswelten, zum Beispiel asiatische, afrikanische, mediterrane, skandinavische Küche in höchster Qualität. Und dann natürlich luxuriöse Zimmer und Suiten für ein anspruchsvolles, zahlungskräftiges Publikum, neben einfacheren Übernachtungsmöglichkeiten für Tagesbesucher, Wanderer, Radfahrer, Kanuten und so fort. Unsere Gäste könnten mit ihren Geschmacksnerven um die Welt reisen, sie könnten Körper und Geist fit halten, sie könnten meditieren, tanzen, Kraftsport betreiben, an den Segnungen der Massage und Akupunktur teilhaben. Das Ganze wie ein gigantisches Kreuzfahrtschiff mitten im Wald. Eine Wellness-Oase, eine Arche Noah der Genüsse, ein Raumschiff des Lebens, das wäre meine Vision. Und ich garantiere Ihnen, es würde funktionieren. Die Leute würden von weit herkommen, um hier Urlaub zu machen. Was heißt Urlaub, das Wort ist irreführend in diesem Fall. Denn der Gast lernt, erweitert seine Kenntnisse, seine Erlebnisfähigkeit. Man müsste natürlich finanziell enorm investieren. Das können derzeit nur die Scheichs oder die Chinesen stemmen. Ich habe gute Beziehungen zu den Ölstaaten. Zu den Chinesen entwickeln sie sich gerade. Ich werde demnächst hinfliegen und das Projekt detailliert vorstellen. Morgen kommt übrigens ein Fotograf. Wir arbeiten an einem Prospekt.«

Wels war anzumerken, wie sehr er sich selbst zu begeistern vermochte. »Ich würde natürlich auch eine Art Geschichtspark anlegen, voller Objekte, Filme, Tondokumente.«

»Sie meinen eine Art Reservat der Historie, in dem man geführte Safaris durch die Zeit machen könnte«, sagte ich.

»Schön ausgedrückt, darf ich das für den Prospekt übernehmen?«, sagte Wels. »Kommen Sie, ich zeige Ihnen etwas, das zu diesem Thema passt.«

Wir mussten nur wenige hundert Meter gehen. Dann standen wir vor einem Gebäude, das stilistisch überhaupt nicht zu den anderen passte. Es war flach, ein riesiger Bungalow, fast eine Art Stall.

Wels strahlte. »Sie sehen hier eine wahre Perle vor sich, jedenfalls aus Immobilienhändlersicht. Voilà, das Hauptquartier von Joseph Goebbels, ein Landhaus, extra 1939 für ihn gebaut. Hierher zog er sich immer wieder zurück, um Musik zu hören, um nachzudenken, um seine Depressionen zu pflegen und in Wein zu ertränken. Hier schrieb er sein Tagebuch, hier hatte er auch die angemessene Bühne für seine Amouren mit Filmschauspielerinnen. Das Gebäude ist gut erhalten. Es hat viele Zimmer, darunter einen Raum für Filmvorführungen. Die großen Fenster zum See hin lassen sich elektrisch versenken. Der Mechanismus funktioniert immer noch. Der Hausherr konnte am Kamin sitzen und gleichzeitig zum nur 250 Meter entfernt gelegenen Gewässer blicken, dem geheimnisumwobenen Bogensee. Heute ist der See stark verlandet, und Bäume verstellen den Blick. Aber das ließe sich reparieren. Aus meiner Sicht ließe sich hier ein Luxusrestaurant vom Feinsten betreiben, ohne dass die denkmalgeschützten Baulichkeiten tangiert wären. Übrigens muss Fritz ganz in der Nähe seine Hütte gehabt haben. Ich weiß nicht, ob an diesem See oder an einem anderen. Natürlich haben die Kommunalpolitiker Angst, dass sich irgendwelche Neonazis dieses Objekt unter den Nagel reißen könnten. Um das zu verhindern, werden sie mein Projekt mit Sicherheit unterstützen. Finanziell, und auch was die Umweltauflagen anbelangt.«

Wir gingen einen schmalen Pfad zum See hinunter. Überall lagen vom Sturm gefällte Bäume. Der See schimmerte geheimnisvoll durch Stämme und Unterholz. Er war kreisrund. Das Wasser war schwarz und zugleich spiegelte es den Himmel. Eine schwarze Sonne.

Wels stapfte voran. Er wirkte voller Tatendrang. »Kaum vorstellbar, dass hier in den Kriegssommern die blonden Kinder von Goebbels gebadet haben«, sagte er. Plötzlich klingelte sein Handy. Ich hörte, wie er auf Englisch sagte: »Ja. In Ordnung. Bis gleich also, meine Herren.«

Wir gingen zum Wagen zurück. Ein zweiter Wagen stand daneben. In ihm saßen drei Leute. Chinesen in grauen Anzügen. Sie stiegen aus, und Wels begrüßte sie mit einer graziösen Neigung seines Oberkörpers, wie ich sie seiner Physis niemals zugetraut hätte.

Dann kam er wieder zu uns. »Das sind Interessenten für das Objekt. Sehr glaubwürdige Leute. Sie denken an eine Nutzung, wie sie meinen Vorstellungen recht nahe kommt.«

Noch einmal ging er zu den Chinesen. »Ich muss meine Kunden eben ins Hotel zurückfahren. Ich bin in einer halben Stunde zurück. Sie können sich das Gelände schon mal ansehen«, sagte er laut. Dann leise zu mir: »Nicht schlecht, dass Sie gerade da waren. Dann meinen die Chinesen, dass sie Konkurrenten haben. Rufen Sie mich morgen an, Doktor Hieronymus. Und seien Sie so nett, verraten Sie niemandem meinen derzeitigen Aufenthalt.«

Wir rasten in Wels Limousine zum Hotel zurück. Dort wimmelte es von Leuten. Fast alle Tische im Restaurant waren besetzt. Ich erkannte Oskar Brenner. Er saß gestikulierend neben einem älteren, grauhaarigen Mann, der ziemlich nichtssagend aussah. Trotzdem hatte ich den Eindruck, ihn bereits einmal gesehen zu haben. Brenner winkte mich heran. »Schön, dass du mich besuchen kommst«, sagte er. »Wir beginnen morgen mit den Dreharbeiten, vorausgesetzt Herr Rühl gibt uns die Ehre, ebenfalls zu erscheinen. Bei ihm weiß man leider nie. Vielleicht ist er gerade auf Tournee mit dem Stück ›Wie saufe ich mir die Seele aus dem Leib‹. Dies ist übrigens unser Produzent.« Ich schüttelte dem Produzenten die Hand. »Kann es sein, dass ich Sie vor einiger Zeit im Cassambalis gesehen habe?«, sagte er. Jetzt erkannte ich ihn wieder: Er war der unscheinbare Mann, den ich in dem Lokal für einen Informanten gehalten hatte.

Ich erklärte Oskar Brenner, dass ich heute noch nach Berlin zurückmüsse. Er schien es nicht zu bedauern. »Ich muss noch den Text lernen«, sagte er. »Er ist wieder dermaßen dämlich, dass ich große Probleme damit habe, ihn zu behalten.«

In dieser Nacht hatte ich wieder einen Alptraum. Ich schritt mit Ivonne die breite Treppe zum Seminargebäude empor. Sie trug ein Brautkleid mit langer, weißer Schleppe, in dem es von Maden und Würmern nur so wimmelte. Goebbels sollte uns trauen. Er hielt die Hochzeitsrede, und dann küsste er Ivonne. Ihre Münder wuchsen zusammen. Ich musste sie mit einem Messer trennen. Das Brautkleid war rot besudelt.

Am Morgen klingelte mein Handy. Es war Ivonne Bree. »Hallo«, sagte ihre Stimme. Ein umwerfenderes Hallo hatte ich noch nie gehört. »Wie geht es dir, Piet.«

»Gut«, sagte ich.

»Das klingt aber gar nicht so. Du fehlst mir. Ich hätte dich gerne hier. Helmut vermeidet derzeit den Aufenthalt auf der Insel. Er hat noch in Berlin zu tun. Außerdem könnte es hier Konflikte mit bestimmten Leuten, Handwerkern, Baufirmen geben, die alle noch auf ihr Geld warten. Ich brauche aber einen Mann an meiner Seite, der mich unterstützt. Du wärst der Richtige. Und das gilt überhaupt, verstehst du was ich meine?«

»Ich habe mir Bedenkzeit erbeten.«

»Soll ich dir ein Flugticket schicken?«

»Wenn du meinst.«

»Du fliegst in einer Woche. Bis bald, Piet. Ich freue mich.«

Sie legte auf, aber ihre Stimme blieb mir noch lange im Ohr und mischte sich in das an- und abschwellende Rauschen, das wohl meiner verstärkten Blutzirkulation zu verdanken war.

Kurze Zeit später klingelte das Handy wieder. Diesmal war es Einar. Ich war froh, denn ich hatte lange nichts mehr von ihm gehört. »Ich bin dafür, einen Kriegsrat einzuberufen«, sagte er. »Die Dinge entwickeln sich. Kannst du heute Abend in meine Wohnung kommen? Die Adresse habe ich dir ja schon gegeben. Du musst in den vierten Stock. Sagen wir acht Uhr. Hardy kommt auch.«

32

Es war kurz vor acht. Ich fuhr in einem alten, klapprigen Fahrstuhl nach oben. Er rumpelte schrecklich und vermittelte einem die Angst, er könnte plötzlich stehen bleiben. Das Treppenhaus hatte enorme Dimensionen. An den Wänden Grafitti. Überall Eingänge, die ins Nichts zu führen schienen. Eine dieser Türen war nur angelehnt. Am Klingelschild stand kein Name. Ich stieß die Tür auf und landete in einem Zimmer, das keine Fenster hatte, nur Türen, die in andere Zimmer führten. An einem großen Tisch saß Einar, drei Weingläser und eine Flasche standen bereit. Einar sah mich an wie eine Geistererscheinung.

»Ich habe diese Räume vorübergehend angemietet, weil sie mir das Gefühl vermitteln, im Auge des Orkans zu sein«, sagte er. »Ich rede vom Orkan des Bösen, mein Guter. Für einen Skandinavier wie mich ist es nämlich schwer, sich in die spezielle Gemütslage der Deutschen hineinzuversetzen. Zwar haben auch wir, wie du weißt, ausreichend kaputte Leute in Finnland, und zwar mehr als genug, wie unsere Alkoholstatistik ausweist. Viele sind auch manisch. Aber was uns fehlt, ist dieses Gigantomanische der Germanen. Bei uns sind nur die Wälder groß. Alles andere ist ziemlich klein. Wir bringen zwar hin und wieder die Geliebte um oder erschlagen unseren Vater mit einem Beil, weil wir uns selbst nicht leiden können. Aber wir würden nie auf die Idee kommen, ganze Volksgruppen umzubringen, nur weil uns in der Kindheit etwas Undefinierbares über die Leber gelaufen ist, eine ungerechte Ohrfeige zum Beispiel. Hier, in diesen Räumen, verstehe ich das alles besser. Ich brauche nur aus dem Fenster zu sehen, diese gewaltige Häuserschlucht entlang, und die deutsche Seele tut sich mir auf. Aber setz dich doch, mein Freund.«

Ich hatte Einars Kurzreferat im Stehen angehört. Nun nahm ich auf einem der Stühle Platz. Einar zündete eine Kerze an und schenkte zwei Gläser voll.

»Hast du die Tür aufgelassen? Für Hardy?«

»Ja«, sagte ich.

»Ich mag ihn. Er hat etwas von einem großen Kind. Er stimmt in sich, mehr als wir beide, findest du nicht?«

Ich nickte. Plötzlich stand der, von dem wir gerade sprachen, mitten im Zimmer. Hardy setzte sich. »Fang du an, Piet. Bring uns auf den neusten Stand«, sagte er, und dann hielt er uns eine Tafel Schokolade hin, von der wir brav Stücke abbrachen.

Ich erzählte von meinen Theaterstunden bei Rühl, von meinem vermeintlichen Knochenkrebs und von meinem Besuch bei der Mutter des Schauspielers in der Psychiatrie der Charité.

»Alles läuft auf diesen Schauspieler hinaus«, sagte Einar. »Er ist die schwarze Sonne, um die alles zu kreisen scheint.«

Ich sagte: »Ich habe Probleme damit, in Otto Rühl den großen Schurken zu sehen. Er ist mir eigentlich sympathisch. Vermutlich ist es die gleiche Ambivalenz wie bei Richard III. Der ist, wenn er richtig gespielt wird, so wie es Rühl vermag, zugleich abstoßend und anziehend. Das hat eine ungeheuer bannende Wirkung auf den Zuschauer.«

Einar nickte zustimmend. »Genau deshalb ist mir dieser Mann nicht geheuer. Man gewinnt einfach kein klares Bild von ihm. Licht und Schatten liegen da offenbar sehr eng beieinander. Er ist auf jeden Fall diabolisch und charismatisch zugleich. Er scheint so was wie Faust und Mephisto in einer Person zu sein.«

»Wenn er nur das Gretchen in Ruhe lässt«, sagte ich. »Sie hat übrigens einen Namen: Veronika Meister.«

Einar ging nicht auf meine Bemerkung ein. Er fuhr fort: »Natürlich ist Rühl ungeheuer gut in seinem Fach, ein wahrer Perfektionist und von einer extremen Präsenz auf der Bühne. Ich habe mich selber davon überzeugt, denn ich habe mir eine Richard-Vorstellung angesehen. Er hat zu Recht viele Fans im Publikum.«

»Aber umso mehr Gegner unter den Kollegen«, sagte ich. »Sie bewundern ihn zwar, aber sie hassen ihn auch wegen seines autoritären Auftretens. Vielleicht spielt auch Neid eine Rolle. Regisseure und Intendanz leiden unter seinen Alkoholexzessen. Er kommt oft einfach nicht zur Vorstellung, weil er sich total betrunken hat. Warum tut er das? frage ich mich. Und zwar trotz seiner Erfolge? Vielleicht ist er ein klassischer Fall von malignem Narzissmus. Andererseits kümmert er sich geradezu selbstlos um den Nachwuchs.«

Als Einar und Hardy mich ein wenig spöttisch und dennoch erwartungsvoll ansahen, fuhr ich fort: »Freud hält es für verdrängte Mutterliebe. Der Knabe setzt sich an die

Stelle der Mutter, die zu lieben verboten ist, und liebt sich daher selbst. Der maligne Narzisst neigt dazu, andere zu demütigen, um so sein lädiertes Selbstbewusstsein zu reparieren. Übrigens, viele Nazis passen in dieses Bild. Hitler zum Beispiel war extrem unsicher als Person. Sein martialisches Auftreten und seine zum Schreien tendierende Stimme sind Versuche, diese Unsicherheit zu kaschieren. Goebbels passt ebenfalls in diese Kategorie, genauso wie die Mörder von Pim Fortuyn und Theo van Gogh. Alles schwache Egos, die sich nur im lauwarmen Fruchtwasser einer Ideologie wohl fühlen. Wenn man sie zwingt, es zu verlassen, werden sie aggressiv. So verschieden Fortuyn und van Gogh auch waren, beide waren starke Persönlichkeiten. Und deshalb zogen sie ähnliche Tätertypen an. Deren maligner Narzissmus kommt überall dort zum Tragen, wo er auf Stärke trifft und die eigene Schwäche aufgedeckt zu werden droht.«

»Und was hat das mit unserem genialen Schauspieler zu tun?«, fragte Hardy. »Ist Rühl denn keine starke Persönlichkeit?«

»Das habe ich auch erst gedacht. Aber nach meinem Gespräch mit seiner Ziehmutter vermute ich, dass er schon als Kind von ihr immer wieder gehört hat, dass sie doch lieber den anderen Embryo hätte nehmen sollen. Für Rühl kommt daher die Demütigung durch seine Ziehmutter als Aggressionspotential in Frage.«

»Was du da behauptest, mag ja richtig sein, aber es bringt uns leider nicht viel weiter. Ich finde, ihr Europäer theoretisiert generell zu viel.«

Einar meldete sich zu Wort: »Fragen wir uns doch in aller Ruhe, was Rühl, Wels, Bree und Fritz verbindet, und versuchen wir vor allem die Ermordung des Informanten in das Bild mit einzubeziehen.«

Ich sagte: »Das habe ich bereits getan. Mir fällt in diesem Zusammenhang in erster Linie jener magische Ort mit der angeblich so negativen Energie ein. Bogensee. Für Wels ist es ein interessantes, höchst delikates Immobilienobjekt. Rühl ist, wie Ivonne mir erzählt hat, oft dorthin gefahren, um sich für seine Bühnenauftritte als Bösewicht inspirieren zu lassen. Er hat Ivonne manchmal mitgenommen, als sie noch seine Geliebte war. Sie war auch mit mir dort. Fritz oder Willem hat in der Gegend seine Hütte gehabt. Als junger Mann war er auf der Kaderschule Bogensee, erst als Schüler, später auch als Lehrer. Er hat wahrscheinlich dort auch viel gemalt. Waldlichtungen mit Hirsch und die schwarze Sonne, die Wels so gut gefiel, dass er sie in seiner Firma aufgehängt hat. Vielleicht sollte ihre Symbolik mögliche Kunden aus der rechten Szene locken; schließlich ist die schwarze Sonne ein wichtiges Symbol in der SS-Mystik gewesen und heute bei den Neonazis beliebt als Ersatz für das verbotene Hakenkreuz. Möglicherweise entstanden in seiner Hütte auch die Kopien der beiden Rembrandts.«

»Wie ist das möglich? Es gibt doch nicht einmal Fotos von ihnen, jedenfalls soviel ich weiß«, sagte Einar. »Piet, du hast gesagt, sie seien sehr gut gemacht. Aber du bist kein Experte. Könnten es nicht auch die Originale sein?«

»Durchaus möglich. Soviel ich weiß, hatte das deutsche Propagandagenie Goebbels einen ziemlich guten Geschmack, jedenfalls was Frauen, Möbel und Bilder anbelangt«, sagte ich. »In seinem Landhaus soll jede Menge erstklassiger Malerei die Wände geziert haben. Alles Beutekunst. Vieles aus Frankreich. Tolle Schränke, edelstes

Porzellan, aber vor allem auch Gemälde. Darunter angeblich zwei von Rembrandt gemalte Porträts, eines vom Vater, eines von der Mutter. Auch verschiedene Bilder von Rubens. Und es steht fest, dass er die Sachen nicht mitgenommen hat, als die russische Front näher kam und er nach Berlin fliehen musste. Wahrscheinlich, weil er genau wusste, dass sie auch dort nicht sicher waren. Das war am 31. Januar 1945. Drei Monate später, nach dem Ende des Krieges und dem Selbstmord von Doktor Goebbels, haben die Russen Bogensee besetzt und als Lazarett genutzt. Und nun kommt es: Es gibt Berichte der Besatzer darüber, was man dort vorfand – Rundfunksender, Kino, Telefonzentrale. Aber kein Wort von Kunstwerken. Als die Russen zehn Monate später die Gebäude an die Deutschen übergaben, wurde der Bestand genau protokolliert. Das Fehlen sämtlicher Bilder und kostbarer Möbelstücke wurde beklagt. Gegenstände von unschätzbarem Wert seien zweifellos von den Russen kassiert worden. Ich glaube, hier irrte die deutsche Obrigkeit. Es war der ehemalige Hausherr, der sie beiseitegeschafft hat. Er hat sie irgendwo versteckt, um weiter über sie verfügen können, falls es doch noch zu einem guten Ende käme, zu einem Waffenstillstand zum Beispiel. Goebbels hat nicht viel Zeit dazu gehabt. Er muss sie daher irgendwo in der Nähe seines Landhauses verborgen haben. Seine Helfer waren vermutlich jene Mitglieder der SS-Einheit, die in Bogensee zu seinem Schutz installiert war. Die aber wurde von den Russen vollständig aufgerieben. Ich vermute, die DDR hat später einiges unternommen, um die Kunstschätze zu finden. Vielleicht gehörte Fritz zu den Spezialisten, die an der Suche beteiligt waren. Er war immerhin Kunstlehrer. Vielleicht hat er etwas entdeckt. Vielleicht hat er sein Wissen für sich behalten und die Objekte auf die Seite geschafft. Die beiden Rembrandts zum Beispiel. Als er jetzt in seine Heimat zurückgegangen ist, hat er die Bilder aus dem Versteck geholt und mitgenommen. Was ich in Bergen in seinem Haus gesehen habe, wären dann keine Kopien, sondern tatsächlich die Originale gewesen. Übrigens soll vor kurzem ein wertvolles Gemälde im Internet angeboten worden sein. Ein Rubens, geschätzer Wert 80 Millionen Euro. Das Angebot kam aus Moskau. Dort hat man das Gemälde identifiziert und beschlagnahmt. Es soll im Krieg in Schloss Rheinsberg gehangen haben und von dort in Goebbels Landhaus verbracht worden sein. Ein russischer Offizier hat es dann nach Moskau entführt. So stand es jedenfalls in der Zeitung. Und wenn ein Bild wieder aufgetaucht ist, dann gibt es vermutlich auch noch andere, die jemand zurückhält, weil der Kunstmarkt nicht beliebig belastbar ist. Ich glaube, dass Ivonne Bree und Helmut Wels hinter Fritz her waren, weil sie wussten, dass er jenes Versteck der Goebbelsschen Schätze kannte. Deshalb sollte ich ihn für sie finden. Und dann hat Veronika Meister gekündigt. Ich nehme an, dass sie gelogen hat, als sie mir sagte, sie wäre einer Kündigung zuvorgekommen. Sie hat wichtige und geheime Unterlagen der Firma mitgenommen. Vielleicht auch Informationen über die verschollenen Bilder. Die umgedrehte schwarze Sonne kann ein Fingerzeig gewesen sein. Man darf übrigens nicht vergessen, dass Mallorca ein Paradies für Schwarzgeldanleger ist. Veronika war eine Weile die Geliebte von Otto Rühl und hat ihm vielleicht ihre Informationen verraten. Und Rühl könnte Willem de Jongh aus früheren DDR-Zeiten gekannt haben. Vielleicht waren sie beide zur gleichen Zeit auf der Kaderschmiede in Bogensee. Jedenfalls war Rühl ebenso wie ich hinter Fritz her und hat mich als Lockvogel benutzt. Dann hat er Fritz umgebracht und die Gemälde mitgenommen. So ungefähr stelle ich mir die Verhältnisse vor, in die ich verstrickt bin.«

Die beiden sahen mich bewundernd an. »Schön, dass du so viel kreative Fantasie hast«, sagte Einar. »Aber deine Interpretation leuchtet mir ein. Was sagst du dazu, Hardy?«

Hardy lächelte. »Du bist doch nicht Sam Spade, sondern Sherlock Holmes«, sagte er. »Meinem Gefühl nach wird dieser Rühl noch seinen großen Auftritt haben. Wenn das stimmt, was du über ihn sagst, nämlich, dass er eine ziemlich verkorkste Type ist, die gewaltig unter Druck steht, dann werden wir nicht lange warten müssen, bis er aktiv wird und wir reagieren können. Solche Menschen können auf vieles verzichten, nur auf eines nicht, auf die Selbstinszenierung.«

»Auch jemand wie ich braucht unter bestimmten Umständen seine kleinen Inszenierungen«, sagte Einar. »Kommt mit, ich zeige euch meine kleine Bühne.«

Er stand auf und ging ins Nebenzimmer. Wir folgten ihm und betraten einen leeren Raum mit vielen Fenstern. Auf dem Boden war ein Igluzelt aufgebaut. »Das ist mein Zuhause«, sagte Einar. »Da drin überwintere ich in dieser Lebenskälte. So kann ich mir beim Einschlafen und Aufwachen einbilden, irgendwo in der Finnmarks Vidda zu sein.«

Er öffnete ein Fenster. Man hörte das Rauschen des Verkehrs. »Da draußen spielt sich das übliche Drama ab«, sagte Einar, »lauter Einzelwesen auf der Suche nach dem Glück. Nur Otto Rühl sucht nicht nach dem Glück. Er sucht nach seinem Gegenteil, dem Unglück. Und zwar in einer möglichst spektakulären Form.«

»Und wie soll es jetzt weitergehen?«, fragte Hardy.

»Ich habe morgen wieder Schauspielunterricht«, sagte ich.

»Gib uns die Adresse. Wir werden auf dich aufpassen«, sagte Einar und schloss das Fenster. »Übrigens war die schwarze Sonne nicht einst ein Symbol für die Unterwelt?«

»Ja«, sagte ich. »Bei den Gnostikern. Sol niger. Der Zwillingsbruder und Gegenspieler von Helios, dem hellen Sonnengott.«

33

Otto Rühl sah zwar übernächtigt aus, aber er wirkte zufrieden mit sich und der Welt. »Heute machen wir die Fensterübung«, sagte er, nachdem wir unseren Kochkaffee ausgetrunken hatten. »Um es gleich zu sagen: Die Normalität bringt einen um. Sie ist der langsame, gnadenlose Tod. Du entgehst ihm nur im Moment der Verzückung, dem Rausch, der aufs Höchste gesteigerten Illusion. Wenn du zum Beispiel tötest, dann spendest du Leben, dem einen nimmst du es zwar, aber dem anderen gibst du es. Und der andere bist du selbst. Geh jetzt zum Fenster und stelle dir Folgendes vor. Du erstickst an der schlechten Luft, du willst Sauerstoff, du öffnest das Fenster, um frische Luft zu bekommen.«

Ich folgte seiner Anweisung und öffnete das Fenster. Dann atmete ich tief durch und versuchte, erleichtert auszusehen. Das gelang mir, wie ich glaube, auch ganz gut. Otto Rühl war jedoch noch nicht zufrieden. »Wiederholen wir das Ganze noch einmal. Beim Gang zum Fenster nicht zu hastig und auch nicht zu träge. Genau die Mitte treffen. Entschlossene Schritte, die am Schluss noch ein wenig an Dynamik und Tempo gewinnen. Beim Öffnen des Fensters weniger ruckartige Bewegungen. Beim Einatmen der Luft entspannt sich das Gesicht. Die Mimik soll nicht Erleichterung, sondern Genuß ausdrücken.«

Wir probten den Vorgang insgesamt dreimal, dann schien mein Lehrer zufrieden zu sein.

»Und jetzt stelle dir Folgendes vor: Du willst nicht mehr, du hast die Schnauze voll vom Leben. Du willst dich daher aus dem Fenster stürzen. Ein Selbstmord ist gar nicht leicht zu simulieren. Du musst dabei bis an die Grenze der Verwirklichung gehen. Also, los jetzt, und pass auf dich auf.«

Ich ging zum Fenster und versuchte dabei, in meine Bewegungen etwas Zögerndes, Angsterfülltes hineinzulegen. Rühl folgte mir. Als ich das Fenster öffnete, stand er dicht hinter mir. Da die Flügel fast bis zum Boden reichten, wäre es ein Leichtes für ihn gewesen, mich hinauszustoßen. Ich blickte hinunter. Niemand war zu sehen. Schweißtropfen standen mir auf der Stirn. Mir war übel. Mein Herz klopfte wie rasend. Plötzlich spürte ich Rühls Hand auf meiner Schulter. »Du bist gut«, sagte er. »Du bist erstaunlich gut. Komm, setzen wir uns.«

Wir setzten uns an den kleinen Tisch. Ich spürte, wie der Schweiß auf meiner Stirn trocknete.

»Und nun die dritte Übung. Sie ist die schwerste. Du öffnest das Fenster, um in dich selbst hineinzusehen, um endlich zu begreifen, was in deinem Inneren vorgeht. Das Fenster mit seinen zwei Flügeln ist nur die Attrappe deiner eigenen Brust. Konzentriere dich jetzt und fang an. Möglichst ohne viel nachzudenken. Das erzeugt nur falsche Vorstellungen von dir selbst.«

Ich tat mein Bestes, aber diesmal war Rühl alles andere als zufrieden.

»Du traust dich nicht, in dich hineinzusehen. Vielleicht hast du Höhenangst, vielleicht ist der Abgrund zu tief, in den du blicken musst.«

»Es stimmt, ich habe Höhenangst. Seit meiner Kindheit. Ich habe auf Jahrmärkten nie ein Riesenrad betreten. Ich wollte auch nicht auf die Schiffschaukel, oder aufs Kettenkarussell. Und heute noch ist Fliegen für mich eine einzige Qual.«

»Das muss sich ändern. Wir werden hier ansetzen. Wir werden uns auf Übungen konzentrieren, die deine Höhenangst vermindern. Für heute ist es jedenfalls genug.«

Ich ging. Als ich mich in der Tür noch einmal umdrehte, sah ich sein Grinsen. Irgendetwas schien er förmlich zu genießen, während er mir nachrief: »Ich denke, wir machen erst mal Pause. Ich melde mich bei dir, wenn es weitergeht.«

34

Als ich unten war und den Hof überquert hatte, erschien Einar plötzlich an meiner Seite. »Ich habe mit Hardy telefoniert«, sagte er. »Er schlägt vor, dass du mit zu mir kommst. Ich finde er hat recht. Du solltest nicht mehr in deine Wohnung. Du kannst bei mir auf dem Sofa schlafen.«

Ich blieb in Einars Wohnung. Hier gab es keinerlei Versuche, etwas zu verschönern, keine Bilder an den Wänden, keine Blumenvasen, keinen Fernseher, keine Musikanlage. Diese Kargheit tat mir gut. Ich las ein Buch, während Einar uns aus Dosen ein Essen bereitete. Ich hatte mich lange nicht mehr so wohl und so sicher gefühlt. Wir gingen früh zu Bett. Als ich in der Nacht aufstand, um auf die Toilette zu gehen, sah ich, dass Einar im offenen Zelt mit einer Waffe in der Hand eingeschlafen war.

Ich fuhr mit meinem Moulton zur Physiotherapie. Danach entschloss ich mich spontan, einen Besuch in der Psychiatrie zu machen. Im Flur des Patiententrakts kam mir der Arzt entgegen. Er blieb stehen und schüttelte mir lange die Hand, als wollte er kondolieren. Doch er sagte nur: »Ihre Mutter wollte unbedingt wieder nach Hause. Und da es ihr inzwischen, wie ich Ihnen bereits sagte, wieder viel besser geht, haben wir ihrem Wunsch entsprochen. Wir haben sie zurück in ihr Häuschen gebracht. Wir haben ihr genügend Medikamente mitgegeben. Ein Restrisiko bleibt natürlich, wenn sie sie zu schnell absetzt. Ich möchte Sie deshalb bitten, Ihre Mutter in den kommenden Wochen häufiger zu besuchen und dafür zu sorgen, dass sie ihre Tabletten auch brav nimmt.«

Ich hätte am liebsten gefragt, wo dieses Häuschen lag. Aber das hätte natürlich Zweifel an meiner Identität aufkommen lassen. Also bedankte ich mich nur und fuhr wieder zurück in mein neues Zuhause. Ich beriet mich mit Einar.

»Ich muss unbedingt herausfinden, wo die Datscha von Frau Rühl liegt«, sagte ich.

»Und warum willst du das wissen?«

»Sie hat immer noch große Macht über ihren Ziehsohn. Ich glaube, wir müssen diese Frau mit in unser Bild einbeziehen, wenn wir Rühls Verhalten richtig deuten wollen. Nur wird es nicht leicht sein, ihren Wohnort zu ermitteln ohne Verdacht zu erregen.«

»Wie wäre es«, sagte er, »wenn du den Spieß umdrehst und diesmal Otto Rühl als Spürhund benutzt. Ich denke mal, er wird seine Mutter bald aufsuchen, wenn er erfährt, dass sie nicht mehr in der Charité ist.«

Am nächsten Morgen war ich früh auf den Beinen. Ich hatte mich verkleidet, aber nicht wie ein Informant. Ich trug einen langen Mantel und – etwas extravagant für die Jahreszeit – eine Sonnenbrille. Ein bisschen lächerlich war es schon. Die Haare hatte ich mit Gel zu einem Bürstenschnitt dressiert. Einar brach in hemmungsloses Gelächter aus, als er mich sah. Dann wurde er ernst und sagte: »Piet, mein Freund. Sei vorsichtig. Ich will wenigstens noch einmal im Leben mit dir in meiner Sauna sitzen. Hast du eine Waffe dabei?«

»Ja«, sagte ich. »Die Parabellum, die mir Hardy vor langer Zeit geschenkt hat, damals, nachdem wir zusammen den Fall mit dem Indianer gelöst hatten. Sie ist inzwischen für mich so etwas wie ein Maskottchen.«

Ich hielt mich unauffällig in der Nähe der Fabrik auf, in der Rühl wohnte, und observierte das Gebäude. Es dauerte zwei quälende Stunden, bis er tatsächlich erschien. Er trug seinen grünen Gestapomantel. Das machte es leichter, ihm zu folgen.

Er ging zum Bahnhof und nahm eine S-Bahn Richtung Norden. Ich stieg in einen anderen Wagen und kontrollierte bei jedem Halt, ob Rühl die Bahn verließ. Nach einer längeren Fahrt wechselte Rühl in eine Regionalbahn. Ich tat es ihm nach. Draußen sah man inzwischen keine Wohnkasernen mehr, sondern Wälder und Wiesen. Rühl stieg schließlich an einem Bahnhof aus, dessen Gebäude keine Funktionen mehr hatte, jedenfalls keine der ursprünglichen. Die alte Bahnhofsuhr war stehen geblieben. Die Zeiger standen auf kurz vor zwölf Uhr mittags. Im ehemaligen Schalterraum war offenbar eine Kneipe. Ich hörte laute Stimmen und das Plärren von Musik.

Rühl verschwand in einem Waldweg. Für mich wurde die Beschattung jetzt erheblich schwieriger. Ich ließ den Abstand zwischen uns größer werden. Einmal blieb er stehen und sah sich um. Ich sprang gerade noch rechtzeitig hinter einen Baum. Das war alles ziemlich lächerlich und erinnerte an die Indianerspiele meiner Kindheit.

Schließlich querte Rühl eine asphaltierte Landstraße, von der ein breiter Sandweg abging. Ich folgte ihm, und dann erreichten wir eine kleine Ansammlung von Datschen verschiedener Größe und Bauart. Es waren sogar zweistöckige Steinhäuser darunter. Die Baugesetze mussten zu DDR-Zeiten sehr lax gewesen sein. Etliche der Häuschen waren völlig heruntergekommen und standen offensichtlich leer. Andere waren liebevoll herausgeputzt. Niemand war zu sehen. Wahrscheinlich waren alles Sommersitze. Otto Rühl blieb vor einem Grundstück stehen, das ein hoher Zaun zum Weg hin abriegelte. Er zog an einer Schnur, die neben der Gartenpforte vom Türpfosten herabhing. Ein durchdringendes Bimmeln war zu hören, wie von einer Schiffsglocke.

Rühl ließ noch einmal die Glocke ertönen. Es dauerte ziemlich lange, bis jemand zwischen den Bäumen erschien. Eine alte Frau an einem schwarzen Krückstock näherte sich und öffnete mit einem Schlüssel die Gartentür. Beide verschwanden. Ich ließ noch ein paar Minuten verstreichen, dann schlenderte ich den Sandweg entlang bis zum Grundstück, auf dem Otto Rühl verschwunden war. Es war dicht von Fichten, Kiefern und Birken bestanden. Ein Plattenweg schlängelte sich zwischen den Bäumen und Büschen hindurch zu einem flachen Bungalow. Zwischen den Stämmen sah man das blaue Wasser eines Sees schimmern.

Ich hatte genug gesehen und kehrte um. Am Bahnhof angelangt, musste ich feststellen, dass der Zug in die Stadt erst in einer halben Stunde kam. Aber ich rechnete nicht damit, dass ihn auch Otto Rühl benutzen würde, denn er würde sicher länger bei seiner Mutter bleiben. Ich betrat die Bahnhofskneipe. Ein schmuckloser Raum mit ein paar nackten Tischen und Stühlen und einem Tresen, hinter dem eine stark geschminkte Dame hantierte, Bier, Schnaps und Wein an die wenigen Gäste ausschenkte, die dort saßen. Aus einem Lautsprecher unter der Decke kam laute Countrymusik. Einer der Männer hatte richtige Cowboystiefel an, die Sporen fehlten allerdings. An einem Tisch wurde Karten gespielt. Niemand beachtete mich. Es war, als sei ich Luft. Ich ließ mir ein Glas Weißwein geben. Er war zuckersüß.

Ich hätte mich auch im Mittleren Westen der USA befinden können. Während ich den Wein trank, behielt ich die Tür im Auge. Es hätte mich nicht gewundert, wäre sie plötzlich aufgesprungen und Otto Rühl wäre in schwarzer Lederkleidung, die Hände an die Schäfte zweier silberner Colts gelegt, hereingekommen, um mich ohne Vorwarnung abzuknallen.

Endlich hörte ich den Signalton eines sich nähernden Zuges. Ich warf ein paar Münzen auf den Tresen und ging hinaus. Später rief ich Einar an und erzählte ihm, dass ich jetzt wüsste, wo Rühls Mutter lebte. »Die Spur ist heiß«, sagte ich. »Es ist die gleiche Gegend, in der sich derzeit Wels herumtreibt. Sag es auch Hardy. Er kennt die Ecke ja ziemlich genau.«

35

Am nächsten Morgen erfuhr ich aus der Zeitung, dass Richard III. für den Abend auf dem Spielplan stand. Ich rief bei der Theaterkasse an. Meine Frage, ob das Stück in der Originalbesetzung mit Otto Rühl gespielt würde, wurde bejaht. Die Vorstellung sei im Übrigen ausverkauft.

Ich nahm an, dass Rühl am Vormittag Probe haben würde, und dass er deshalb nicht mehr bei seiner Mutter war. Also machte ich mich wieder auf in den Norden.

Eine Stunde später betätigte ich die Schiffsglocke. Wieder dauerte es lange bis sie, sich auf ihren schwarzen Krückstock stützend, erschien.

»Ich freue mich, dass du gekommen bist«, sagte sie. »Würdest du mich bitte führen.« Sie streckte ihren Arm aus und hakte sich bei mir unter.

Als ich ihr Häuschen betrat, einen aus billigsten Materialien zusammengebauten Bungalow, den man früher als Behelfsheim bezeichnet hätte, war ich auf den ersten Blick überrascht über den Kontrast zwischen dem Bauwerk und seiner Inneneinrichtung. Da standen kostbare Möbel, ein Glasschrank voller Porzellan und Gläser. An den Wänden hingen ein paar sehr gute Bilder, Stiche von Landschaften.

Und der Perserteppich, der teilweise den Stragulaboden bedeckte, wirkte echt und teuer.

Frau Rühl trug einen seidenen Kimono und ihre Haare waren perfekt gelegt zu einer Frisur, wie man sie in den fünfziger Jahren trug. Man ahnte, dass sie einmal eine sehr schöne Frau gewesen sein musste. Als sie meinen Blick sah, erläuterte sie. »Das hat eine Nachbarin gemacht. Sie war früher Frisöse beim Politbüro. Jetzt verdient sie sich ein bisschen Geld zur Rente dazu.«

Die Krankheit hatte ihr Gesicht stark verändert. Es sah aus, als ob es aus zwei Hälften bestand, wie eine in der Mittelachse geteilte Maske. Der eine Teil des Mundes war zu einem Lächeln verzogen, der andere sah verbittert aus. Auch lief von diesem Mundwinkel ein Speichelfaden zum Kinn. Die Augen wirkten ebenfalls verschieden, das eine blickte freundlich, das andere hatte den bösen Blick.

Sie bat mich, in einem der Biedermeier-Damensessel Platz zu nehmen. Von hier aus konnte man auf den See blicken. Ich bemerkte jetzt, dass überall an Wänden und Decke Feuchtigkeitsflecken waren. Schimmel in den Ecken, Spinnweben an den Fenstern und zahllose tote Insekten auf den Simsen. Hier gab es das Elegant-Morbide im Überfluss, dessen Verschwinden Oskar Brenner mir gegenüber so sehr beklagt hatte.

In einem Bauer lag ein toter Vogel. Ein seidenes Taschentuch war über den Kadaver gebreitet. Nur Kopf und Krallenfüße ragten hervor. »Das ist Hector. Mein Wellensittich«, sagte sie. »Mein Sohn hat ihn auf dem Gewissen.«

Sie verschwand in einer kleinen Küche. Ich hörte sie hantieren. Dann kam sie mit einem Tablett zurück, auf dem eine Teekanne stand. »Würdest du so nett sein und mir beim Tischdecken helfen. Ich bin nicht so sicher in meiner Motorik wie einst. Da, in der Vitrine ist das Geschirr. Stell bitte Teller und Tassen und die Zuckerdose auf den Tisch.«

Ich folgte ihrem Wunsch und bemerkte dabei, dass es echtes Meissener Porzellan war. Sie setzte sich unterdessen in einen alten Ohrenstuhl, dessen Polsterung durch den zerschlissenen Stoff quoll und beobachtete mich. Der Mahagonitisch verfügte über schöne Intarsien. Doch die Feuchtigkeit hatte ihn in Mitleidenschaft gezogen. An vielen Stellen war das Furnier aufgeplatzt.

»Würdest du bitte den Kuchen aus dem Kühlschrank holen und auf den Kuchenteller tun. Der Tortenheber ist in der Schublade dort.«

Ich ging in die Küche. Hier waren die Spuren des Verfalls noch deutlicher. Überall Schimmel, Spinnweben und Dreck. Auch im Kühlschrank war lange nicht mehr sauber gemacht worden. Als ich ihn öffnete stoben Schaben auseinander.

Doch der Kuchen sah gar nicht schlecht aus. Ich fand den Kuchenteller und den silbernen Tortenheber und brachte alles ins Wohnzimmer. Sie hatte inzwischen eine Kristallkaraffe mit einer bernsteingelben Flüssigkeit und zwei Gläser auf den Tisch gestellt. »Das ist Sanddornlikör«, sagte sie. »Er ist sehr gesund. Würdest du jetzt den Tee einschenken?«

Beim Trinken spreizte sie den kleinen Finger ab, so wie sie es als kleines Mädchen gelernt haben musste.

»Ich freue mich, dass du gekommen bist. Auch wenn es eigentlich zu spät ist. Du bist der andere, der Zwillingsbruder meines Sohnes. Als Ottos Mutter habe ich, bei all eurer Ähnlichkeit, sofort erkannt, dass du nicht mein Sohn bist. Ich habe Otto nun mal aufgezogen, mit der Flasche, denn natürlich hatte ich keine eigene Milch. Auch wenn ich nicht Ottos genetische Mutter bin, spürte ich sofort, dass du eine ganz andere Aura hast als er. Das ist mir schon neulich im Krankenhaus aufgefallen.«

»Ich hätte gerne mehr von damals gewusst, als wir zur Welt gekommen sind, Otto und ich.«

»Weißt du, mein Kleiner, die Situation war ganz einfach. Ich konnte keine Kinder kriegen. Eine vermaledeite Eileiterentzündung, zu spät erkannt, das war's dann. Ich plante, mir bei der ersten Gelegenheit ein Kind zu besorgen. Bei einer von mir durchgeführten Zwillingsgeburt. Ich war schon damals der Überzeugung, dass monozygote Zwillinge keineswegs charakterlich identisch sind. Die Lage in der Gebärmutter spielt eine große Rolle. Liegst du unten und der andere oben, dann sind gewaltige Unterschiede die Folge, die die genetische Übereinstimmung überlagern. Außerdem war ich ein Anhänger der Milieutheorie, die den Umwelteinflüssen wie zum Beispiel der Erziehung den wichtigeren Part an der Persönlichkeitsbildung zuspricht. Dann kam deine schwangere Mutter zu mir. Ich stellte fest, dass sie Zwillinge hatte und überredete sie zu einem Kaiserschnitt. Als ich dann sah, dass du und dein Bruder in einer gemeinsamen Fruchtblase lagt und keine Eihäute zwischen euch waren, wusste ich, dass die einmalige Gelegenheit gekommen war. Ich hatte die Wahl zwischen dir und deinem Bruder. Deiner Mutter würde ich sagen, dass der andere Embryo nicht lebensfähig gewesen sei. Ich sah sie mir an, diese beiden winzigen, ekligen, blutigen Klümpchen, aus denen einmal Menschen werden sollten, und tat beide in den Brutschrank. Später behielt ich einen für mich. Es war das reine Glücksspiel. Rouge ou noir. Offenbar hatte ich

Pech. Denn dein Bruder wurde eine echte Katastrophe. Er hat nichts getaugt. Schlimmer noch, er ist ein böser Mensch geworden. Da half auch die gute Erziehung nichts, die ich ihm angedeihen ließ. Ich bin damals nach Ost-Berlin gegangen, damit die Sache mit dem Kindsraub nicht auffliegen konnte. Schließlich bist du in Groningen aufgewachsen, und irgendwann wäre eure Ähnlichkeit aufgefallen. Ich habe hier dann als Kinderärztin praktiziert. Mit großem Erfolg. Ich habe wieder geheiratet. Ein hohes Tier bei der Stasi. Er hat deinen Bruder adoptiert. Finanziell ging es uns gut. Otto wollte partout Schauspieler werden. Er hat sich durchgesetzt. Das meiste Geld ist für Ottos Ausbildung an der Theaterschule draufgegangen.«

»Das mit dem Doppelgänger interessiert mich. Ist unsere Ähnlichkeit eine bloße Äußerlichkeit?«

»Vielleicht. Nach dem neuesten Stand der Zwillingsforschung sind die gleichen Gene nicht alles. Auch perfekte Klone können sich auseinanderentwickeln. Das sagt wenigstens die Epigenetik. Sie hat nachgewiesen, dass Vererbung und Umwelt keine Gegensätze sind. Sie sind vielmehr nur die beiden Pole eines Magnetfeldes, das die Ausrichtung unserer Persönlichkeit bestimmt. Die Kraftlinien werden dabei in ihrem Verlauf von bestimmten Chemikalien beeinflusst, die genetisch nicht festgelegt sind. Sie sind in der Lage, einzelne Gene an- oder abzuschalten und so die Entwicklung eines Menschen zu beeinflussen. Das lässt uns bei aller Vererbung genügend Freiheit, selbst etwas für unsere Persönlichkeit zu tun. Insofern ist Darwin korrigiert. Und insofern macht auch die Psychoanalyse überhaupt erst Sinn. Denk darüber nach. Und sei nicht so skeptisch, dir und deinem Leben gegenüber.«

Sie lächelte mit ihrem schiefen Mund. Ich fand, dass sie außergewöhnlich klar und vernünftig sprach. Dabei unterbrach sie ihre Rede nur dann und wann, um sich gierig große Stücke Kuchen einzuverleiben und mit Likör nachzuspülen. Mir fiel auf, dass sie dabei laut schmatzte und ihr die Kuchenkrümel teilweise aus dem Mund fielen. Das passte nicht zu dem Versuch einer gewissen vornehmen Attitüde. Ich wusste jedoch, dass solche Fehlleistungen typisch waren für Leute, die längere Zeit mit Neuroleptika behandelt wurden.

»Diese schönen Möbel verdanke ich Willem. Er hat sie mir besorgt. Auch das Geschirr und die Gläser. Wo er das alles herhat, weiß ich nicht. Er kannte sich gut aus im Wald, in den Bunkern, die es dort überall gibt. Er hat auch in den Seen der Gegend getaucht. Willem war schon in den Niederlanden unser Nachbarsjunge. Er ging damals auch in den Osten. Er war achtzehn, ein hübscher Junge, voller Illusionen. Und er war überzeugter Kommunist. Als mein Sohn hier aufwuchs, befreundeten sich die beiden. Willem war acht Jahre älter. Die beiden verbrachten viel Zeit zusammen, vor allem mit Schwimmen und Segeln und Tauchen. Willem wurde dann erst Waldarbeiter. Später arbeitete er beim Sicherheitsdienst in der Waldsiedlung, ehe er Lehrer für Kunst und Politik in Bogensee wurde. Da drüben hat er gewohnt. Mein Mann hat ihm die Hütte besorgt. Sie gehört ihm bis heute.«

Sie zeigte auf eine kleine Baracke am See. »Wenn du Lust hast, kannst du dir die Hütte ansehen. Ich habe den Schlüssel. Willst du nicht übernachten? Ich habe Platz genug. Ich fürchte nur, es wird ihnen nicht entgehen, dass du hier bist.« Sie blickte misstrauisch um sich. Zum ersten Mal hatte ich den Eindruck, dass etwas nicht stimme mit ihrer geistigen Verfassung.

»Wem wird es nicht entgehen?«

»Den Leuten, die mich überwachen. Die mein Haus und meinen Garten verwanzt haben.«

»Ich muss heute Nachmittag zurück in Berlin sein«, log ich. Ihr Gesicht veränderte sich. Das freundliche Auge sah plötzlich genauso böse aus, wie das andere. Sie nahm eine Tablette.

»Ich würde jetzt gerne Willems Hütte sehen.«

»Ich sehe, dass es dir bei mir nicht gefällt.« Ihre Stimme hatte plötzlich einen schneidenden Ton. »Gehörst du etwa auch zu denen? Mein Sohn jedenfalls gehört zu ihnen. Er hat den Auftrag, mich zu vergiften. Gestern erst hat er mir wieder Tabletten gebracht, angeblich Beruhigungstabletten. Aber so viel Fachwissen habe ich schließlich, dass ich herausfinden konnte, dass ihnen Gift beigemischt wurde. Hier ist der Schlüssel.«

Ich ging durch einen verwilderten Garten zur Hütte am See hinunter. Ich schloss die Tür auf. Mein Blick fiel auf ein Chaos von Gegenständen. Angeln, Schwimmflossen, ein Neoprenanzug, Sauerstoffflaschen, Taucherbrille, Messer, eine Axt, aber auch Utensilien, die man zum Malen benötigt. Leinwände, Pinsel. Vieles war kaputt oder offensichtlich unbrauchbar wie die vielen Tuben mit eingetrockeneten Farben. An einer der Wände hing ein Bild, dessen Motiv ich bereits kannte. Eine schwarze Sonne. Es roch stark nach Verwesung. Quelle des Gestanks schien eine tote Ratte zu sein, die auf dem Sofa lag.

Ich ging zurück zum Bungalow. Die Tür stand offen. Im

Ohrenstuhl hing Frau Rühl. Neben ihr die leere Likörflasche und ein zerbrochenes Tablettenröhrchen. Die Tabletten waren überall auf dem Teppich verstreut. Sie starrte mit aufgerissenen Augen vor sich hin, ohne auf meine Anwesenheit zu reagieren. Ich legte den Schlüssel auf den Tisch und ging.

36

Ich fuhr zurück. Als ich im Fahrstuhl war und den Knopf für die vierte Etage drückte, beschlich mich ein ungutes Gefühl. Es ist eine alte Alptraumvorstellung für mich wie für viele andere Menschen, in einem Fahrstuhl stecken zu bleiben. Es hat vermutlich etwas mit dem Tod zu tun. Man nimmt unwillkürlich den Moment vorweg, in dem der eigene Sarg an Stricken in die Grube gelassen wird und man anschließend in der Gegenrichtung in den Himmel fährt.

Bevor ich aufschloss, rief ich laut Einars Namen. Warum, war mir in diesem Augenblick nicht klar. Er antwortete nicht. Ich steckte den Schlüssel ins Schloss und öffnete die Tür. Es war, als sei die Türfüllung der Rahmen eines Spiegels, in dem ich mich erblickte. Er hatte größte Sorgfalt darauf verwendet, die Ähnlichkeit zwischen uns perfekt zu machen. Er hatte sich sogar meine italienischen Schuhe und meinen für die Jahreszeit zu leichten Trenchcoat besorgt. Und er hatte das Muttermal über dem linken Auge offenbar mit Schminke beseitigt.

»Hallo«, sagte ich.

»Hallo«. Es klang wie ein Echo. »Komm bitte herein. Sei mein Gast.«

»Wo ist Einar.«

»Nebenan. Er schläft. Aber setz dich doch.«

Ich überlegte, ob ich es auf einen Kampf ankommen lassen sollte. Ich wusste, dass er stärker war als ich, aber seit meinem Erfolg gegen die Halbstarken in Rouen hatte ich wieder Vertrauen in meine Technik. Er schien meine Gedanken lesen zu können. »Es hat keinen Zweck. Keine physische Gewalt bitte. Jedenfalls nicht jetzt. Ich habe eine Waffe dabei.« Er zog einen Revolver aus der Manteltasche. Es war die auch bei der Gestapo beliebte Walther P38.

»Ich denke, du spielst heute Abend?«

»Mach ich auch.« Er sah auf seine Armbanduhr. »Es ist jetzt zwei. Ich denke, in drei Stunden haben wir die Sache hinter uns. Ich werde heute abend in Hochform sein. Gemäß dem Zitat aus Richard ›Ich bin gewillt ein Bösewicht zu sein‹. Das wird mir heute besonders gut gelingen. Hast du auch eine Waffe dabei?«

»Ja. Eine Parabellum, auch Luger genannt. Ein Andenken. Sie ist nicht so modern wie deine Pistole. Eine Frage: Warum hast du versucht, einen Schauspieler aus mir zu machen?«

»Ich gebe zu, das war eine fixe Idee von mir. Aber bei der Fensterübung habe ich begriffen, dass du ein hoffnungsloser Fall bist. Du warst schlecht. Man kann offenbar nicht alles lernen. Zum Schauspieler muss man geboren sein. Die Ausbildung beginnt anscheinend schon in der Gebärmutter. Ich habe den Unterricht aber wenigstens dazu genutzt, dich genau zu studieren. Falls es notwendig sein sollte, in deine Identität zu schlüpfen wie in ein Kostüm. Komm jetzt. Ich zeig dir die Nebenbühne und die Requisiten.«

Er erhob sich, den Revolver in der Hand, und ging nach nebenan. Ich folgte ihm. Was ich sah, schockierte mich. Einar lag auf dem Sofa. Er war gefesselt und nicht bei Bewusstsein. Sein Gesicht war voller Blut.

»Warum hast du Unmensch das getan!«, schrie ich ihn an.

»Dein Freund hat eine attraktive Narbe. Ich habe sie reaktiviert. Man sollte mit allen Narben so verfahren, vor allem mit unseren seelischen. Das hier«, er zeigte auf ein kleines Kästchen, das auf der Sofalehne stand, »ist ein simpler Bewegungsmelder, wie man ihn im Baumarkt kaufen kann. Er hat eine eigene Batterie, ist also netzunabhängig. Er funktioniert auch, wenn man die Sicherung herausdreht. Wenn ich ihn scharf gemacht habe, reagiert er auf jede Bewegung und schaltet eine Stromquelle ein. Normalerweise eine Lampe, oder eine Alarmanlage. In diesem Fall ist es jedoch der Zünder meiner kleinen Bombe. Ich habe sie deinem Freund auf den Bauch gebunden. Es genügt also eine kleine Sprengkraft, um ihn die Freuden des Jenseits erleben zu lassen, falls es dort welche gibt.«

Er hielt mir sein Designerhandy vor die Augen. Auf dem Display waren drei Nummern zu lesen. »Mit der ersten Nummer kann ich den Zünder scharf machen. Er wird dann in drei Stunden durch eine Zeitschaltuhr ausgelöst. Mit der zweiten Nummer kann ich ihn wieder lahmlegen. Mit der dritten Nummer kann ich die Bombe direkt zünden. Du hast nur eine Chance, deinen Freund zu retten. Du musst den Showdown gewinnen, mir das Handy abnehmen und dann die zweite Nummer wählen.«

Ich sah ihn fragend an, aber er reagierte nicht. Stattdessen sah er auf die Uhr.

»Ich mache die Bombe jetzt scharf.« Er drückte die Telefoniertaste. »Und du fährst sofort los. Mit der S-Bahn Richtung Norden, dann steigst du in die Regionalbahn um. Hier ist eine Fahrkarte. An diesem Bahnhof steigst du aus.«

Er gab mir eine Karte mit einem markierten Ort. Ich kannte ihn bereits. Es war der Bahnhof, an dem ich ausgestiegen war, um Frau Rühl zu besuchen.

»Du wartest auf mich. Ich komme mit dem nächsten Zug. Wenn du mich aussteigen siehst, gehst du die Schienen entlang nach Norden. Wenn ich dich anrufe, bleibst du stehen und drehst dich um. Ab dem Moment ist das Feuer freigegeben. Gib mir deine Luger. Hier hast du eine P38. Sie ist geladen. Ich will, dass wir beide die gleiche Chance haben. Die P38 hat, wie du als ehemaliger Polizist sicher weißt, eine Einsatzschussweite von 50 Metern. Schieße also nicht zu früh. Wie gut warst du eigentlich auf dem Schießstand?«

»Wozu diese Schmierenkomödie? Warum fahren wir nicht zusammen«

»Hast du als Kind nie Western gesehen? Ich habe sie über alles geliebt. In einem Showdown zu sterben ist eine Ehre! Keine Schande, wie im Krieg zu verrecken durch irgendein anonymes Feuer. Und im Übrigen, glaube meiner Erfahrung als Regisseur: Eine gute Inszenierung ist die halbe Miete. Sie ist mindestens so wichtig wie die Qualität der Schauspieler oder die des Drehbuchs. Und in unserem Falle ist alles drei nicht schlecht. Wir können also mit einem großen Erfolg der Aufführung rechnen.«

Er nahm mir mit vorgehaltener Waffe mein Handy und die Luger ab und gab mir eine P38. Dann brachte er mich zur Tür. »Und keine Mätzchen. Du weißt, ich kann die

Bombe jederzeit hochgehen lassen, wenn ich merke, dass du Hilfe holst.«

Wieder schien er Gedanken lesen zu können. Ich hatte mir tatsächlich vorgenommen, Hardy anzurufen, um mit seiner Hilfe Einar zu befreien. Jetzt verwarf ich diesen Plan.

37

Ich schrieb meine Eindrücke in mein roteingebundenes Notizbuch. Ich wollte mein Ende protokollieren, so lange es ging. Obwohl ich am liebsten weitergefahren wäre, stieg ich aus. An diesem Bahnhof, der den aus »Spiel mir das Lied vom Tod« noch übertraf, was die beklemmende Stimmung des Wartens anbelangte. Ein Wunder, dass Züge hier überhaupt hielten. Das Unkraut zwischen den Geleisen kam mir vor wie von einem Gärtner angepflanzt, der sich lustig machen wollte über das, was die Menschen Hoffnung nennen. Hier war die Zeit nicht nur stehen geblieben, hier hatte sie sich eingegraben in lauter harte Ewigkeit.

Aus der offenen Tür des alten Steinhauses, das einmal das Bahnhofsgebäude gewesen und jetzt eine Kneipe war, schallten grobe Stimmen, scheinbar grundloses Gelächter. Ich betrat den ehemaligen Wartesaal. Alte Männer saßen bei Bier und Schnaps und schlugen die Zeit tot. Die Frau hinter dem Tresen sah aus wie jemand, der es aufgegeben hatte, eine Zukunft haben zu wollen. Eine Hexe, die das Alter genauso weggezaubert hatte wie die einstige Kindheit. Oder eine Göttin der Unfruchtbarkeit mit stark angemalten Lippen und schwarz umrandeten Augenlidern, als seien es Trauerränder um lauter leere Blicke. Auf dem Fenster klebte eine Fliege. Sie sah vertrocknet aus. Vielleicht war sie noch vom letzten Sommer.

Ich bestellte wie beim letzten Mal ein Glas süßen Wein und trank in kleinen Schlucken. Niemand beachtete mich. Vielleicht war ich bereits unsichtbar, und die Gestalt im Spiegel hinter dem Tresen war mein einsamer Doppelgänger, der in ein kleines, rotes Notizbuch schrieb.

Hier also sollte die Bühne für meinen letzten Auftritt sein! Ich war mit dem Mann verabredet, der mich töten wollte. Er würde mit dem nächsten Zug eintreffen. Draußen fuhr ein Bus vor. Er war leer. Eine letzte Möglichkeit, meinem Schicksal zu entkommen?

Ich ging hinaus. Es war kalt. Die Schienen sahen aus wie gefrorene Wagenspuren. Plötzlich sah ich den bunten Gliederwurm, der langsam näher kam. Ein Auto hielt am schrankenlosen Bahnübergang. Es war zu spät zu fliehen. Ich griff in meine Jackentasche und spürte das kalte Metall der P38. Ich öffnete das Magazin und überprüfte, ob es voll war. Dann steckte ich die Waffe wieder ein.

Ich begann, die Schienen entlang nach Norden zu laufen. Als ich mich umdrehte, sah ich, wie ein einzelner Mann ausstieg. Mein Ebenbild. Der Zug ließ ein Signal ertönen und setzte sich in Bewegung. Ich versteckte mich hinter einem Baum, bis er vorbeigefahren war. Dann betrat ich den Bahndamm. Der andere war nicht mehr weit entfernt. Er hatte eine Hand in der Jackentasche. Ich wusste, was sie umklammert hielt. Es war wirklich ein klassischer Showdown. Einer von uns würde überleben. Welcher es sein würde, würde man nicht feststellen können, nicht einmal durch einen Gentest.

Er trug seinen grünen Ledermantel. Schritt um Schritt kam er näher. Dabei rezitierte er offenbar irgendeinen Klassiker. Ich hörte seine Stimme klar und deutlich. »Ich muss verzweifeln. Kein Geschöpf liebt mich, Und sterb ich, wird sich keine Seel erbarmen. Ja, warum sollten's andre? Find ich selbst in mir doch kein Erbarmen mit mir selbst.«

Ich fingerte nach der Waffe, holte sie aus der Tasche. Die Entfernung zu ihm betrug inzwischen vielleicht etwas mehr als fünfzig Meter. Sicher war ich mir nicht. Ich spürte meinen Puls in der Halsgegend. Meine Hände waren schweißnass. Ich sah, wie er seine Waffe am gestreckten Arm in Augenhöhe hob und zielte. Ich tat es ihm nach. Ich zitterte so stark, dass ich vergeblich versuchte, Kimme, Korn und Ziel zur Deckung zu bringen. Es war in meiner Laufbahn durchaus vorgekommen, dass ich auf Menschen geschossen hatte. Diesmal war es anders. Es war, als würde ich auf mich selber zielen.

Ich drückte ab. Fast gleichzeitig hörte ich einen zweiten Schuss. Ich sah, wie er nach hinten fiel. Dabei feuerte er noch einmal in die Luft. Ich rannte hin. Er lag auf dem Rücken, grinste und sagte mit fester Stimme: »Ich bin gut, findest du nicht? Jedenfalls besser als dein Freund Brenner.«

Er starb tatsächlich. Man sah es an seinem Blick, den mehr und mehr ein feiner Schleier überzog. Ich beugte mich über ihn. Unendlich tief ging es dort hinab. Mein Gesicht spiegelte sich doppelt in der Iris seiner Augen, klein und verzerrt. Ein Streifen Blut rann aus seinem Mundwinkel. Ich legte mein Ohr an seine Lippen. Er flüsterte: »Ich nahm den Spiegel und warf ihn zu Boden.« Dann war da nur noch ein Röcheln. Es verstummte schnell.

38

Ich sah jetzt das Loch in seinem Ledermantel, genau in der Höhe des Herzens. Hatte ich ihn derart präzise getroffen? Es konnte nur Zufall sein. In diesem Moment legte jemand seine Hand auf meine Schulter. Ich drehte mich um. Es war Hardy. Er hatte eine Waffe in der Hand. »Ich musste es tun«, sagte er. »Du hättest auf jeden Fall vorbeigeschossen. Zeig mal deine Waffe.«

Ich gab sie ihm. Hardy zielte auf einen Baum und drückte ab. Es gab einen scharfen Knall. Sonst nichts, keine Rindenfetzen, kein zerfasertes Holz.

»Hast du die Waffe von ihm?«

»Ja. Er meinte, es sei bei einem Duell gerecht, wenn beide den gleichen Waffentyp verwenden würden.«

»Hab ich es mir doch fast gedacht. Der Kerl ging auf Nummer sicher. Das sind Platzpatronen.«

»Und was machen wir jetzt? Wir können doch nicht einfach abhauen! Wir haben hier immerhin einen prominenten Toten. Wir müssen die Polizei verständigen! Oder willst du ihn einfach irgendwo im Wald vergraben?«

»Nur langsam, mein Guter. Du stehst noch unter Schock. Lass mich das mal machen.«

Hardy griff in eine der Innentaschen des Ledermantels und holte den Ausweis von Otto Rühl hervor. Außerdem ein Briefkuvert.

Er gab mir den Ausweis und sagte: »Willst du ihn? Du hast jetzt die einmalige Chance, zu wählen, wer du in Zukunft sein willst. Piet oder Otto.«

»Ich bleibe bei Piet«, sagte ich und gab ihm den Ausweis zurück. Hardy hatte inzwischen den Brief aus dem unverschlossenen Kuvert gezogen und las ihn. »Der Abschiedsbrief eines Selbstmörders. Ganz allgemein gehalten. Er könnte auch von dir sein. Langsam dämmert mir, was der Knabe vorhatte.«

Er näherte die Mündung meines Revolvers dem Einschussloch im Leder und drückte ab. Schwarze Rußspuren zeigten sich.

»Das Ganze wird verteufelt echt aussehen. Genau das Gleiche hatte Rühl mit dir vor. Er hätte den Brief in deine Tasche gesteckt, dir die Waffe mit der scharfen Munition in die Hand gedrückt und mit deiner Waffe die Schmauchspuren erzeugt. Dein Selbstmord wäre perfekt gewesen. Man hätte deshalb auch kaum das Projektil näher untersucht. Der Clou dabei, es wäre offiziell sein Selbstmord gewesen, denn er hätte deinen Ausweis an sich genommen und seinen in deiner Jacke untergebracht. Er wäre als Rühl gestorben und als Hieronymus wiederauferstanden. Aus welchen Gründen auch immer. Machen wir uns jetzt besser aus dem Staub, ehe einer aus dem Bahnhof kommt. Sie haben die Schüsse offenbar nicht gehört oder gemeint, dass sie von Jägern stammen.«

Ich muss tatsächlich unter Schock gestanden haben, denn Einar fiel mir erst jetzt ein. Ich sah auf die Uhr. »In einer Stunde geht eine Bombe hoch, genau auf der Brust von Einar. Rühl hat ein Handy dabei, damit kann man die Bombe entschärfen.«

Einar durchsuchte noch einmal die Kleidung des Toten und zog ein Mobiltelefon heraus. Es war nur noch Schrott. Die Kugel hatte es gestreift.

»Wir müssen sofort in die Wohnung«, schrie ich.

»Folge mir«, sagte Hardy. Wir rannten durch das Unterholz. Irgendwann erreichten wir Hardys Wagen. Wir rasten nach Berlin.

»Wieso bist du eigentlich im entscheidenden Moment aufgetaucht?«

»Ich habe dich beschattet, mein Lieber. Es war mir nämlich ziemlich klar, dass etwas in der Luft lag. Eigentlich habe ich Rühl beschattet. Ich war ihm zu Einars Wohnung gefolgt. Dann bist du plötzlich auf der Bildfläche erschienen und auch nach oben gefahren. Vielleicht gibt es eine Aussprache, habe ich gedacht. Als du dann wieder nach einer Weile herunterkamst und zur S-Bahn gingst, wusste ich, dass etwas an der Sache faul war.«

»Warum wusstest du, dass ich es war und nicht Rühl?«

»Mein Lieber, ich habe dich am Gang erkannt. Rühl geht viel elastischer. Ich stand jetzt vor der Frage, gehe ich hoch und sehe nach, was mit Einar ist? Oder kümmere ich mich um dich. Es war ein echter, wie hast du es mir mal erklärt, Bifurkationspunkt. Eine schicksalsentscheidende Weggabelung, vor der ich jetzt stand. Aber nach Theorie war mir noch weniger zumute als sonst. Einar wird sich schon selber helfen können, dachte ich. Als dann Rühl herunterkam, und ebenfalls zur S-Bahn ging, verstärkte sich mein mulmiges Gefühl. Ich bin zu meinem Auto und dann so schnell wie möglich zu der Station gefahren, von der mir Einar erzählt hat. Reiner Instinkt. Abduktion oder so was. Aber es hat dir das Leben gerettet. Als du in der Bahnhofskneipe warst, habe ich hier bereits auf der Lauer gelegen. Und als Rühl dann eintraf, war mir alles klar. Da wollten zwei Western spielen. Etwas, das man eigentlich mir und meinen Landsleuten überlassen sollte.«

Endlich waren wir da. Wir benutzten nicht den Fahrstuhl, sondern sprangen keuchend die Treppe hoch. Genau in dem Moment, als ich die Eingangstür aufsperrte, knallte es drinnen. Rauchschwaden standen im Raum. Ich stürzte ins Nebenzimmer. Das Sofa war zerfetzt. Überall lagen Stoffteile herum. Einige von ihnen waren voller Blut.

39

Wir inspizierten die ganze Wohnung, blickten in die Schränke, ins Zelt. Nichts. Kein Schwerverletzter, keine Leiche. Einar war verschwunden. Es gab nur eine Erklärung: Es musste ihm gelungen sein, sich zu befreien, und zwar rechtzeitig, bevor die Bombe hochging.

Wir beschlossen, abzuwarten. Hardy öffnete eine von Einars Rotweinflaschen. Wir tranken aus reiner Nervosität abwechselnd daraus. Zum Glück mussten wir nicht lange warten, bis wir einen Schlüssel im Schloss hörten. Die Tür ging auf. Es war tatsächlich Einar, obwohl er kaum zu erkennen war. Ein großer Verband verhüllte die eine Hälfte seines Gesichts. Er setzte sich zu uns und nahm ebenfalls einen Schluck. Dann sagte er ruhig: »Ich habe mich verbinden lassen. Von einem Arzt. Ich habe gesagt, es sei eine Verletzung durch eine abgeschlagene Bierflasche. Der Arzt hat etwas von Körperverletzung und Polizei geredet. Ich habe gesagt, ich könne den Täter nicht beschreiben. Die Sache wird nicht weiter verfolgt werden.«

»Wie hat er es geschafft, dich zu kassieren?«, fragte Hardy.

»Ich bin eben leider aus der Übung. Er hat geklingelt.

Ich sah durch den Spion. Ich dachte wirklich, du wärst es, Piet. Er tug deine Sachen. Ich öffnete also. Da zog er seine Waffe. Ich konnte nichts machen.«

»Das hat mit ›aus der Übung sein‹ nichts zu tun. Du bist einfach nicht mehr misstrauisch genug, weil es dir in deinem Ruhestand zu gut geht«, sagte ich. Dann fügte ich schnell hinzu: »Das ist keine Kritik, Einar, sondern eher ein Lob. Misstrauen ist keine positive Charaktereigenschaft. Aber wie ist es dir gelungen, die Sprengfalle unschädlich zu machen?«

»Dieser Rühl mag ein brillanter Schauspieler sein, aber er versteht nichts von Knoten. Ich bin nach gut einer Stunde erwacht, wie mir die Uhr dort zeigte. Er hatte mir wahrscheinlich ein starkes Schlafmittel gegeben. Eines von diesen Neuroleptika seiner Mutter. Ich sah die Bescherung. Und ich wusste was er vorhatte. Ich ahnte auch, dass er dich damit erpresste. Glücklicherweise kenne ich diesen Typ von Bewegungsmelder. Er spricht nur an, wenn man sich in einer gewissen Entfernung befindet. In einem inneren Kreis ist er blind. Ich befand mich in diesem inneren Kreis. Ich musste mich nur meiner Fesseln entledigen. Ich habe den Knoten an den Handgelenken mit den Zähnen aufbekommen. Es hat eine halbe Stunde gedauert. Dabei habe ich geblutet wie eine Sau. Ich war schon ziemlich schwach. Deshalb tut mir diese Transfusion jetzt auch so gut.« Er schenkte sein Glas wieder voll. »Ich habe dann den Bewegungsmelder ausgeschaltet. Ich hätte auch den Draht durchschneiden können, der zum Zünder des Bömbchens führt. Aber das ist nicht ungefährlich. Es reichte, dass der Bewegungsmelder nicht mehr scharf war. Ich bin ins Bad und habe den Schnitt provisorisch versorgt. Dann bin ich runter um einen Arzt zu suchen. Warum die Bombe dann doch hochgegangen ist, weiß ich nicht. Vielleicht durch eine Zeituhr.«

»Genauso ist es«, sagte Hardy. »Findet ihr nicht, dass ein neuer Kriegsrat fällig ist? Aber nicht hier. Wir sollten noch einmal auf eine kleine Reise gehen.«

Wir saßen im Wagen. Hardy fuhr die gleiche Strecke, die wir vor kurzem gekommen waren, wieder zurück, während ich Einar vom Ablauf des Showdowns berichtete.

Dann hielten wir auf einem Parkplatz. Es regnete. Das Trommeln der Regentropfen auf dem Autodach war so laut, dass wir fast brüllen mussten.

»So langsam kommt Licht ins Dunkel«, meinte Einar. »Ich habe die letzten Tage mit Recherchen verbracht. Es scheint eine Art Loge zu geben, die sich die Schwarze Sonne nennt. Willem gehörte dazu, ebenso wie Frau Rühl und Otto Rühl, vielleicht auch Ivonne Bree. Gründer der Loge scheint ein gewisser Ernst Rühl zu sein. Er ist verstorben. Er war der Exmann von Frau Rühl. Sein Adoptivsohn Otto hat anscheinend herausgefunden, dass wir ihm immer mehr auf die Schliche gekommen sind. Deshalb wollte er erst mich und dann dich, Piet, aus dem Weg räumen. Außerdem sah er die Möglichkeit, die Identität zu wechseln. Rühl wäre nach dem Showdown als Piet Hieronymus davongegangen. Das Muttermal hätte er sich vermutlich später wegoperieren lassen.«

»Und darum hat er mir auch Schauspielunterricht gegeben. Nicht um ein gutes Werk an mir zu tun, sondern um meine Stimme, meine typischen Bewegungen genau zu erfassen. Das hat er mir selbst gesagt. Er wollte sogar wissen, wie ich mich im Bett verhalte, deshalb hat er die völlig von ihm abhängige Veronika Meister auf mich angesetzt.«

»Und der Mord an de Jongh?«

»Willem und Otto waren erst befreundet, dann Konkurrenten. Beide waren hinter dem Schatz von Goebbels Kunstwerken her. De Jongh hat deren Versteck zuerst gefunden, vielleicht mit Hilfe seiner Taucherausrüstung irgendwo am Grunde eines Sees. Wasserdicht verpackt natürlich. Goebbels hatte damals in den letzten Tagen des Krieges wohl kaum Zeit, einen Umzug seiner Schätze zu organisieren. Alles musste sehr schnell gehen. Es kamen nur zwei Verstecke in Frage: Erdlöcher oder Seen. Die Möbel und das Geschirr von Frau Rühl könnten in der Erde verbuddelt worden sein. Willem de Jongh hat sie gefunden. Als ehemaliger Förster und späterer Stasimann hatte er alle Vorteile auf seiner Seite. Sie bei der einsam lebenden Dame als deren angebliche Erbstücke unterzubringen, war eine gute Idee. Mit den überaus wertvollen Bildern ist er nach Holland gegangen. Sie waren leicht zu transportieren. Er hat sie dort vorsichtshalber übermalt.«

»Seitdem sind diese Bilder also gewissermaßen Doppelgänger«, sagte ich. »Original und Kopie übereinander auf einer Leinwand. Wenn de Jongh sie angesehen hat, dann wusste er, wie sie hinter der Übermalung aussahen. Das hat ihm genügt. Ich glaube nicht, dass er sie verkaufen wollte. Rühl hat mich dann als Fährtensucher benutzt um de Jongh zu finden und zu töten.«

»Er hat die Bilder mitgenommen«, sagte Einar. »Vielleicht wusste er nicht einmal, dass sie übermalt sind. Er ist schließlich kein Fachmann. Eher im Gegenteil. Er ist schließlich Übermalungen, Kulissen, Fälschungen beruflich gewöhnt. Wo die Bilder jetzt sind, werden wir wohl kaum herausbekommen. Ich glaube nicht, dass er sie in seiner Wohnung versteckt hat.«

»Und was war jetzt der eigentliche Grund dafür, dass die Firma Immob mich engagiert hat?«

»Das war die Idee von Ivonne Bree. Sie hat dich tatsächlich im Fernsehen gesehen und die frappante Ähnlichkeit mit ihrem Geliebten Otto Rühl bemerkt. Die beiden steckten unter einer Decke, und das nicht nur im wörtlichen Sinn. Die Trennung von Otto hat sie dir nur vorgetäuscht. Du solltest, wie du selbst sagst, den ehemaligen Informanten Fritz für sie aufspüren. Dann sollte Otto ihn beseitigen und die Bilder an sich nehmen, vielleicht auch herausfinden, wo die übrigen Kunstwerke versteckt sind. Denk an die Folterspuren an Willems Leiche. Der Mord an de Jongh sollte dank Doppelgängertum dir in die Schuhe geschoben werden. Als das misslang, blieb ihnen nichts anderes übrig, als auch dich zu liquidieren, wieder mit Hilfe des Doppelgängertums, als Selbstmord von Rühl kaschiert. Die Folge: Wenn du jetzt zu ihr fliegst, wird sie dich privat für Otto halten und dich offiziell als Piet beschäftigen.«

»Aber sie will mir doch Geld auf mein Konto überweisen und mir ein Flugticket an meine Adresse schicken!«

»Alles Tarnung«, sagte Einar. »Außerdem wäre es für Rühl ein leichtes, als neuer Piet in deine Wohnung in Charlottenburg zu gehen und dort das Ticket zu holen. Den Schlüssel hätte er dir abgenommen. Und auch an dein Konto käme er heran. Schließlich hatte er deinen Pass.«

»Und warum soll ich da jetzt mitspielen? Ich könnte doch einfach nach Groningen zurückgehen oder sonst wohin auf der Welt.«

Hardy sagte: »Das würde ich dir nicht raten. Die Schwarze Sonne wird dich überall finden. Ich würde keinen Pfifferling auf dein Leben setzen. Einfach, weil du zu viel weißt. Nein, es ist besser, du gehst auf das Spiel ein. Vielleicht findest du ja etwas mehr über diese Loge heraus und über Wels, von dem wir nicht wirklich wissen, inwieweit er in die kriminellen Machenschaften überhaupt involviert ist.«

»Und wie soll ich da wieder herauskommen?«

Einar grinste: »Möglicherweise gelingt es dir ja, diese Frau zu ändern, oder aber du schaffst es, dass sie dich irgendwann ganz legal laufen lässt, weil sie deiner überdrüssig geworden ist oder einen neuen Favoriten hat. Vergiss nicht, du bist für sie erst mal Otto Rühl. Du solltest dich also möglichst schlecht benehmen, und vor allem solltest du dich immer wieder maßlos betrinken, um in deiner Maske glaubhaft zu sein.«

Hardy ergänzte: »Du musst dir auf jeden Fall oberhalb des linken Auges einen kleinen Schnitt verpassen, ihn desinfizieren und ein Pflaster drübermachen. Ivonne Bree wird nämlich erwarten, dass ihr Freund das verräterische Muttermal entfernen ließ.«

»Also Piet, mein Freund, Du kannst jetzt zeigen, was du als Informant wert bist«, sagte Einar. »Ich traue dir zu, die Sache aufzuklären. Und außerdem noch eine Stange Geld dabei zu verdienen. Vielleicht wirst du dir dabei ja auch über deinen weiteren Lebensweg klar. Wels scheint mir übrigens nicht zu diesem Club zu gehören, nach allem, was du erzählt hast. Vielleicht spielt er eine gewisse Nebenrolle im Zusammenhang mit Goebbels Landhaus als Immobilie. Ich selber möchte nichts als nach Hause.«

Wir fuhren weiter. Ohne es abgesprochen zu haben, waren wir uns im Ziel einig. Ich navigierte, und nachdem wir uns ein paar Mal verfahren hatten, fanden wir schließlich den Sandweg, der zu Frau Rühls Bungalow führte.

Wir betätigten die Glocke. Niemand erschien. »Wir sind zu spät«, sagte ich. Dann kletterten wir über den Zaun und gingen zum Haus. Drinnen war niemand. Und es war aufgeräumt. Jemand hatte gründlich sauber gemacht. Keine Tabletten mehr auf dem Boden. Geschirr und Gläser standen an ihrem Platz in der Vitrine. Auch die Küche war aufgeräumt und geputzt. Ich sah im Mülleimer nach. Auch hier waren die Tabletten nicht.

Wir gingen zum See. Ich zeigte den beiden Willem de Jonghs Anglerhütte. Hardy fotografierte. Dann gingen wir zum Bootssteg. Ein Kleidungsstück lag an seinem Ende, dort, wo eine kleine Badeleiter hinab ins eiskalte Wasser führte. Ich hob das Kleidungsstück auf. Es war ein seidener Kimono.

»Sie ist ins Wasser gegangen«, sagte ich. »Wahrscheinlich hat sie vorher alle Psychopharmaka eingenommen. Genug, um im Stehen einzuschlafen. Was sollen wir jetzt machen?«

»Nichts«, sagte Einar. »Wir können ihr sowieso nicht mehr helfen. Irgendwann sorgt die Biologie dafür, dass die Leiche wieder nach oben kommt. Dann wird man sie finden. Zwei Selbstmorde praktisch gleichzeitig. Der große Rühl und seine seelisch kranke Mutter. Welch ein gefundenes Fressen für die Presse. Wir sollten jetzt nach Hause fahren und in den nächsten Tagen Zeitungen lesen.«

40

Einar besorgte sich einen Flug nach Finnland. »Unsere einheimischen Verrückten, die ihre Frau mit dem Beil erschlagen, weil sie vergessen hat, ihre Lieblingsfischdose vom Supermarkt mitzubringen, sind mir lieber als eure deutschen Wahnsinnigen. Ich will erst mal ausgiebig in meine Sauna gehen, um all das auszuschwitzen, was ich hier erleben durfte.« Ich bot ihm Geld für seine Auslagen an, aber er wollte keinen Cent. »Es war schön, wieder mit dir zu arbeiten«, sagte er. Wir umarmten uns zum Abschied und klopften uns auf die Schultern, so heftig, wie man sonst Teppiche ausklopft.

Hardy wollte ebenfalls zurück. »Ich weiß nicht, ob unsere Psychopathen besser sind als eure. Sie sind auf jeden Fall ungebildeter und ihre Tötungsmethoden sind effektiver. Jedenfalls gefällt mir die Gegend hier so gut, dass ich überlege, hier meinen nächsten Urlaub zu verbringen.«

»Auch ich will nach Hause«, sagte ich. »Doch wo verdammt ist das?«

Erst einmal fuhr ich zurück in mein Apartment. Im Postkasten lag ein Briefumschlag. Das Flugticket und ein kurzer

Brief. »Piet, ich freue mich auf unsere Zusammenarbeit. Ich habe dir heute übrigens die 58 000 überwiesen, die wir dir noch schulden. Ich hole dich am Terminal ab. Du erkennst mich an dem roten Seidenschal. Bis bald.«

Ich würde sie natürlich auch ohne Schal erkennen. In der Zeitung stand noch nichts. Man hatte Rühl offenbar noch nicht gefunden oder die Presse nicht informiert.

Anders war es am nächsten Tag. Oskar Brenner kam ganz aufgeregt zu mir. Er hatte drei verschiedene Zeitungen dabei. In ihnen war das Verschwinden der Mutter und das Ende ihres berühmten Sohnes in dramatischen Worten beschrieben. Ein Journalist sprach von einer Tragödie, wie sie ein griechischer Klassiker nicht besser hätte erfinden können. Oedipus und seine Mutter. Ein anderer bemühte Shakespeare. Als Motiv wurde der Alkoholismus des genialen Mimen unterstellt.

Auch bei der Mutter ging die Polizei offenbar von Selbstmord aus. Man hatte ihre Leiche im Schilf gefunden. Sie war nach Auskunft ihres Arztes auf Grund ihrer schizoiden Veranlagung extrem suizidgefährdet. Im Fernsehen wurde eine Reihe von Filmen mit Otto Rühl in der Hauptrolle angekündigt. Das Begräbnis würde ein riesiger Staatsakt werden. Mehrere Schauspieler von Bühne, Film und Fernsehen wollten ihren großen Kollegen mit Rezitationen verabschieden.

»Da mache ich nicht mit«, sagte Oskar Brenner. »Er war zwar gut, eine Bühnensau, wie wir sagen, aber menschlich gesehen würde man ein solches Tier durch einen Vergleich mit ihm nur beleidigen.«

Ich nutzte die Gelegenheit, um die Wohnung zu kündigen und Oskar Brenner die Schlüssel zurückzugeben. »Ich will erst mal verreisen. Irgendwohin, wo es keine Rühlfans gibt, die mich für ihn halten.«

»Verstehe ich gut. Die würden dich noch auf die Bühne schleifen und dich den Richard in memoriam Rühl spielen lassen.«

Wir umarmten uns zum Abschied. »Grüß den Dichter von mir«, sagte ich. »Vielleicht kann er ja diese Tragödie zu einem Roman verarbeiten.«

Dann saß ich im Flugzeug am Fenster und sah hinaus. Berlin wirkte wie ein runder Teppich mit Fransen. War das möglich? Ich hatte tatsächlich zum ersten Mal keine Höhenangst!

Ich ließ mir eine kleine Flasche spanischen Rotwein kommen. Irgendwann waren unter uns die Alpen. Es gab heftige Turbulenzen. Aber diesmal machten sie mir nichts aus. Ich lächelte in mich hinein. Auch das Mittelmeer sah wie ein Teppich aus. Ein blauer natürlich, mit feinen, eingewebten, weißen Noppen. Eine Art riesiger Badewannenvorleger.

Gegen Mittag erreichten wir Mallorca. Die ganze Insel lag unter einer Wolkendecke. Der Pilot verkündete über Lautsprecher, dass es zwar regnen würde, aber zwanzig Grad warm sei.

Ich hatte nur Handgepäck dabei. Meinen Laptop und ein wenig Wäsche. In der Halle stand eine Frau mit rotem Seidenschal. Sie trug enge Jeans und ein T-Shirt mit der Aufschrift »The winner takes it all«. Sie war blond und nicht geschminkt. Ivonne Bree hatte sich in eine völlig neue Person verwandelt. Der Schal war also als Erkennungsmittel durchaus sinnvoll. Doch der Blick, mit dem sie mich ansah, war mir sehr vertraut. Es war der gleiche Blick wie damals,

als wir uns zum ersten Mal begegnet waren. Kühl und taxierend und zugleich voller menschlicher Neugier. Sie war und blieb ein Rätsel. Vielleicht hatte sie mich längst durchschaut und tat nur so, als ob ich Otto Rühl sei. Sie fiel mir um den Hals, und dann küssten wir uns wie Anfänger. »Komm, wir fahren in die Berge. Auf der Fahrt kann ich dir alles erzählen«, sagte sie.

Während wir in einem kleinen, weißen Fiat über schmale Bergstraßen schlichen, fragte ich nach Helmut Wels. »Wir haben uns getrennt. Es wurde Zeit. Er geht jetzt eigene Wege. Ich habe ein kleines Hotel in den Bergen gekauft. Es hat nur zehn Zimmer. Eine ehemalige Finca. George Sand soll da mal übernachtet haben. Jedenfalls werben wir damit.«

»Findest du, dass ich wie Chopin aussehe?«

Sie lachte. »Ein bisschen schon.«

»Aber ich spiele viel schlechter Klavier. Eigentlich gut kann ich nur zwei Stücke. Einen Boogie und ›The man I love‹.«

»Du wirst es manchmal spielen müssen. Ich möchte, dass du die Leitung des Hotels übernimmst. Du bist genau der Richtige. Ich brauche einen kultivierten Geschäftsführer, der mehrere Sprachen spricht, der weiß was gutes Essen und guter Wein ist. Und der außerdem gebildet ist. Das alles trifft auf dich zu. Du sprichst Deutsch, Englisch, Französisch, Spanisch. Holländisch wirst du noch lernen.«

»Ich spreche auch ein bisschen Finnisch und Norwegisch.«

»Wunderbar. Wir haben Kunden aus diesen Ländern. Wir sind kein gewöhnliches Hotel. Wir verhindern mit hohen Übernachtungspreisen, dass uns irgendwelche Reisebusse oder Touristikunternehmen in ihr Programm nehmen. Unsere Zielgruppe sind Leute, die in Mallorca mehr sehen als

Sonne und Meer und Discotheken. Alle unsere Zimmer sind gekapselt. Unter der Tapete gibt es eine Metallschicht. Man kann mit dem Handy zwar nicht nach draußen telefonieren, aber auch nicht angerufen oder abgehört werden. Man kommt auch nicht ins Internet. Dazu muss man in einen besonderen Raum. Unsere Kunden wissen diese Verhältnisse zu schätzen. Sie wollen bei einer Spitzenküche über Geschäfte reden, am offenen Kamin. Oder bei Spaziergängen auf einsamen Bergpfaden. Machst du mit? Du bekommst ein gutes Gehalt und mich. Ich bitte dich nur um eines. Betrinke dich nicht mehr in der Öffentlichkeit. Vergiss nicht, dass du jetzt ein holländischer Expolizist bist und kein genialer Schauspieler, dem man alles verzeiht.«

Wir waren da. Der Regen hatte aufgehört. Die üppige Vegetation glänzte wie mit Lack überzogen. Zwischen Oleander, Apfelsinenbäumen und Zypressen lag ein niedriger, weißgestrichener Bau. Er erinnerte an einen großen Stall. Als wir die Empfangshalle betraten, fiel mein Blick auf zwei Gemälde, die dort nebeneinanderhingen. Das Porträt eines Mannes und einer Frau. Der Mann sah mich aus zusammengekniffenen Augen skeptisch an, als glaubte er nicht an meine Identität. Die Frau verbarg ihre Güte und Mütterlichkeit hinter einer kühlen, fast abweisenden Fassade.

»Es sind wirklich sehr gute Kopien«, sagte Ivonne. »Ich bin froh, dass du sie mir geschickt hast. Ein Kunsthistoriker aus Madrid war neulich hier und hat sie untersucht. Er befand, sie seien zu akkurat gemalt für echte Rembrandts. Vielleicht sind es Kopien von einem Schüler.«

Wenn unter den Kopien echte Bilder waren, wie ich annahm, hingen hier hier mindestens zweihundert Millionen Euro an der Wand.

»Du kannst dir jetzt dein Zimmer ansehen«, sagte sie. »Ich möchte dich nachher zu einem kleinen Menu einladen. Wir können dabei alles weitere besprechen. Übrigens, warum habe ich dich kurz nach den entscheidenden Ereignissen nicht auf deinem Handy erreicht? Ich war natürlich besorgt, ob alles gut gegangen ist.«

Wortlos zog ich das lädierte Mobiltelefon, das mir Hardy überlassen hatte, aus der Tasche und hielt es Ivonne hin. »Es hat die Kugel abgelenkt und mir das Leben gerettet.«

»Wie schön für mich«, sagte sie und lächelte.

Ahnte sie den wahren Sachverhalt? Wie immer gelang es mir nicht, hinter ihre schöne Stirn zu blicken.

Ein Angestellter führte mich in einen großen Raum, dessen Fenster auf die Berge gingen. Ich betrachtete mich in dem großen Spiegel, der über dem offenen Kamin hing. »Es gibt auch eine andere Form des Jungbrunnens, nicht Reisen, sondern die Veränderung der eigenen Person«, dachte ich.

Ich stand jetzt an einer echten Weggabelung, einem Bifurkationspunkt, wie es in der Chaostheorie heißt. Ich konnte wählen, ob ich in Zukunft Otto Rühl oder Piet Hieronymus sein wollte. Ich wusste, dass ich mich bald für eine Person entscheiden musste, denn es würde nicht lange möglich sein, zwischen beiden Identitäten hin und her zu wechseln. Wenn ich nur ein Stück zu lange dem einen Weg folgte, würde ich ihn nie mehr verlassen können. Ich musste also unbedingt in den nächsten Tagen herausfinden, wer von den beiden Brüdern mir lieber war. Ivonne Bree würde mir dabei eine große Hilfe sein. Schließlich war sie immer noch meine Frau Aventiure.

Ich öffnete eines der Fenster und stützte mich auf den

marmornen Sims. Die Wolken hatten sich aufgelöst, der Regen aufgehört. An den Blättern der Bäume glitzerten Wassertropfen. Die Farben waren von einer Frische, wie ich sie noch nie gesehen hatte. Es kam mir vor, als blickte ich aus fremden Augen hinaus wie ein kleiner Junge, der an einem Fenster steht und die Welt draußen beäugt wie ein Wundertier.